# 西天殘霞

陳長慶・著

# 歷史老人亂牽紅線
## ——陳長慶《西天殘霞》讀後

謝輝煌

陳長慶新作《西天殘霞》這個小說的女主角，「冷艷美女」文壇新星葉菲音半生的順逆與悲歡、美麗與哀愁，固然是因為她自己賭氣「親口答應」嫁給楊平章，而落得以受虐離婚做為收場的結果。但從歷史的高度來審視，又何嘗不是那個愛開玩笑的歷史老人亂牽紅線的敗筆？

歷史老人亂牽的「紅線」，不止是牽成了葉菲音和楊平章那樁無厘頭的婚姻，還牽成了國軍與金門的一頁愛恨交織的關係。

應該說是歷史老人從鄭成功和施琅先後由金廈進攻台灣成功的例子中得到啟示，因而於民國三十八年上海淪陷前，便向蔣介石下了一步「毋忘在金」以阻中共攻台的指導棋。幸賴天時、地利、人和的甜蜜交會，古寧頭一戰，揭開國軍與金門患難與共，唇亡齒寒的新頁，進而衍生出戰地政務和軍事戒嚴的體制。

新頁展開，就戰地政務而言，軍民是「魚水關係」（軍依民）；而就軍事戒嚴來說，軍民卻是「主僕關係」（軍管民）。這兩種矛盾關係，像「藤藤樹，樹藤藤」一般，在金門島上牽纏幾十年，便牽纏出許許多多恩怨情仇的故事來。例如，在這個小說中所出現的：葉家在營區附近開設「振興商店」；林文光到金門服役並認識葉菲音；葉菲音成了當地文壇新星；葉菲音隨「國家建設參觀訪問團」到台北，並作客林文光家；國防部總政戰部邀請學成歸國的林文光博士赴金門演講，並牽成葉菲音和王智亞相識；在地青年中尉政戰官楊平章因女自衛隊年訓而認識葉菲音……等，以及出現在這個小說之外的：「九三」、「八二三」等砲戰帶給金門的災難；金門民眾應無條件地支援軍事勤務；金門民眾沒有遷徙的權利；「八二三」砲戰後，政府大量疏遷金門民眾赴台定居；金門子弟赴台升學享有種種優待；金門民眾自衛隊參加台北雙十國慶；金門成為三民主義模範縣；金門和對岸實施小三通……等，無一不是那位歷史老人亂點鴛鴦譜的傑作。

回到這個小說的本體，在結構方面，前有〈寫在前面〉，後有〈後記〉，中間以葉菲音為主軸，並沿著這條主軸線建築了一棟三進的大廈。第一進，從葉菲音的幼年到婚前；第二進，從葉菲音與楊平章結婚到婚姻破裂；第三進，從葉、楊分手到葉菲音帶著王若南返金掃墓「認祖歸宗」。整個進程，不急不徐、不緊不鬆，且有呼有應，環環相扣、脈絡分明。雖然，有些窗格花樣陳舊而重複，如幾場「床戲」中的部份細描；或有些門框略嫌粗糙，如葉菲音在短時間內成為當地文壇新星等。但因不礙大局，也就可以用小瑕疵來看待了。

陳長慶的小說，給人印象最深的，應是他那塊「第一人稱」的「陳大哥」或「陳先生」的老招牌。但在這個小說裡，不僅「陳大哥」和「陳先生」失蹤了，連葉菲音也不是用「第一人稱」的方式來講述自己的故事。這個安排，除了能方便講故事外，還能帶給地讀者一份破繭而出的驚奇與新鮮。

誠如陳長慶在〈後記〉裡說的：「我的作品除了貼近人生，更與這塊土地有密不可分的關聯。」所以，從這個角度來讀這篇小說，就有不一樣的「熱鬧」和「門道」可看了。

首先，金門在軍事戒嚴時期，只有兩個生活族群：即原島民和駐軍。雖然，前者單純，後者複雜，但人品無族群之分。所謂善惡美醜，都是個體現象，正如一堆芋頭裡，有好的也有壞的一樣，不宜一竿子打翻一船人。如楊母的尖酸刻薄，楊父的宅心仁厚，楊平章的無情無義、惡言鄙行，葉父的嫁女如賣豬，葉姐的忠厚老實，葉菲音的反貞行為，王智亞的見色亂性，政戰部那幾個「北貢」軍官的無聊言行等，都無法用族群的有色眼睛去分判。而最為金門民間所垢病的「台灣豬」，也不是所有在金門服役的「台灣兵」，都會對金門女孩「豬形豬相」地伸著「鹹豬手」。雖然，葉父發現葉菲音跟林文光去看了電影，便氣得吹鬍子瞪眼睛地罵道：「如果膽敢再跟台灣兵出去，我就打斷妳的腿。」但林文光卻是個文質彬彬的君子。也許正因為這緣故，陳長慶有意要扭轉島民以往對族群——尤其是對台灣兵認知方面的偏見，特地不讓葉父罵出「台灣豬」三字？

其次，王智亞這位名作家在「耳順之年」，才得到一份飛來艷福的大禮，以及葉菲音不辭旅途勞頓，帶著幼兒王若南回鄉「認祖歸宗」這兩件事，也似乎可以從大、小兩個層次來想像。就小層次而言，前者的越軌行為，可以看作是對金門傳統民風的挑戰。而後者的「認祖歸宗」，則可看作是前面的過失贖罪（王的病死也是一種懲罰）。就因有延續祖宗香火的「大是」，所以，大家對葉菲音的「小過」就都不提了。就大層次而言，葉菲音在「娘家不理，婆家不愛」的悲情下，找到了王智亞這個感情出口。這跟金門當前政治環境下，為了自身的生存和發展，找到對岸這個出口（如金酒登陸、晉江引水）有何不同？王智亞有「飛來艷福」，金門有解除戰地政務和軍事戒嚴的喜悅。而王若南的「認祖歸宗」，跟一些金門「鮭魚」的回歸原鄉，和對「金廈一家」的認同，也有些相似。

小說的情節，讀者除了可以浮想聯翩地去捕風捉影外，也可當作普通的社會新聞，並由點到面的來看「熱鬧」。例如：「振興商店」有美女葉菲音當家，「生意」必然「興隆通四海」；某餐廳有葉菲音坐櫃台，也必然有「醉翁之意不在酒」的客人，帶來「財源茂盛達三江」的榮景。女孩子在父母不合理的「戒嚴管制」下，賭一口「不會做老姑婆」的氣，貿然地嫁一個並不十分喜歡的男人，以致自食苦果的，世上決不止葉菲音一人。妙齡少婦鍾情一個雞皮鶴髮的單身名作家，且在風雨夜投懷送抱，像李自成引清兵入關那樣，「引得春風度玉關」的風流韻事，媒體上也不乏這種花邊新聞。葉菲音出嫁，死要面子的葉父在聘禮上獅子大開口，且不按禮數，來個大小通吃，吃得只剩下一個紅包袋做為回禮，也算不得是什麼大新聞（比起我國歷史上某皇帝娘，嫌客人的禮品不如意，硬到禮品店去換來一件滿意的飾物的故事來，真是微不足道啦）。楊家那個惡婆婆為報復親家公索聘太高，且吃相不厚道，回頭便以尖酸刻薄的惡言毒語來惡整剛進門的媳婦，古今也不乏先例。老公非但沒有憐香惜玉的心，且把懷孕的妻子當妓女來玩，這種有嚴重心理變態的男人，大概也不是絕無僅有。

名滿文壇、道貌岸然的老作家，遇到美人坐懷，便在心裡朗講起「食色性也」來，也算是男人的常情常態了。但像林文光一家人對葉菲音的雪中送炭，情同骨肉手足，在現實社會雖是少見，可也不能說沒有。至於金門女孩在戒嚴時期的戰爭邊緣，為了躲避戰火及追求人生理想，希望能出走到台灣去（包括嫁「北貢兵，以軍眷身分赴台」），也可說是大時代的小插曲了。

以上各種形形色色的「熱鬧」，總歸一句話，是社會縮影的一角。雖然，有些「熱鬧」看起來是某某人的「個象」，但把同類的「個象」集合在一起再放眼望去，便是個「群象」了。再者，有些「個象」儘管能帶給讀者一個「象外有象」的想像空間，並推演出一些「門道」來。然因小說裡的「個象」有「拼貼」的成分，所以，真的要去找一個人來「對號入座」，卻又會遇到「無號可對」的窘境。這或許是陳長慶要在〈後記〉中，特別強調「不認同」去「對號入座」的原因吧？

總之，《西天殘霞》這個小說，主要是呈現一些在這個特定的時空交會點上所出現的「群象」，用以反映某些價值觀念或客觀環境的轉（改）變。例如：在這個小說裡，完全不見砲聲的干擾，是否在暗示「戰爭已遠離金門」？又如：葉菲音跟王智亞的脫軌演出，就相當程度地意味著他們是有意地向金門的傳統價值觀念宣戰，而葉女的親友、鄰居，對她的「劈腿」行為沒有半句指責，這是否又意味著傳統價值觀念的鬆動與轉變？再如：島上的婚嫁，古早時候多採「童養媳，送做堆」的方式，以達節省費用的目的。到了半世紀前，為抑制國軍官兵和金門女孩結婚，且由於女孩走俏，民間遂私下訂出了「三八制」（八兩黃金，八千新台幣，八百斤豬肉）的聘禮規矩。但葉父開出的價碼是：「十擔肉」、「十兩金」、「十萬元聘金」、「五百包囍糖」，另加三萬六千元「吃茶禮」；如果是「台灣兵」，就要「一棟樓房」加聘金「五十萬」。所以，也可看作是「打破傳統向錢看」的一種轉變了。此外，在人物的刻劃上，最突出的應該是楊家惡婆婆母子倆。其餘如葉父、王智亞、葉菲音等，都能給人留下深刻的印象。張志民雖只上場晃了幾下，筆墨雖不多，卻寫得神氣活現。只是，王智亞和葉菲音的文才，沒有用作品做直接的展示，可謂美中不足。而楊家惡婆婆嘴裡吐出的「寫那幾個字（指投稿）又能賺多少錢？」就有點不合人物的生活背景了。惟從呈現一個特定時空裡的部分「群象」這個大目標來看，這個作品已完成了它的使命了。

原載二〇〇九年二月七日《金門日報・浯江副刊》

# 目次

《西天殘霞》是我構思許久的一部長篇小說，儘管它有纏綿悱惻、哀婉動人的情節，但文中的故事與人物則是虛構的，倘使與實際人生相若，純屬巧合。冀望讀者們能以看小說的心情讀完每一個章節，對文中的人物或故事毋須加以臆測和聯想。

# 寫在前面

連續好幾年了，每逢清明節前夕，王家祖塋總會出現一對母子，帶著鮮花素果，悄悄地來到這個雜草叢生的墓地，為塋中人拈香膜拜一番，而後含淚地離去。

這對母子與塋中人到底是什麼關係，多數人則一無所知。她之所以選擇在清明節前夕來祭拜，或許是有意與王家的親人錯開時間、避免見面。由此可見，他們的關係絕不尋常。然而，當這個消息傳到王家高齡的老母親耳中時，老太太決定於清明節前夕，親自去守候。她想知道的是這對母子與自己的兒子到底是基於何種關係，要不，為什麼年年清明都要來祭拜？

老太太拄著柺杖，為了掩人耳目、不露破綻，故意帶了一只小竹籃，在距離墓地不遠處的蕃薯田裡假裝工作，其真正目的是等候這對母子的出現。可是一天、二天、三天過去了，始終不見這對母子的身影出現。眼見清明在即，儘管老太太有點失望，但並不灰心，依然繼續守候著，似乎有不達到目的心不死的愴然心境。

終於，在清明節的前二天，一個晴空萬里的午後，一位氣質高雅、輪廓分明、臉蛋甜美、長髮披肩，上身穿著一件熨燙得平平整整的乳白色小外套，下身是深灰而帶有細細銀色條紋的淑女褲，足蹬黑色平底鞋的中年婦人，帶著一位看來十分俊氣和聰穎的小男孩，神情肅穆地來到塋前。從婦人的氣質、妝扮和穿著而言，年輕時勢必是一位標緻的美人兒。此時雖已屆中年，卻依然端莊婉約、豔麗如昔。唯一的，或許是歲月在她的眼角，銘刻著少數幾條細細的魚尾紋，以及鬢邊少許的雪霜。而小男孩那份俊氣、聰穎和濃眉大眼，絕對是來自父母優良的基因，始有這種孩子的誕生。

婦人用她那纖纖玉手，快速地拔除塋前的雜草，然後鋪上一張素色的小桌巾，把帶來的鮮花素果、冥幣紙錢和五彩的「墓紙」擺在上面，並燃起香燭，跪地膜拜。只見她神情悲傷而肅穆，口中唸唸有詞，不知告訴塋中人什麼？也聽不清向他敘述著什麼？當她站起身時，臉龐則多了兩行清淚。

「媽媽，」童稚無邪的小男孩走近她身旁，輕輕地搖晃著她的手說：「為什麼每次來向爸爸拈香，您都要流淚？」

「孩子，」婦人摸摸他的頭，感嘆地說：「你還小，不懂媽媽的心。來，我們把五彩的墓紙掛在爸爸的墳上，讓他在天國也能沾染一點年節的氣氛。」

婦人把紅色的「墓錢」稍微地張開，然後撿了一塊小石子，把它壓在墓碑上。即使塋中人早已化成白骨一堆，但碑文依然清晰地刻著：

生於一九二七年
歿於一九八六年
**作家王智亞之墓**

儘管有墓碑，但並沒有記載奉祀子嗣的名和姓，一旦經過時代的變遷、歷經歲月的腐蝕，又有誰還會記得曾經在文壇叱吒風雲的作家王智亞？而王智亞也只是他的筆名而已，他的本名叫什麼？為什麼不鏤刻在上呢？難道他孤家寡人一個？還是沒有後代子孫？抑或是另有隱情？要不，為什麼不詳予記載，好讓後人或有興趣研究他的作品者，能更深一層地去瞭解他的生平軼事。然而，一個常年熱衷於文學的作家，他似乎有異於一般人的思維，除了能忍受孤寂外，亦有傲人的風骨與不向現實低頭的格調，不會刻意地去附會新世代的潮流。因此，他的墓碑上也獨樹一格，不用「先君」或「先考」，不讓子孫來「奉祀」或「敬立」，僅以簡單的文字來代表一切。這或許也是家屬尊重塋中人的遺言和心願所做的決定。若非如此，依一般墓碑的規格來說是不該如此書寫的。

他們母子的一舉一動，全落在老太太的眼簾。正當他們燃燒紙錢時，老太太已抄著田埂上那條小路，緩緩地走到他們身旁。婦人訝異地一怔，但還是禮貌地向她點點頭、笑笑。

「距離清明節還有好幾天，怎麼急著來掃墓？」老太太慈祥地問。

婦人沒有直接答覆，只微微地笑笑。

「請恕我冒昧，塋中這位往生者是妳什麼人？」老太太又問。

「奶奶，」小男孩搶著答，「是我爸爸。」

老太太訝異地眼睛一亮，的確讓她感到不可思議。眼前這位清秀俊氣的小男孩，無論五官或輪廓，簡直是這位婦人與自己兒子的翻版。於是，無數的疑問在她內心裡衍生著，首先掠過腦海的是這對母子絕對與自己兒子有不尋常的關係。然而一想起兒子，不免讓她老淚縱橫，白髮人送黑髮人更是她內心永遠的傷痛。

「奶奶，」小男孩天真無邪地問：「您怎麼哭了？」

「若南，不可無禮。」婦人糾正他說。

「奶奶沒有哭，只是傷心而已。」老太太趕緊拭去淚痕，然後強裝笑顏，摸摸小男孩的頭說：「你叫若南？」

小男孩向她點點頭、笑笑。

「好秀氣的名字啊！誰幫你命的名？有沒有特別的意義？」老太太又一次地撫撫他的頭問。

「老太太，謝謝您的誇獎。」婦人含笑而禮貌地代答，「其實名字只是一個人的符號而已，並沒有什麼特別的意義。如果說有的話，是取他父親的一個『南』字，希望長大後，能延續他父親的文采。」

「墓碑不是刻著王智亞嗎，怎麼會有一個南字？」老太太故意地問。

「不，他的本名叫王南星，王智亞是他的筆名。」婦人解釋著說。

「什麼！」老太太雖然感到驚訝，但似乎並不意外。只見她頓了一下，又急促地問：「妳是葉菲音？」

婦人驚悸地目視著她，竟久久說不出話來，只微微地向她點點頭。

「可憐的孩子……。」老太太一時失控，竟緊緊地把她摟住，而後哽咽地說：「我是智亞的娘啊！」

「娘，」婦人把頭埋在她的胸前，傷心地痛哭著，而後哽咽地說：「請原諒我這樣稱呼您！」

「只要妳高興，我沒有不接受的理由。」老太太輕輕地拍拍她的肩膀，慈祥地說：「因為我已知道妳與智亞的關係。」

「媽媽，」小男孩走到婦人身旁，仰起頭看看她，而後拉拉她的手說：「您怎麼又哭了？」

「若南，」婦人俯下身，把自己的臉緊緊地貼在他的頰上，「叫奶奶、叫奶奶，快叫奶奶！」

小男孩一臉茫然，睜大眼睛，看看婦人又看看老太太，低聲地輕喚了一聲：

「奶奶。」

「我的乖孫子……。」老太太俯下身，展開雙臂，小男孩竟主動地投入她的懷抱，把小臉緊緊地貼在她多皺的面龐上。

「智亞為什麼捨得丟下你們母子離開這個世界，竟連我這個娘也不要了！」老太太撫撫小男孩的頭，感傷地說。

「娘……。」婦人竟跪在老太太面前，不停地哭泣著。久久始抬起頭拭去淚水，而後哽咽地說：「我對不起您，讓王家承受那麼大的壓力；我對不起智亞，他因我而死！」

「菲音，事情雖然過去那麼久了，多說無助於事，但我卻不得不說：當年不管你們如何地相愛，但畢竟妳是一個有夫之婦，那是難容於這個民風保守的社會的，同時也與我們傳統道德背道而馳。可是你們卻有你們自己的堅持，才會造成這種無法挽回的局面。」老太太搖搖頭，長嘆了一口氣，「想不到智亞竟承受不了這種壓力，不再留戀這個世界，心中抑鬱而一病不起，狠心地離我們而去。這些年來苦了妳啦！」

「娘，那是我心甘情願的，只要能圓智亞的美夢，任何的罪過我都願意承受，只因為我愛他。」婦人輕拭了一下眼淚，又悲傷地說：「智亞曾經答應要等待我的佳音，想不到他竟不信守承諾……。」

「老實說，年輕時他長得一表人才，學識也差強人意，又有正當職業，不愁找不到合適的對象。甚至媒婆也三番兩次上門來說親，但都被他婉拒了。想不到到了耳順之年，才尋找到妳這位相知相惜的心靈伴侶，但相逢實在太晚了，不能蒙受老天爺的垂愛，也因此而造成你們終身的遺憾。他死得太不值得了！」老太太神情激動地說。

「娘，我以為這輩子只會遭受別人的非議和誤解，想不到您對我們的瞭解竟是那麼的深入。有您這幾句話，我足可釋懷了。」葉菲音的情緒已平復了許多。

「智亞是我懷胎十月所生，我太瞭解自己的孩子了。妳是知道的，我生長在一個封建的時代，思想必然會受到傳統的束縛和影響，對於妳和智亞這一段情，起初我是不認同的，甚至對妳也相當地不諒解……。」老太太尚未說完。

「大家都認為，我是一個不安於室的壞女人！」婦人搶著說。

「在一般人的觀感裡，確實是如此的。」老太太淡淡地說。

「娘，後來呢？」婦人急促地問。

「後來才真正瞭解到你們之間相互追求的並非是感官的享受，而是文學上的互動和心靈上的伴侶。即使行為難容於這個假仁假義的社會，但你們彼此間為了追尋心靈中的至愛，所付出那份痛苦的代價，實在感動了許多人，也因此而扭轉我對妳的誤解和看法。可是當我知道妳身懷智亞的骨肉而想見妳、想關懷妳時，妳卻已離開了這個島嶼，讓我感到相當的失望，卻也讓妳承受身心與精神上的雙重折磨。」老太太說後，突然緊握婦人的手，紅著眼眶激動地，「菲音，這幾年來，妳為了延續智亞的香火，耗掉自己的青春，承受生命中難以承受之重，獨力把若南撫養長大，的確是苦了妳啦！」

「娘，那是我心甘情願的。」婦人雙眼泛紅，「為了智亞，無論多少苦難，我都願意承受，甚至受到老天爺的懲罰也在所不惜！因為此生沒有比智亞更愛我、更瞭解我的男人。」

「菲音，請恕我直言，難道妳不愛妳的丈夫？還是和他根本就沒有感情的成份存在？抑或是另有他故？為什麼在妳即將邁入中年時，竟會背叛和自己生活多年的丈夫，以及我們固有的傳統道德，甚至不顧眾目睽睽的眼光和社會的輿論，大膽地和智亞在一起？在我的眼裡，智亞只是一個平平凡凡的農家子弟，雖然出版過幾本書，但卻名不見經傳。他哪一點值得妳為他犧牲奉獻？是不是他以暴力要脅妳？還是以甜言蜜語或花言巧語迷惑妳？抑或是你們兩顆文學之心已有交集？要不，為什麼會在你們的生命中，塗上這些讓人不能苟同的色彩？」

「娘，年年清明來為智亞掃墓，唯一害怕的是碰到王家的人，深恐他們會把我們母子趕走，讓我不得不提前帶著孩子來拈香膜拜。而今年卻是我最感興奮的一年，我遇到的竟是一位和藹可親的長者，雖然智亞已離我遠去，然在我的感受裡，他彷彿就在我身旁、就在我心中。或許，我倆之間所衍生的故事在外人看來有點不可思議。儘管數年來我從不輕易地向人提起或做無謂的解釋，今天卻不得不向您老人家稟告。我冀望的是您老人家的認同而不是憐憫，並期待有一天在您老人家的引領下，能讓若南回王家認祖歸宗，以延續智亞的香火。」

「菲音，妳講吧，放開心胸盡情地講。我想聽的不只是妳和智亞的故事，而是要涵蓋妳坎坷的一生。我想知道的也不僅僅是它的輪廓，而是要一個完整的故事架構。希望妳能以自己引以為傲的文學素養，為娘敘述這個動人的故事。」

「娘，如要論文學，智亞是天我是地，自己更談不上有什麼文學素養，只是基於一點興趣而已。但我會遵照您的意思，毫無顧忌和保留地把這個故事說出來。然而這個故事的開端，似乎應該從我少女時期說起，以免耽誤娘太多的時間，讓您聽久了厭倦！同時，也必須用第三人稱的敘事手法，始能把這個故事做一個較客觀、較完整的詮釋。倘若淪落成我個人的獨白，勢必會失去整個故事的真實性。不知娘意下如何？」

「智亞之於會和妳譜出這段戀曲，並非是沒有理由的。」老太太含笑地點點頭，滿意地說：「想不到妳思慮竟是那麼的周到、心思也那麼地縝密，在這個純樸的小島上，真是少見啊！」

曠野有山光嵐影在飄動，塋前的線香裊裊，紙錢的灰燼在草地上飛舞。是誰編寫出這個扣人心絃的動人故事？是誰想在這個紛紛擾擾的人生舞台上扮演劇中角色？就由她親自去揭開它的序幕吧……。

# 第一章

那年三月，小島正瀰漫著一層白茫茫的霧氛，雖然激烈的砲聲已逐漸地遠離，但距離清平的日子還很遙遠。少女葉菲音隨同家人來到一個僅住著幾戶人家的小農村，然後進入一幢簡陋的屋宇。水泥磚砌成的牆壁，屋頂覆蓋著灰色的瓦片，原本就不大的房子，分隔著三個小房間，農具與收成的作物堆滿一地，顯得極為凌亂。

然而，生長在這個長久被砲火蹂躪的亂世，老家的古厝早已成為一片廢墟。要不是父兄冒著砲火的危險，前來搭建這片能暫時遮風避雨的屋宇，以及就近開墾幾畝旱田，種些地瓜、花生、高粱之類的農作物，與四季蔬菜和水果；並撿拾附近駐軍丟棄的各種廢材，在一株大榕樹旁，圍起了一座克難的豬欄，養了幾頭豬和好幾隻雞鴨，來維持最起碼的生計，或許肚子早已餓扁了。

小小的農村雖然古樸，不遠處亦有一片待開墾的荒地，但村的週遭盡是野生的林木和藤蔓。每到夜晚，家戶賴以照明的，幾乎都是一盞微弱的「土油燈仔」，因此，屋外備感陰森，屋內也熱絡不到哪裡去。每到夜晚房門一關，大人似乎有做不完的家事，而小孩經過一陣追逐吵鬧後，擦把臉，隨便洗一下腳，便躺在那張翻起身來吱吱作響的「眠床」上。當桌上那盞微弱的土油燈熄滅，一個個很快就進入夢鄉。

童年時的葉菲音，她乖巧秀氣，薄薄的嘴唇上是挺直的鼻樑，更有一對烏黑明亮的大眼睛，以及一個艷麗姣好的面貌，但個性卻有點倔強。儘管如此，依然必須屈服於父親的威嚴。只因為父親是一個傳統的大男人，凡事說了算數，對子女的管教更是嚴苛，尤其是個性倔強的二小姐葉菲音，父女之間彷彿少了那份情緣，受到的責罵總比其他姊妹多一點。

葉菲音小學畢業那年，正好趕上九年一貫義務教育普及化的列車，可以免試直升國中。然而，父親則有不同的看法：

「女孩子讀那麼多書有什麼用，長大嫁人還不是別人家的！以前女孩子幾乎都沒有讀過書，一旦長大嫁人，還不是照樣生兒育女。況且菲音已小學畢業，不僅識的字不少，寫信看信也難不倒她，難道這樣還不夠？一定要讀國中才有人要？才能嫁給大官和有錢人當媳婦？才能生龍生鳳？」

「時代不一樣了，多讀一點書總是好的。而且現在施行的是九年一貫義務教育，學雜費全免，花費不了多少錢，我看還是讓她去讀吧！」母親替她說項，試圖說服父親。

「不要跟我討價還價，叫菲音好好在家幫忙，只要欄裡的豬長大賣了錢，我會替她們姊妹各買一只金戒指存起來，留待以後給她們做嫁粧！」父親厲聲地說：「要是不聽我的話，到時什麼都沒有，不要怪我大小眼！」

「菲音還小，你現在說這種話未免太早了。」母親低調地說。

「妳看看，她雖然只有十三歲，但無論心智或各方面，都比她姐姐還成熟，姊妹倆雖然是同一個模子出來的，但菲音卻比她姐姐標緻多了。尤其是附近駐守那麼多軍隊，如果不嚴加管教，一旦放縱她們和那些阿兵哥在一起談天說地，將來一定會為我們製造許多麻煩。」父親憂慮地說。

「沒有那麼嚴重啦，」母親淡淡地笑笑，「雖然菲音個性倔強了點，但她心地善良、嚴守分寸，將來長大不會亂交朋友的啦！你不要窮操心好不好？」

「不是我窮操心，」父親搖搖頭，「隔壁村王家那個十五歲大的女孩，竟然被阿兵哥把肚子給搞大了。現在可好啦，附近所有的村莊，有哪一位不曉得的。真是笑死人了。」

「那畢竟只是個案，這種事絕對不會發生在我們家的女兒身上。」母親信心滿滿地說。

「不要把話說得太滿，」父親有點不屑，「除非我們嚴加管教，要不然的話，說不定往後讓人看笑話的是我們。」

在父親固執的想法和堅持下，葉菲音從此與學校絕了緣。眼見小學同窗多數均能如願升學，而自己卻是傳統觀念下的犧牲者，心中除了有憾亦有恨。但終究要坦然面對，向現實環境低頭。

每天，她和大她四歲的姐姐分擔大部分家事。從煮飯、洗衣、挑水、掃地，到餵養雞鴨和豬隻，幾乎都由姊妹倆分工合作來完成。而母親也沒得閒，必須隨同父親、哥哥和嫂嫂上山耕種，以及尋找地勢較低、土壤較肥沃的荒地加以開墾。並接受農業單位的輔導，種植幾種較適合於在這塊土地生長的水果。譬如：芭樂、龍眼、木瓜……等。但主要的還是以用途較廣的地瓜為主。因為地瓜不受氣候或土壤的影響，易於栽種，除了可食用外，也是餵養家畜或家禽不可或缺的飼料。

時光隨著葉菲音的成長而消逝。十七歲的那年，父親有鑑於附近駐守著不少軍隊，有陸軍的砲兵和步兵，有師部幹訓班和空軍高砲部隊，少說也有千人以上。於是在專營煙酒雜貨批發生意的朋友鼓勵下，竟興起了開雜貨店的念頭。

朋友誠懇地對他說：

「你利用時間先把房子清理一下，那些農具以及餵養家畜或家禽的飼料和作物，可以暫時搭建一間『草間仔』來堆放。然後到稅捐站申請一張營業執照，請人訂幾個貨架，買一個玻璃櫃，貨品我負責供應。至於貨款你手頭有多少就先給多少，其他賣了再結帳。

老實告訴你，你最大的本錢是你兩個女兒，她們姊妹倆絕對是塊做生意的好料子。同時附近駐守那麼多部隊，每天只要有十分之一的阿兵哥上門，你一定有做不完的生意。以後你只要負責進貨、補貨，店裡由她們姊妹來照顧就可以了。我敢保證，一旦開門營業，一年賺的錢，絕對比你栽種那些農作物或養幾條大肥豬強上好幾倍。

況且，田裡的工作由你兒子和媳婦來耕種；欄裡的家畜、家禽，由嫂子來餵養；你閒暇時也可以就近幫忙。只要不荒廢、不休耕，就對得起自己的良心。老實說，賺錢有時也是一個機會，一旦錯過，什麼都沒有了，休想賺那些阿兵哥一毛錢。」

「不怕你笑，我是個大老粗，一生務農，從沒有做生意的經驗，萬一經營不善關門倒閉，不讓人家笑死才怪！」父親對朋友說。

「我們認識不是一天兩天了，你的為人我清楚，什麼事都難不倒你。就像你赤手空拳，冒著砲火的危險來這裡墾荒、務農，從無到有，做什麼像什麼！以自己的毅力，打造一個幸福美滿的家園。光是這份精神，就讓人敬佩。但是，有些事我也不敢太勉強，你可以和家人商量商量，如果有做生意的意願，我義無反顧，支持到底！」朋友誠摯地說。

經過多方面的評估，以及和家人商量的結果，葉菲音的父親決定放手一搏，把田裡的工作交由兒子和媳婦耕種，老伴料理家務和餵養家畜家禽，自己帶領兩個女兒，在自家的房舍裡，開起「振興商店」。營業項目可說包羅萬象，從日用百貨到煙酒雜貨；從文具紙張到五金木條；從修改軍服到洗衣車繡。而後又加蓋房舍，擺了兩台撞球檯，沒多久，振興商店真的「振興」起來了，成了附近駐軍經常光顧的地方。其生意之熱絡，不亞於鎮上的店鋪。

當然，振興商店之所以能夠財源滾滾，最主要還是拜店裡那對姊妹花所賜。姐姐雖然沒有妹妹長得標緻，但待人客氣；妹妹雖然長得美麗，卻冷若冰霜。即使姐妹是截然不同的性格，然卻各有不同的欣賞者和仰慕對象。尤其是妹妹葉菲音的名聲，更是風靡了那些年輕的阿兵哥。想追求她的從士官兵到軍官，階級從少尉到少校都有；想認她當乾女兒的老北貢也不計其數。坦白說，葉菲音正值荳蔻年華，看到那麼多仰慕者，哪有不暗喜的。甚至心中也有意中人，只是限於嚴厲的家規，不敢違抗父命公然地說出自己的心聲。

葉菲音雖僅小學畢業，但靠著自己的努力，除了寫得一手娟秀的鋼筆字外，對文藝書刊亦有濃厚的興趣。金杏枝、禹其民和瓊瑤的小說，更讓她百看不厭，一些自作多情或想追求她的阿兵哥，知道她有如此的愛好時，莫不紛紛把自己購買或向朋友借來的文藝書刊借給她看。甚且，工兵連王姓中尉輔導長，為了討好她，竟然把國防部總政戰部分發的「連隊書箱叢書」，叫傳令兵搬到她店裡借給她看。這種不當的作法經過反映，輔導長竟遭記過處分又調職。這件事在工兵單位鬧得沸沸揚揚，但他並沒有因此而獲得葉菲音的同情和青睞。由此可見，葉菲音的冷艷之名，確實是名不虛傳。

然而，葉菲音並非全然沒有感情，亦非冷血動物。雖然父親管教嚴格，但並無法限制她心所思、腦所想，以及為將來的幸福做盤算。她心目中的男人，必須家世好卻學有專精；必須中規中矩、風度翩翩。如果是文藝同好，那是再好不過了。坦白說，軍中成員雖然形形色色、水準參差不齊，但卻也臥虎藏龍，各種人才都有。尤其是那些台灣兵之中，符合葉菲音擇偶條件的大有人在。然而她的父親對台灣兵的印象並非挺好，尤其看到那些遭受台灣兵欺騙而失身的無知少女時，對他們更是恨之入骨。相對地，除了生意外，也不容許兩位女兒和台灣兵有較親密的互動。甚至說了重話：「誰膽敢和台灣兵交往，就打斷誰的腿！」因此，即使姐妹倆各有自己心儀的對象，但仍然限定在暗中交談或偷偷地遞上一張仰慕的小紙條，不敢明目張膽地公然交往。

葉菲音的頭腦較姐姐敏銳，思維也較縝密，動作也較靈活。她在店中負責的幾乎都是項目較繁瑣的雜貨部份，而姐姐大部分時間，都停留在只負責記分和撿球的撞球檯這一邊。

振興商店做的可說全是軍中生意，其營業時間和忙碌程度，與軍隊作息時間息息相關。每逢星期假日，店裡購物的人潮，簡直川流不息，有時連吃飯的時間都要被耽誤掉。而一旦部隊出操上課，則是她們較清閒的時候。每遇到這種時刻，葉菲音總是坐在玻璃櫃台裡看書，偶而地也會拿出紙和筆，寫下自己讀後的感想。

時間從忙碌中不知不覺地過去了，春夏秋冬的時序也不斷地轉換，葉菲音早已是一位亭亭玉立的大小姐。上天不僅賜給她一個美麗的容顏，歲月也賦予她一種特殊的氣質。雖然不苟言笑，卻俏麗悅色，讓人有想多看她一眼的衝動。尤其是閒暇時手不離書，更讓一些思慕她的人另眼相看。

某天，一位瀟灑英俊的少尉軍官購完物後，含笑而誠懇地問：

「小姐，妳喜歡看書？」

葉菲音看了她一眼，臉上並沒有特別的表情，只微微地向他點點頭。

「妳喜歡看哪一類的？」少尉又問。

「文藝方面的。」葉菲音簡短地答。

「小說、還是散文？」少尉雙眼緊盯著她。

「都看。」葉菲音站了起來，闔起書，放在玻璃櫃上，簡短地回答，似乎有點不耐煩。

「妳看過《老人與海》與《湖濱散記》嗎？」

「沒看過，也從未聽說過有這兩本書。」葉菲音據實說。

「這兩本書都是很有名的翻譯作品，如果妳想看的話，我可以借給妳。」

「我只有小學畢業，看不懂外國人寫的東西。」葉菲音看了他一眼。

「不要客氣，」少尉誠懇地笑笑，「從側面瞭解，我知道妳看過很多書，有時候也寫寫讀後的感想，這是很難得的。既然妳對文學有興趣，可以把那份隨想加以修飾，把它改寫成散文小品之類的東西，嘗試向報刊雜誌投稿。」

「我哪有這個本事！」葉菲音謙虛地，「我只是無聊，隨便看看、胡亂塗塗。況且，我只是一位小學畢業生，既沒有學問，又無知識可言，連握筆都感到有點沉重，又有什麼本事寫文章向報刊雜誌投稿！」

「一個人的學問和知識，絕對不能與學歷劃上等號。」少尉鼓勵她說：「我們不是經常聽人說：『天下無難事，只怕有心人』嗎？別忘了，事在人為，只要對文學有興趣，再加上自信心，以妳的勤奮和聰穎，一定可以做到的。」

「謝謝你的鼓勵，」葉菲音淡淡地笑笑，「看來你對這方面還蠻有心得的嘛！」

「不怕妳笑話，我大學讀的是中國文學系文藝組。但吸收的只是一些理論……。」少尉尚未說完。

「你在報刊雜誌發表過文章沒有？」葉菲音搶著問。

「以前在學校寫的盡是一些不成熟的習作，那是難登大雅之堂的。」少尉客氣地說。

「你太客氣了。像你這種科班出身的大學生閉著眼睛寫，也比我這個小學生強上千萬倍。」葉菲音有點羨慕。

「不，寫作除了文學理論的吸收外，實際人生的體驗也是相當重要的。像妳自小生長在這塊民風淳樸的土地上，島嶼雖小，卻有獨特的歷史文化，並歷經過多次戰爭的洗禮，的確可以發覺到許多創作題材。倘若妳對文學有興趣的話，可以詳加觀察和體會，然後用心把它記錄下來。無論書寫成任何一種文體，一旦在報刊雜誌上發表，絕對能引起眾多讀者的共鳴。」

「想歌頌、想禮讚這個島嶼，或許，只有你們這些科班出身的優秀青年，才能做到。」

「不，這份工作應該由在地青年來擔綱，因為他們較瞭解這塊土地的歷史文化。」

「如果我有這個本事該有多好。」一絲怡悅的微笑掠過葉菲音的面龐，「倘若真能把自己內心的感受書寫成章，與朋友一起來分享，那不知有多美。」

「雖然妳只受過國民學校教育，但從妳的談吐中，卻可發覺妳深具內涵。一旦提起筆，透過想像，絕對能揮灑自如。如果妳真的對文學感興趣，往後我們可以共同來研討，在創作理論上我可以提供妳許多意見。」

「謝謝你的好意。一個小學畢業生，不敢有太多的夢想；長久蟄居於這個島嶼如同井底蛙，豈敢做白日夢。」葉菲音自卑地說。

「不，妳不能有這種想法。」少尉開導她說：「人不僅不能沒有信心，更不能沒有希望！古今中外多少名人偉人，並沒有受過正統的學院教育，但他們依舊能發揮所長，展現出超人的智慧，貢獻所學，來造福人群。在學校時，老師經常以：『寫作沒有什麼巧門，多讀、多看、多寫是它不二的法則』來勉勵我們。如果我沒有說錯，妳已讀了不少書，也親眼目睹社會百態，倘若能經常不斷地寫，久而久之、熟能生巧，屆時，所有的美夢必能成真。」

「謝謝你的鼓勵，我願意試試看，往後還請你多指教。」葉菲音微微地笑笑，笑出一對迷人的小梨渦。

然而，當他們的雙眼重疊時，少尉突然被葉菲音那道惹人憐愛的目光迷住。即使他見過的女生無數，卻從未遇見一道讓他如此心動的光芒。於是他情不自禁地多看了她一眼，而葉菲音卻羞澀地低下頭。

「對不起，」少尉傻傻地笑笑，「我應該先自我介紹一下，我叫林文光，家住台北天母，現在是砲兵營少尉觀測官。」

葉菲音微微地點點頭笑笑，並沒有自我介紹。

「妳是葉菲音小姐，對不對？」

「你怎麼知道？」葉菲音訝異地。

「附近的駐軍，無論是陸海空、官或兵，有誰不知道振興商店有位冷艷美女叫葉菲音。」林文光得意地說。

「我只是一個平平凡凡、土裡土氣的鄉下女孩，冷艷美女這個頭銜我可承受不起。」葉菲音收起了笑容，認真地說。

「葉小姐，請恕我直言，」林文光嚴肅地，「妳的美是公認的，氣質也是獨特的，這是實話，絕不是阿諛！」

葉菲音雖然沒有興奮的表情，但停留在林文光眼簾的，卻是她美麗的容顏，和高尚脫俗的氣質。唯一美中不足的，是她所受的教育程度不高。但這似乎是林文光的多慮，他和葉菲音只不過是初次交談，即使他這個大學生想結交她這位小學生做朋友，還是要經過一番努力的。因為，葉菲音有異於一般女孩的個性，亦有自己的看法，不會輕易地去附會人家的阿諛。而且，她必須時時刻刻記住父親「誰膽敢和台灣兵交往，就打斷誰的腿！」的重話。

儘管達到法定年齡後她有婚姻的選擇權與自主權，但生長在這個孤懸於大海中的島嶼，長年在戰地政務、軍管體制下求生存，與繁華的台灣遙隔著一道長長的海域。誠然寶島台灣是她長久以來最美麗的企盼和夢想，但想親眼去目睹它的風華卻是遙不可及的。而現在，當她思想成熟、思域開闊時，她該遠赴異鄉追尋美夢？還是侷限在這個小島上？抑或是把幸福交由上天來安排？當葉菲音想起這些問題時，不禁莞爾一笑……。

# 第二章

少尉觀測官林文光並沒有食言，隔天，他真的把《老人與海》與《湖濱散記》帶來借給葉菲音。而僅受過國民學校教育，以及看多了本國作家作品的葉菲音，一時並無法進入到西洋文學的情境裡。因此，即使從頭到尾看了一遍，也不能從其中汲取或獲得什麼寶貴的知識。她內心似乎很清楚，閱讀與知識水準絕對有相當程度的關聯，或許，自己尚未達到欣賞西洋文學作品的層次，如果強行閱讀而不能得到什麼，還不如多讀一些國內的文學作品較實在。倘若能持續不斷、努力不懈，假以時日，必能從其中獲得無窮的知識，對往後作文或書信的撰述，絕對有很大的助益。至於向報刊雜誌投稿，她連想都不敢想。

然而，人生有許許多多的事，的確是讓人意想不到的。在林文光不斷地鼓勵下，葉菲音竟然在筆記簿上，寫了一篇〈看海〉的短文。從文字上看來，似乎有點生澀，但內容則流露出真情，倘若沒有與大海衍生出深厚的情感，焉能寫出那麼動人的篇章。該文如果再經名家略為潤飾，或沉澱幾天自己再來修改，不失為一篇好散文。一旦向報刊雜誌投稿，被錄用的機率一定很高。

「這篇作品鄉土色彩相當濃厚，很適合在當地的報刊發表。」林文光看過後說。

「倘使真如你所說的這樣，你應該幫我修改一下。」葉菲音客氣地說。

「不，這篇作品是妳對大海親身的體驗，融入在裡面的情感，並非外人所能領會的。如果任由外人以其主觀的意識來更動它的詞句，勢必會失去它原創時的美感。因此，我建議妳先擺放幾天，然後自己邊修正，邊謄寫在稿紙上。」

葉菲音目視著他，微微地點點頭。

「妳們店裡有沒有賣稿紙？」林文光問。

「沒有。」葉菲音答。

「那麼改天放假上街時，我順便幫妳買。」林文光誠懇地說。

「不，我自己去買。」葉菲音堅持著。

林文光笑笑。

「後續呢？」葉菲音微微地笑笑，「不怕你見笑，我沒有投稿的經驗，該怎麼寄、怎麼投，一點概念也沒有。」

「話先講在前頭，並非我比妳行，只是我一點小小的經驗而已。」林文光看著她，笑著說：「首先在謄稿時，字體必須端正，以便給主編一個良好的印象；然後裝進信封，寫上報社地址，貼上郵票，寄交給副刊編輯室收即可。同時，我建議妳用葉菲音的本名來發表，因為在我的感覺中，這個名字實在太美了。但願從此之後，葉菲音這個名字，能在文壇上發光發熱！」

「謝謝你的鼓勵，」葉菲音聚精會神地聆聽著，而後誠摯地說：「真有那麼一天的話，我不會忘記你這位老師的！」

林文光走後，葉菲音就迫不及待地向姐姐打個招呼，隨即騎著腳踏車直往街上奔馳。她在文具店買了一刀六百字的稿紙復又快速地折返，並利用打烊後在煤油燈下，把〈看海〉謄寫在稿紙上。但是，一切並非如想像中那麼簡單，雖然只短短的千餘字，卻改改刪刪、刪刪改改，當謄寫好兩張稿紙，已接近十二點。然而，她明知天亮後還有做不完的生意和瑣事，卻沒有即刻去就寢，獨自坐在微弱的煤油燈前沉思。而此時，她腦裡所想、內心所思的，似乎不是英俊瀟灑的林文光，而是當文字變成鉛字時的那份喜悅，作家的頭銜更是她夢寐以求的。而一個僅受過國民學校教育的少女，即使她讀過不少文學作品，思維也相當地縝密，更有滿腔熱血、滿懷理想，但若要走上文學這條艱辛的路途，勢必要付出較一般人為多的痛苦代價。而最後是否能如願呢？則必須端看她個人的恆心和智慧了。

〈看海〉付郵後，葉菲音日日夜夜企盼著這份心血的結晶能盡速地上報，但是，一天、二天、三天、五天過去了，依然不見自己的作品出現，猶如石沉大海般地無消無息。然而，她並沒有怨天尤人，或許該怪自己書讀得少，除了學識不足外，也不夠努力，雖然有點失望，但並沒有絕望。

個性倔強的葉菲音，向來不認輸的葉菲音，屈著手指敲了一下桌子，咬牙切齒地說著：「我不相信葉菲音這三個字上不了報！」於是她擴大閱讀範圍，不再看金杏枝、禹其民和瓊瑤的言情小說。在林文光不斷地鼓勵以及托家裡寄來不少書刊來借給她閱讀的情境下，她閱讀的觸角已延伸到謝冰瑩的《從軍日記》和《女兵自傳》；徐鍾珮的《英倫歸來》和《餘音》；琦君的《橘子紅了》和《淚珠與珍珠》；林海音的《冬青樹》和《英子的鄉戀》；孟瑤的《黎明前》和《兩個十年》；張秀亞的《北窗下》、《三色堇》、《牧羊女》和《曼陀羅》；陳紀瑩的《華夏八年》和徐速的《星星　月亮　太陽》；王藍的《藍與黑》和紀剛的《滾滾遼河》；司馬中原的《狂風沙》和馮馮的《微曦》；以及蔣碧微的《蔣碧薇回憶錄》……等等。幾乎看遍了許多名家的作品，也做了一本厚厚的筆記。除此之外，仲父的《寫作與投稿》與丁樹南的《人物刻劃基本論》更讓她汲取到許多寫作方面的寶貴知識。在長久陶冶下，無形中，她的思想和心智也成熟了不少，對寫作更是充滿著一股狂熱。

終於，葉菲音的散文〈懷念〉、〈明月千里〉、〈烽火玫瑰〉相繼地在當地的日報刊登出來了，她的寫作風格並沒有受到任何一位名家的影響。雖然起初的幾篇略顯生澀，但從〈山海戀〉與〈坎坷人生路〉開始，已樹立葉氏自己的書寫風格，正式進入到她寫實的意境裡。一位沒有受過完整學校教育的青春少女，經過一番努力後，在短暫的創作過程中能有如此的成績，的確令人刮目相看，也同時在文壇引起一陣騷動。

當葉菲音領取第一筆稿費時，雖然只區區的八十五塊錢，但她還是想展現出最大的誠意，請林文光上街吃麵、看場電影，以感謝他的鼓勵和提攜。然而，生長在這個民風淳樸、社會封閉的小島上，倘若一個妙齡少女和現役軍人走在一起是極端不搭調的，也會受到有心人的非議，遑論是一起吃飯看電影。想起父親平日管教之嚴格，以及對她們姊妹的警告，一旦讓那些三姑六婆發現而告訴父親，絕對會受到嚴厲責罵的。但不對林文光表示一點感謝之意，似乎也說不過去，甚至會讓人誤解，島上的女孩不懂得人情世故。

坦白說，葉菲音能在文壇嶄露頭角，林文光功不可沒。要不是他從家裡寄來那麼多書，始讓她有機會接觸到名家作品，並從中獲取許多寶貴的知識和經驗，她哪會有今天。即使社會現實、人情冷暖，但人必須懂得感恩。何況，迄今為止，林文光並沒有貪圖她什麼，純粹是以朋友的立場來關心她。葉菲音也始終相信，男女間除了愛情之外，絕對還有友情的存在。因此，碰到上述這種問題，確實讓她有左右為難之感。

然而，個性倔強的葉菲音，當她自認為是對的、是該做的，似乎不在意那些有色的眼光，甚至事後遭受父親的責罵也在所不惜。但從未與異性交心的她，不知要如何向林文光開口。雖然有意請她看電影或吃飯的官兵不勝枚舉，然她始終以一句「無聊」來回應，從未接受任何人的邀約，亦未曾與異性朋友單獨出去過，那些渾身充滿著「兵仔味」的「戇兵仔」更不用說。尤其是一些用甜言蜜語來迷惑在地少女、讓她們受騙或失身的台灣兵，更讓她恨之入骨。

林文光之於能在葉菲音心目中留下深刻的好印象，除了英俊瀟灑外，談吐也深具內涵，更受過高等教育與現代文學的薰陶。葉菲音心想：若能與他交往而成為一對戀人，將來更進一步走向紅毯，那不知有多好，相信會羨煞很多人的。可是，當她想起自己所受的教育和身分，情不自禁地搖搖頭、苦澀地笑笑。他們之間因現實環境所囿，即使往後能迸出一絲愛的火花，但絕對不會有任何結果的。然而有時話似乎也不能如此說，世間有許許多多的事總是讓人意想不到的。誠然葉菲音有先見之明，但畢竟她是人而不是神，未來的變數誰也不敢料想，因此，她的心裡充滿著矛盾。

儘管葉菲音有多方面的考量，卻依然屈服於她倔強的個性。當林文光再一次地光顧振興商店時，她低聲地問：

「你什麼時候有空？」

「怎麼，有事？」林文光不解地問。

「我領到稿費了，」葉菲音愜意地笑笑，「理應請你這位老師吃碗麵、看場電影，以聊表感謝之意。」

「感謝倒不必，」林文光誠摯地說：「如果妳有空，而不在乎人家的非議，找個時間大家一起去看場電影，我不僅樂意接受，也是我所企盼的。」

「那麼就在今晚，」葉菲音瞄了牆上的日曆一眼，急促地說：「你有空嗎？」

「今天是雙號，又沒有輪到值勤，向長官請個假應該不會有問題。」林文光說後，卻也有點顧慮，「妳爸爸會准許妳出去嗎？」

「他今晚要去喝喜酒，」葉菲音唇角掠過一絲喜悅的微笑，「放心好了，我會稟告我媽的，也會請我哥來幫我看店。不會有問題的啦！」

「既然這樣那太好了！」林文光以一道炯炯有神的目光凝視著她，「六點我在玫瑰餐廳門口等妳，不見不散。」

葉菲音含笑地點點頭，卻也難掩內心的喜悅。雖然初次和男性約會，但她並沒有刻意地妝扮，依舊以她清純的面貌、樸素的衣裳，出現在她心儀中的男人面前。而林文光似乎亦與其他台灣兵不一樣，他不油腔滑調，也不會耍嘴皮。認識迄今，無論談話或動作，從不逾越分寸，讓她有一份安全感。這或許也是葉菲音放心和他單獨在一起的最大原因。當然，葉菲音也懷著一顆感恩的心，如果沒有遇到林文光這位貴人，她焉能在現實的文壇上顯露光芒。

當他們在玫瑰餐廳門口見面時，面對來來往往的人潮，面對許多熟悉的鄉親，從不矯揉造作的葉菲音，顯得一派輕鬆自在。反而是堂堂砲兵少尉觀測官林文光，卻有點羞澀不自然。因為放眼整條街道，幾乎都是穿著清一色草綠軍服的現役軍人，而獨獨他幸運地和一位貌美的當地少女，在這個華燈初上的街頭約會。倘若碰到同僚或長官，不知該如何向他們解釋才好。尤其是少數知識水準較低的當地少女，屢被一些喜歡自我吹噓的台灣兵誘騙，萬一旁人亦以這種有色的眼光來看他，的確是讓他難以接受的。林文光內心相當清楚，人與人之間的相處，無論任何一種情誼的衍生和建立，可說都是基於一種緣分，而不是用脅迫或暴力的手段可獲取的。他今天之於能和島上這位看來冷艷的美少女相識，除了緣分外，主要的還是建立在文學上的互動和共鳴。因此，他的內心是坦蕩的。

受過高等教育的林文光畢竟不一樣，即使葉菲音誠心真意要請他吃飯，但他依然展現出男性應有的禮貌和風度，主動地去結帳，絲毫沒有讓葉菲音請客的機會。

「說好由我請客，卻由你去付費，真是不好意思。」葉菲音歉疚地說。

「一點小意思，別掛在心上。」林文光看看她說。

「先講好，電影可得由我請客。」葉菲音堅持著。

「區區兩塊錢一張票，妳請我請還不是一樣。」林文光不在乎地說：「一個大男生總不能悠閒地站一旁，而叫女生去排隊買票吧！」

「為什麼不可以，」葉菲音看了他一眼，而後加快腳步，「你慢慢走，我先去買票。」

識大體而又有書生氣質的林文光，目視著葉菲音美麗的倩影轉身而去，並沒有公然地和她在大街上追逐或拉扯，反而發覺她有許多可愛處。像葉菲音這種純情的女孩，在台灣那個現實的社會畢竟是少見。他是否該把握機會、珍惜這份異鄉情緣，還是隨著他預官役期的屆滿而煙消雲散？

若依一般常理來推測，男女間的感情如果沒有達到一定的程度，絕對不可能一起吃飯看電影。然而，葉菲音和林文光可說是少見的純情，即使彼此心中有一種微妙的情愫存在著，走在漆黑的回程路上亦有諸多可以親密的機會，但兩人卻中規中矩，始終保持著一段距離。沿途談的也盡是文學，以及葉菲音從未聽說過的文壇近況。這種少見的情境，更可凸顯出他們純潔的友誼，或許在他們的想法裡，在感情尚未成熟時，絕對不能輕率地去附會時代的潮流。雖然葉菲音所受的教育不高，台灣也是她夢寐以求的寶島，但她是不會因此而落入人家的圈套的。她也相信林文光絕不會像一些沒知識的台灣兵一樣，喜歡亂吹亂蓋。

即使葉菲音心裡坦蕩蕩的，然而，當她和林文光道別而踏入家門時，只見父親怒氣沖沖地坐在那張老舊的藤椅上等候，母親哥哥和姐姐站在一旁不敢出聲，彷彿是風雨欲來雲滿天的徵象。

「妳到哪裡去了？」父親從椅上站起，指著她高聲地問。

「看電影。」葉菲音簡短地答。

「跟誰一起去的？」父親又問。

「砲兵營觀測官，他叫林文光。」葉菲音據實說。

「不要臉！」父親氣憤地走到她的面前，順手賞給她一記清脆的耳光，「我平常怎麼教妳的？那些台灣兵個個都不是好東西，三更半夜跟人家去看電影，要是讓人搞大肚子就丟人現眼！妳知道不知道？」

「爸……。」葉菲音輕撫了一下面頰，忍著即將滾出來的淚水，想為自己辯解。

「不要叫我！」父親依然怒氣未消，「好好跟妳姐姐學學，乖乖在家給我看店，將來嫁妝少不掉妳一份。如果膽敢再跟台灣兵出去，我就打斷妳的腿！少給我做台灣夢！」

「爸……。」葉菲音又想解釋什麼。

「不要叫！」父親非但不給她解釋的機會，反而又提出警告，「妳們姊妹倆都給我聽好，如果非嫁給台灣人不可，我不反對。但是，我有一個小小的條件，只要在我們這塊土地上蓋一棟樓房，另加聘金五十萬，我就同意妳們去嫁！假若不能達到我的要求，妳們就死心待在家裡，不要出去給我丟人現眼！」

父親走後，葉菲音依然呆立在桌旁，倔強的她並沒有讓傷心的淚水滾下，即使母親兄嫂和姐姐都來安慰，卻無法改變她對父親的憎恨。尤其是父親暴躁的個性和獨斷獨行的作風，更讓她難以接受。雖然自小讓他打罵慣了，類似今天這種情形也習以為常，但她畢竟長大了，父親怎能以這種打罵的教育來傷及她的自尊心？況且，她並沒有做錯什麼，也沒有犯下滔天大罪，難道坦蕩蕩地和台灣兵在一起吃頓飯、看場電影也有辱門風？還是難容於這個民風保守的社會？的確讓她百思不解。

打烊後，葉菲音提著一盞煤油燈走進櫃台，獨自在微弱的燈光下沉思。她想起今晚和林文光在一起時的歡樂時光，也想起被父親責打時的委屈。於是她提起筆，攤開稿紙，以〈走在幽暗的小道上〉為題，來抒發今晚內心喜悅與痛苦相融的真摯感受。或許是用情太深，還是心中有無限的感慨，葉菲音竟在不知不覺中，淌下一滴滴悲傷的淚水……。

# 第三章

振興商店有一位冷艷美女風靡了附近的駐軍，如今又多了一個美女作家的頭銜，更是吸引無數的仰慕者。而這些慕名而來的幾乎都是島上的「少年家」，有的從商，有些擔任公職與教職，其他則是從軍報國的軍士官。他們明知鄉下店鋪的物品較街上為貴，但還是願意假藉購物之名來此看美女；明知處處都有撞球檯，卻寧願騎著機車或繞遠路來這裡撞球。可說是醉翁之意不在酒啊，卻也為振興商店帶來不少商機、賺取不少銀兩。

然而，葉菲音卻只有一個，即使來者個個有希望，但不知哪一位幸運者，始能獲得她的青睞。人，確實是一種奇怪的動物，愈得不到的東西愈想得到，一旦得到卻不懂得珍惜；而島上芳草處處，卻有人偏偏單戀葉菲音這枝花。

儘管進出振興商店的顧客身分都不一樣，甚至有部分年輕人還會在店裡吵吵鬧鬧、大放厥詞。但是，他們依舊能博取葉父的好感，只因為他們同是生長在這塊土地的島民。因此，他從未阻止女兒與他們談笑，也從不計較他們是來購物或純粹來聊天。畢竟，女兒將來的歸宿，必須是島上的青年，那些台灣兵只會騙取在地少女的感情，有誰會展現出誠意，願意為一個女孩而在這裡建屋又付出高額聘金的？他之所以開出這種不合情理的條件，純然是防止女兒被那些台灣兵騙走。

而在地青年的家境或背景，只要稍微打聽，便可清清楚楚。當然，這些都是次之，人的命運有時不得不端看個人的造化而定，每個人對人生的體悟和價值觀亦有所不同。是否擁有金山、銀礦就叫好命？是否不愁吃、不愁穿就叫好命？或許，必須由自己去體會和認定。

誠然，父親有自己的想法，但在葉菲音的感受裡，父親彷彿有雙重性格。從外表看來，是一個和藹可親的長者，更是一位風度翩翩的紳士；而私底下，凡事自以為是，絲毫沒有溝通的餘地，對母親和子女經常以三字經相向。儘管有慕名的軍人藉機和她聊天，但只要父親一出現，她總會設法轉移焦點，或裝著若無其事，以免事後遭受他的責罵。

尤其是林文光，父親對他更是沒有一絲兒好感。每次他來到店裡，只要父親在場，總是故意站在她身旁，怒目對著他，除了讓他們沒有交談的機會外，更讓林文光十分的難堪。如此一而再、再而三，受過高等教育未曾貪圖她什麼的林文光，焉有看不出來之理。

有一次，趁著父親不在場時，林文光低聲地說：

「妳父親對我好像充滿著敵意。」

「對不起，」葉菲音滿懷歉疚地說：「我不知道該如何向你解釋才好。」

「這不能怪妳。」林文光笑笑，「我知道妳的苦衷。」

「不怕你見笑，我就是在這種環境下長大的。」葉菲音搖搖頭，苦澀地笑笑，「我似乎也有預感，此生的幸福勢必會毀在自己父親的手中。」

「妳已成年，有追求幸福的權利！」林文光有些激動。

「生在這個小島，面對這種家庭，有時不認命也不行。」葉菲音無奈地說。

「難道這就是妳的宿命？」

「或許是吧！」

「不，一個文學愛好者，他有異於常人的思維。他的未來，絕不會被命運操縱！」

「倘若如你所言，我的文學火候尚待加強。冀望有朝一日，命運真能操縱在自己的手中，而不是屈服於命運。」葉菲音感性地說。

「希望妳能堅持理想，不要讓文學生命中斷。」林文光看看她，淡淡地笑笑，而後說：

「我的役期將滿，再過幾天就要退伍了，或許這個航次就可以回台灣。我會永遠懷念著這個島嶼，以及這裡的人事物。當然，最讓我感到高興的是能夠認識妳，希望有一天我們能在台北見面。」

「這段時間蒙受你的提攜，帶領我走向文學的道路，這份恩情並非一聲謝字可了的。我會永懷一顆感恩的心，誠摯地祝福你！」葉菲音打從心底湧起一股淡淡的輕愁，「在你即將退伍離開這個島嶼的前夕，因種種原因，不能略盡地主之誼，請你吃頓便飯替你餞行，實在感到抱歉。」

「我能體會到妳目前的處境，」林文光柔聲地說：「別忘了，朋友貴在交心，吃飯餞行只不過是一種形式，我不會在意的。原本我是不準備告訴妳的，但如果真的不告而別，未免太沒人情味了，也太絕情了。」

「你借給我的那些書……。」葉菲音尚未說完。

「那些書我幾乎都已經看過了，就送給妳做紀念吧！希望妳能秉持熱愛文學的初衷，一步一腳印，走到它的盡頭。」林文光搶著說。

「我不會辜負你對我的期望的！」葉菲音以一對深情的眼光凝視著他，而後關心地問：

「退伍回台灣後有什麼打算？」

「爸媽希望我到國外繼續深造。」林文光低調地說：「可能會到美國，因為我姑媽在那裡。」

「那太好了。」葉菲音興奮地，「初次出遠門，人生地不熟的，不僅有一個落腳處，亦有自己的親人可照顧，可說是兩全其美。祝福你，也恭喜你！」

「謝謝妳的祝福，回台灣後我會寫信給妳，希望我們能經常保持聯絡。」林文光誠摯地說。

「我會在這個歷經砲火蹂躪過的小島上等待你的佳音。」葉菲音說後，從一個小盒子裡取出一條繡著鴛鴦圖案的手巾，遞給林文光說：「這條手巾是我以前無聊時學著繡的，就送你做一個紀念吧！至於裡面的圖案，並沒有什麼特別的意義，唯一的希望，是我們的友誼永不中斷！」

「謝謝妳！」林文光接過手巾，仔細地看了又看，誇讚著說：「妳的繡工很精細，簡直把這兩隻鴛鴦繡活了。」說後雙眼凝視著葉菲音，內心似乎有滿懷的感慨。「坦白說，在島上住了一年多，我深知老一輩的長者，多數對台灣兵的印象不是很好，他們之所以會有這種思維，並非沒有理由的。因為少數知識水準較低的弟兄，不僅口出三字經，又喜歡自吹自擂，甚至心懷不軌、憑著三寸不爛之舌，欺騙人家的感情，讓一些無知的少女受騙上當，純樸的島民怎能接受他們那種惡劣的行為。當然，人都有其主觀的意識和想法，但有時也不能一概而論，即使人世間有善亦有惡、社會上有好人亦有壞人，畢竟，多數還是善良的，好人也凌駕在壞人之上。這些雖然是我一點粗淺的看法，然我必須坦誠向妳保證，林文光絕不是一個無情無義的台灣兵。」

「你的為人我清楚。」葉菲音誠心地說：「從相識到現在，你總是默默地在引導我走向文學之路，未曾貪圖什麼、要求什麼！你高尚的人格值得學習和稱頌！也讓我真正印證到『君子之交淡如水』這句名言。」

「人生難得覓知音，尤其是男女知交最可貴。因為多數人否定男女間除了愛情外、沒有友情的存在。」林文光說後，愜意地笑笑，「我認同妳的看法，我們的確是君子之交！不過在我即將離開這個小島的前夕，我必須再重複一句話，那就是：無論歷經多少苦難和波折，妳的文學生命不可中斷！」

葉菲音含笑地點點頭。當林文光向她說再見時，「人生難得覓知音」這句話卻在她的腦海裡不停地迴盪著。她一反往常的冷漠，打從心靈深處湧起一份無名的微笑。於是，她笑得很燦爛、很開心，彷彿是三月盛開的玫瑰花，既艷麗又芬芳……。

然而，「回台灣後我會寫信給妳。林文光絕不是一個無情無義的台灣兵。」這幾句話猶言在耳，但自從他退伍返台後，葉菲音卻未曾接到他隻字片語。一個月、兩個月、三個月過去了；春來、夏至、冬天也到了，林文光的音信依然杳如黃鶴。葉菲音不自禁地捫心自問：原來台灣兵都是一樣的？幸好她付出的僅是一份誠摯的友情而已。即使林文光不與她聯絡，她仍然必須感謝他，因為她自己清楚，在文學這個現實的區塊裡，如果沒有他的鼓勵，她勢必連投稿的勇氣也沒有；如果沒有閱讀那麼多名家名著，她焉能獲取那麼多知識？或許，寫出來的東西，與小學生的作文沒有兩樣。她今天能在文壇上稍放光芒，林文光功不可沒，因此，她會時時刻刻懷著一顆感恩的心，這似乎也是為人的基本原則！

在只看作品不問作者身分的文壇，葉菲音若想在既有的基礎上更進一步，實際上也不容易。無論小說或散文，並非套上公式就可成章。它必須透過想像，與真實人生相融，始能書寫出感人的作品。葉菲音雖然看過不少書，但缺乏真實人生的體驗。因為她生活的領域，侷限在一個狹隘的空間裡，無法有效地開拓其思域，無形中，造成創作上的阻礙。因此，當

〈走在幽暗的小道上〉在報刊發表後，她就在文壇沉寂了一段時間。而休息是否為了要走更長的路？卻也不盡然。每天除了做生意外，就是趁著父親不在時，和台灣兵聊聊天，和一些在地青年東拉西扯，讓時光從自己的指隙間溜走，讓文學的光芒逐漸地暗淡，空留一個不實際的作家頭銜在島上飄搖……。

葉菲音的艷麗和高雅氣質，再加上作家頭銜，無論是部隊移防或個人輪調，抑或是老兵退伍、新兵到，幾乎都會列入交代。在地青年則是張三追不上，李四又來追，彷彿是一波未平又一波的海上波浪。甚至有人在振興商店耗上半天，找不到機會和她交談者也大有人在。但是，許多人卻沒想到，她還有一位大她三歲的姐姐未嫁。在傳統的觀念裡，在嚴厲的家教下，除非有不得已的苦衷，否則，絕不會讓她先出嫁。即使某一位幸運者能獲取她的芳心，但若想和她步上紅毯，卻仍有一番等待。

正值青春年華的葉菲音，在眾多的愛慕者之中，她較欣賞的還是一些年輕的外省軍官。他們多數生長在軍人世家，無論教養或談吐，抑或是外貌和氣質，均較台灣兵為佳。同時，他們顧家，也懂得相互尊重，這些優點是許多台灣人無法與他們相媲美的。

儘管她與那些俗稱的「老芋仔」接觸的機會並不多，但可以從爾時島上許多婦女嫁與外省人而過著幸福美滿的生活得到印證。當年那些從大陸撤退到這個小島的外省人，被島民稱為「北貢兵」，經過長久的相處，有些便與島上的婦女迸出愛的火花，即使她們因受到戰亂的影響，所受的教育不高，甚至有部分是文盲或有缺陷者，但結成連理後，卻依然能得到他們的疼惜。後來有部分當上高官者，夫妻仍然相親相愛、相敬如賓，並未嫌棄或後悔當年的選擇。

而部分因受到甜言蜜語的迷惑、被台灣兵奪去貞操的無知少女，當生米煮成熟飯時始發覺受騙，除了身心受到嚴重的創傷外，也成為終身的遺憾。因此，讓島民深深地感受到，北貢兵是比台灣兵較有感情的。當然，在葉菲音的心目中，林文光是例外的，但他們則是君子之交，不牽涉男女間的感情。

葉菲音會對那些年輕的外省軍官深具好感，可能就是基於這些理由。但她只是想想而已。她中意的，人家並不一定中意；兩人都有意願的，卻過不了父親這道關卡。或許，她此生的幸福，就定位在這個小島上，而將來會與誰共枕眠，就交由命運來安排了……。

男女感情這種東西，有時卻也有點奇怪。在小學教書的楊老師，在追不成葉菲音時，轉而追起她的姐姐葉菲娟。楊老師早已達到適婚的年齡，但在這個男多女少、一女難求的小島上，年屆三十，依然是王老五一個。當初他想追求葉菲音，純然是被她的艷麗和文采所傾倒，原以為憑他老師的身分，追一個小學畢業的葉菲音是輕而易舉的事，想不到還是不能如願。向來冷艷高傲的葉菲音，並沒有把老師看在眼裡，但也並不代表她將來尋找到的如意郎君會比老師好，仍然要看她的造化。

楊老師的外表並不起眼，不僅看來有點「臭老」，嘴角亦有點歪斜，衣著的搭配也不大得體，說起話來除了有點「大舌頭」外，更是搖頭晃腦、口沫橫飛，但他卻懂得老人心。

自從得不到葉菲音的青睞而轉移到葉菲娟身上時，楊老師心中始終有一個想法，在這個以父權為中心的社會裡，即使葉菲娟對他的印象不錯，但必須先博取葉家伯父的歡心，始能得到他的女兒。畢竟，他讀過教育心理學，他的想法就如同老師與家長的互動。

於是，楊老師除了以情書作攻勢外，每逢到葉家，總會順手帶幾小包價錢昂貴的「寶國」茶葉，或幾包「雙喜」牌香煙，來巴結葉菲娟的父親。

若依葉家的經濟狀況而言，那幾小包茶葉與香煙算什麼，但葉父喜歡的就是人家的巴結和奉承。尤其是楊老師左一聲阿伯，右一聲阿伯，更博得「好嘴花」的美名。生性看來有點「戇直」和「大條」的楊老師，卻被認為是「忠厚」又「老實」。如此的「跤數」，還有什麼可嫌棄的。總而言之，楊老師成為葉家的乘龍快婿，幾乎已成定局。

冬至過後，楊家正式央請媒婆來說親，好面子的葉父，雖然滿口答應他們的婚事，卻也依照世俗，提出「十擔肉」、「十兩黃金」、「十萬元聘金」、「五百包囍糖」的要求。並特別囑咐：「吃茶禮」不可少；不過他也提出保證，葉菲娟陪嫁的嫁妝，絕對不會太寒酸。當媒婆轉述葉家的條件時，幾乎讓楊老師那張忠厚老實又戇直的臉綠了一半。但他深知葉父愛體面之生性，倘若想娶他女兒，必須遵照他所開的條件，絕無討價還價的餘地。

可是，楊家世代務農，父親早逝，姐姐已嫁，孤兒寡母相依為命，碰到如此棘手的問題，母子倆簡直不知所措。幸好，做營造生意致富的姐夫適時伸出援手，先行墊借十萬元聘金，以及十兩黃金，讓楊老師與葉菲娟順利地締訂鴛盟。

葉菲娟出嫁的那天，陪嫁的嫁妝，雖然裝滿了一小貨車，但裡面除了一部「針車」和一台「黑白電視機」較值錢外，其他的盡是一些較粗俗的傢俱，以及「電唱機」、「電風扇」、「熱水瓶」之類的小家電或日常用品。倘若與高額的聘金相較，簡直不成比例，但至少，葉菲娟的嫁粧一貨車，已是不爭的事實，不管遠親或近鄰，幾乎人人都知道這回事。

而葉家藉此發出的喜帖少說也有數百張，不管是舊識或點頭之交，不管是所在地的鄉村公所或附近駐軍的連營幹部，可說人人有獎、個個有份。儘管婚嫁極為稀鬆平常，喜宴也是家家必辦的事，但若以「風光」論，要算葉家最「體面」。因為父親可以不計較女兒的幸福，卻不能不為自己留下一個虛而不實的顏面。

從姐姐與楊老師的交往、訂婚到結婚，每一幕情景，葉菲音都看得一清二楚，父親那副嘴臉，更讓她不敢苟同。若依父親的個性，自己將來勢必也會步入姐姐的後塵。但繼而地一想，距離那個日子尚遠，為什麼要庸人自擾。

然而，讓葉菲音感到訝異和不可思議的事終於曝光了。姐姐歸寧的那天，偷偷地告訴她，林文光寫給她的信，全數被父親扣留看過後給撕了。當然，她也是幫兇之一，因為她看管的撞球室大門面朝馬路，郵差送信時幾乎都由她收取，而父親早已交代，凡是台灣寄來的信件，都必須讓他先過目，她不得不從。

「菲音，姐實在對不起妳。」葉菲娟滿懷歉疚地說。

「姐，我不會怪妳，」葉菲音坦然地，卻也有點激憤，「想不到我們的父親，竟是這種令人寒心的人！」

「妳是親眼看到的，我的幸福簡直快毀在自己父親的手中。」葉菲娟憤憤不平地說：「從開店到現在，我們姐妹倆付出多少勞力、貢獻多少智慧，為這個家賺取多少錢財？而我們的父親並不以此為滿足，還要出賣我的幸福，換取他的面子，讓我背負一身的婚債，真教人傷心啊！」

「姐，就把這件不如意的事給忘了吧！」葉菲音安慰她說：「所謂：吉人自有天相。姐夫是一個忠厚老實的讀書人，又有一份人人欽羨的好職業。姐，妳放心，上天會賜福於你們的！」

「菲音，我們姐妹雖然無緣接受中等教育，但妳卻不怕苦、不怕難、肯努力，以自學來彌補學歷的不足，並在報刊雜誌發表過不少文章，也躋身在作家的行列裡，可說連妳為人師表的姐夫都自嘆弗如，何況是我？但是要記住，妳現在已是一個名符其實的知識分子，將來如果找到合適的對象，倘若父親向人家提出一些不合理的要求，妳必須挺身而出，堅持到底，不能任由父親擺佈或予取予求。假使事事順著他，勢必和我一樣，成為父權淫威下的犧牲者！」葉菲娟提醒她說，內心卻也有無限的感慨，「菲音，妳替姐想想看，那十萬元聘金債，要教我什麼時候才能還清啊！」

「姐，妳放心，老天爺會保佑妳的！」葉菲音安慰她說：「姐夫不煙不酒、不嫖不賭，是一個作育英才的好老師。他每月有固定的薪給，家庭人口又簡單，只要省吃儉用，相信不久即可還清的。」

「妳有林文光家裡的住址嗎？」葉菲娟突然問。

「有。」葉菲音不解地看看她。

「像林文光這種台灣兵畢竟是少數，妳應該寫信給他，向他解釋清楚，別讓他誤認為我們無情無義。」葉菲娟囑咐她說。

「姐，我們見過的台灣兵可說數以萬計，而林文光卻是一個異數。他誠摯地引導我走向文學之路，不求任何的回報，亦未曾貪圖過什麼。我們的友情，純然是淡淡的君子之交，想不到父親竟用這種不文明的手段，來摧毀我們之間的友誼，企圖陷我於不義。我怎麼還有臉寫信給人家呢！」葉菲音解釋著說。

「若依林文光的學養來說，我相信他絕對是一個明理的人。」葉菲娟說。

葉菲音沉思著。

「妳應該試試看，以免造成不必要的誤會。」葉菲娟又說。

「他可能已經出國了。」葉菲音淡淡地說。

「如果真出國的話，他的家人一定會伺機把信轉給他。」葉菲娟提醒她說。

「姐，謝謝妳的提醒，我會試試看的。坦白說，對林文光這位異鄉朋友，我是時時懷抱著一顆感恩的心。如果沒有他的鼓勵，我哪有投稿的勇氣；如果不是他送我那麼多本名家名著，我哪能吸收到那麼多的文學知識。」

「不錯，林文光或許是妳文學上的啟蒙老師，但別忘了：師父帶出門，修行在個人。如果妳自己不努力，焉能得到甜蜜的果實。」葉菲娟頓了一下又說：「不過好久沒有在報上看到妳的作品了，可別讓辛苦磨利的筆尖生鏽了。妳是知道的，文壇是一個極端現實的園地，一旦妳停筆太久，讀者就會把妳忘得一乾二淨。相反地，如果持續不斷地寫，除了增強自己的信心外，也可以讓讀者針對妳前後期的作品，做一個比較，看妳是停滯不前，還是已達到應有的水準。雖然我不會寫，但妳是知道的，我們都同時看過很多書，對這一方面的知識粗淺地瞭解一點，千萬不要誤會我的意思。」

「姐，我知道妳是出於一番善意，怎麼會誤會妳呢？我有十足的信心，文學這條路絕不會讓它中斷。我會加油的！」葉菲音含笑地看看她，而後又說：「坦白說，妳看的書不會比我少，生活閱歷也相當豐富，如果能以週遭的人事物做為背景，寫出內心誠摯的感受，絕對是一篇感人的作品。但願有朝一日，我們姐妹倆能同時在文壇上大放異彩。」

「菲音，妳高估我了。」葉菲娟笑笑，「妳從小就比我聰穎，要不是父親固執地不讓妳繼續升學，妳起碼也會讀到高中畢業。有了既有的基礎，文學這條路就不會走得那麼辛苦。而我只是隨便看看而已，文學細胞永遠不會在我體內繁衍，也沒有那份勇氣來嘗試。現在更必須瞭解自己的身分，一旦受到家庭的束縛，連看書的時間都會頓然失去，遑論想學習寫作。回想讀小學時，一篇作文往往寫不到二三百字，就再也寫不下去。如今看妳一寫就是好幾千字，真想不出妳是怎麼寫出來的。說實在的，有時想寫一封信，都有不知從何落筆之感。」

「姐，妳過謙了。」葉菲音取笑她說：「在妳尚未結婚之前，姐夫每天給妳一封情書，妳是怎麼回的？」

「隨便寫寫啦！」葉菲娟頰上有點熾熱。

「隨便寫寫能感動姐夫的心？」葉菲音斜著頭，好笑地說：「我不信！」

「別忘了，他是追妳不成才追我的！」

「姐，妳真愛說笑！堂堂一個老師，焉有不知姐姐未嫁，輪不到妹妹之理。人家早就看上妳，只是不好意思直接表明，先找我聊聊天，也順便探探口氣。想不到他有先見之明，竟巴結起父親來了。姐，你們不就是這樣一拍即合的嗎？真是良緣天定啊！」

「想不到平常讓人感到冷艷、高傲又不喜歡說話的葉菲音，竟有一副讓人意想不到的伶牙利齒。我和妳姐夫加起來，不僅說不過妳，也絕對不是妳的對手！」

「姐，承讓了！」葉菲音調皮地兩手抱拳作揖。

姐妹倆情不自禁地哈哈大笑。

那晚打烊後，葉菲音顧不了自身的疲累，找出林文光家的住址，攤開信紙，一鼓作氣把沒有回信的來龍去脈，在信上做了一個極詳細的說明。除了冀望他的諒解外，也請他在文學方面，持續給予指導。十天後，代林文光回信的竟然是他的母親，她告訴葉菲音說：林文光已出國唸書，她會找機會把信轉交給他，也期待她能到台北玩玩。信雖短，卻充滿著慈善祥和的真意，一點也看不出都市人的現實，讓葉菲音備感窩心。葉菲音也相信，若以林文光的學識和教養，倘若看過她的信後，絕對會體諒她的處境，也會繼續關懷她在文學上的成長。即使諸事不能如她所願，但至少可以讓他知道，葉菲音並非是一個無情無義的人……。

# 第四章

葉菲娟出嫁後，無形中，振興商店少了一個幫手，不得不由嫂子來替代。雖然她和葉菲音同是小學畢業，但自從嫁入葉家後，做的全是家務和農事，加上生性懶散，反應不太靈光，因此店裡的重責依然落在葉菲音肩上。嫂子只有撿撿撞球，收取一桿五塊錢的球資，或四處觀望，以防止貪小便宜之徒、順手牽羊。

台灣，顧名思義是一個美麗的寶島，因此，親眼目睹它旖旎風光，是青年男女夢寐以求的。但是，生長在這塊土地的島民，因受到戒嚴軍管的限制，即使想遠赴同是中華民國領土的台灣，也必須歷經許許多多的關卡、辦理各項手續，始能如願。尤其是民防隊員，更是受到嚴格的管制，倘若沒有正當的理由，休想離開小島一步。這不僅是島民的無奈，也是宿命。

每年暑期，「中國青年反共救國團」總會針對社會青年或大專學生，舉辦一系列的活動。當葉菲音得知島上的青年男女，可以報名參加「國家建設參觀訪問隊」時，簡直讓她喜出望外。除了參觀國家重大建設外，也可以順便遊覽台灣地區的名勝古蹟；而且，還有一天自由活動時間，可以探親或訪友。對葉菲音來說，這真是一個千載難逢的好機會，如果能參加這個隊伍四處走走看看，的確能讓她大開眼界、增加見識，對爾後的文學創作，一定會有很大的幫助。所謂百聞不如一見，或許，它的可貴處就在這裡。另一方面也可以帶點特產，趁著自由活動的時間，順便去拜訪林文光的母親，以表敬意。倘若林文光對她依然有所誤解，透過他的母親，或許能把它化解掉。然而，店裡的人手明顯不足，父親是否會同意她的請求，一切均是未知數。於是，她想起了姐姐。

從簡章上得知，國建參觀隊出發時間為七月五日，屆時，姐夫學校已放假，商請他們來幫忙幾天應該不會有問題。如果能盡快說服父親而提早去報名的話，成行的機率一定很高。葉菲音在心底盤算著。

那晚恰好是颱風過境後的雨天，店內一片冷清，為了爭取時間，為了能博取父親的同意，葉菲音破天荒地為父親泡了一壺茶。

「爸，您請喝茶。」葉菲音倒了一小杯，遞給他說。

父親接過茶，訝異地看看她，卻突然發覺這個平日被自己限制太多的女兒，早已是一個亭亭玉立的大小姐了。所謂女大不中留，或許不久就會像她姐姐一樣，離開這個家庭。他輕啜了一口茶，微微地搖搖頭想想：振興商店能有今天這種局面，她們姐妹倆可說功不可沒，而自己對她們的管教似乎嚴苛了一點。有時一生氣並沒有顧及到孩子們的自尊，當場就以三字經相向，讓她們的心靈受到嚴重的傷害。但他卻從未自我檢討，於是日以繼夜，習慣便成了自然。即使他年歲已不小，暴躁的脾氣理應逐漸地緩和，愛面子的個性亦應慢慢地改變，然而這似乎已不可能，他依舊是這個家庭中的暴君。

但是今天晚上，當他接過孩子手中的茶時，不知怎麼的，心情卻格外地平靜。而平日鮮少與他交談、甚至看到他都有點懼怕的孩子，怎麼會突然地幫他泡茶？難道有什麼心事想告訴他？或許，其他事父女還有溝通的餘地，倘若想嫁給台灣兵則一切免談！除非他有本事在這塊土地上蓋一幢樓房，除非他真能付出五十萬聘金，否則的話，別做白日夢！

「爸……。」葉菲音剛開口，又縮了回去。

「有事？」父親雙眼一睜，以一道懾人的光芒盯著她。

「我想……。」葉菲音口一開，又停住。

「妳想怎麼樣就直說，」父親有點不耐煩，「吞吞吐吐的幹什麼嘛！」

「我想參加救國團舉辦的國家建設參觀訪問隊，到台灣看看。」葉菲音終於鼓起勇氣說。

「台灣那種風化地區，有什麼好看的！」父親不屑地說。

「不，不是去看那種地方。」葉菲音解釋著說：「除了參觀國家重大建設外，也順便遊覽台灣地區的名勝古蹟。總共是十天的時間。」

「妳一走，誰來看店？」父親面無表情地說：「生意不要做了是不是？」

「我會商請大姐來幫忙幾天。」葉菲音雙眼凝視著父親。

父親輕啜了一口茶，而後燃起一支香煙，猛力地吸了兩口。霎時，兩道白茫茫的煙霧從鼻孔裡冒出來。

「妳是不是想到台灣去找那些台灣兵？」父親逼人地問。

「爸，我不會做這種事的。」葉菲音提出保證。

「看在妳多年來為這個家庭而忙碌的份上，只要妳姐姐願意來幫忙，就讓妳去玩幾天。」父親終於展現出慈祥的容顏，卻也警告著說：「如果到台灣後，敢去找那些台灣兵，一旦讓我知道，妳就別想有好日子過！」

「我知道。」葉菲音興奮地說。

父親這道難關終於過了，姐姐那裡絕對不會有問題。葉菲音惟恐名額有限，趕緊利用時間，親自到救國團報名、繳費。在得知自己已在安全名單內時，葉菲音的確難掩內心的喜悅，不久，就可以踏上寶島台灣的土地，親眼目睹它的繁榮和進步。高雄的澄清湖、台南的赤崁樓、花蓮的太魯閣、雲林的西螺大橋、南投的日月潭、台北的圓山動物園……等等，都是她曾經聽說過，而未曾到過的地方。因此，她的美夢即將實現，相信這十天的行程中，一定能增廣她的見聞、啟發她的思域，讓她往後有更豐富的創作題材。

然而，世間的確有許許多多的巧合，正當葉菲音準備隨國建隊出發的前夕，卻接到林文光從美國寄來的信，簡直讓她興奮不已。林文光除了能體會她的處境外，也冀望他們的友誼永不中斷，並再三地強調，男女間除了愛情外，絕對還有友情的存在。他永遠不會忘記：他們之間那份淡淡的友誼馨香，那份脫俗的君子之交。如果到台灣的話，別忘了到他家看看……。

看完林文光的信，更增加葉菲音想去探望林家伯母的決心。但是，她並沒有對任何人談起，只暗中準備了一些特產，放在旅行袋的底層。屆時，她將以此作為見面禮，以表示對林家伯母的敬意。

「國家建設參觀訪問隊」一行四十八人，由救國團派員擔任領隊。男女隊員都是名符其實的「社會青年」，也是國家的棟樑和希望，因此，主辦和接待單位對他們禮遇有加。當他們在救國團集合時，難免也會遇到許多熟人，畢竟，這個島嶼太小了，不是同學就是親戚，不是同村就是同鄉，整個隊伍中，彷彿就是一個大家庭。

報到時間截止後，工作人員開始為他們編成四個中隊、分發識別證。當領隊叫著「葉菲音」的名字時，部分與她較不熟悉的隊員，莫不睜大眼睛看著她。因為人雖不熟，名字卻經常在報上見到。不錯，從她冷艷標緻的外貌看來，她就是作家葉菲音，能與她同行，的確是與有榮焉，許多人都紛紛投以羨慕的眼光。

那天傍晚，他們一行人分乘兩部軍用卡車抵達碼頭，海軍運補艦已卸完軍用物質，人工搭建的浮橋隨著海水的漲潮不停地在晃動。在承辦單位的協調下，救國團暑期青年活動「國家建設參觀訪問隊」所有隊職員優先上船。第一次乘船的葉菲音，剛走進底艙，隨即被那股嗆鼻的柴油味以及稀薄的空氣屈服。軍艦尚未啟航，就有噁心的感覺。她趕緊取出手帕、摀住鼻嘴，和隊友一起登上甲板，找了一處較能避風遮陽的地方，然後取出預先準備好的舊報紙往地上一鋪，逕自坐下，與她同坐一起的是小學同窗李美麗。

潮水已滿，軍艦鳴過汽笛後緩緩地航離港灣，它必須暫時在外海拋錨，過了單號凌晨再行啟航，以防匪艦半途攔截或砲擊。這似乎也是數年來的成規，讓搭乘便船的島民，待在船上多飽受好幾個小時的海上顛簸。

儘管艙內有部分吊鋪，而卻滿佈著濃濃的柴油味，故而，多數人仍然願意留在甲板上，不管是席地而睡或靠在鋼板上打盹，總比在船艙裡聞柴油味強上好幾倍。尤其是一些會暈船的人，一聞到那種氣味，馬上就有反胃的感覺，葉菲音就是其中之一。即使船上熟悉的隊友不少，但能夠相互照顧者，除非是男女朋友或至親好友，其他都猶如逃難的難民一樣，自身已難保，那管得了別人。葉菲音幸好有李美麗和她作伴，始免落單；也幸好有她的照顧，體內的膽汁才沒有吐完。

經過二十餘小時的海上顛簸，承受此生未曾歷經過的海上旅程，葉菲音終於看到萬壽山迷人的燈光在閃爍，終於見到西子灣洶湧的波濤在翻滾。於是，她打從心靈深處發出如此的呼聲：台灣，啊美麗的寶島！在戰地前線蟄居二十餘年的葉菲音，即將踏上這塊土地、投入你的懷抱、親吻你的芳澤！雖然只是短暫的停留，卻是衷心的盼望！

他們在高雄港十三號碼頭下船，隨即由軍用大卡車把他們載送到火車站。沿途除了車水馬龍外，街道旁七彩的霓虹燈，更閃爍著耀眼的光芒。即使已是深夜，依然到處可見萬頭鑽動的紅男綠女，倘若與戒嚴時期的小島相比，簡直有天壤之別。短暫的休息後，他們改乘鐵路局對號快車，直往台北疾馳。而既暈船又暈車的葉菲音，體力早已不堪負荷，只見她右手托著頭，斜靠在臨窗的位置上，一路昏睡到台北，而後進住劍潭青年活動中心，展開他們為期十天的參訪行程。

名稱上雖然叫著「國家建設參觀訪問隊」，而實際參觀的卻是台灣北部的幾處景點，以及東部的太魯閣國家公園。即使只是走馬看花，但四十餘位青年朋友能朝夕相處在一起，的確也是一種緣分。尤其所有的隊員，均是未婚的青年男女，如果能因此而增進彼此間的相互瞭解和友誼，回到小島後繼續交往，而後締結良緣，似乎也是美事一樁。

葉菲音的美艷和知名度都不在話下，談話更深具內涵，主動找她搭訕的男隊員不知凡幾，其中有一位叫張志民的隊友更是對她大獻殷勤。然而，想感動她的人並不是一件易事，無論多麼地英俊瀟灑，或擁有萬貫家財、高學歷，這些似乎都不是她擇偶的唯一條件。她心目中的終身伴侶，除了對文學有共同的興趣外，其氣質、談吐和內涵也是相當重要的。而張志民家中雖然多金，人也長得不賴，卻不是她欣賞的對象。甚至，葉菲音也發現，他對隊中面貌較好的女生，所獻的殷勤不亞於她。而且，不僅煙不離手，亦有一些油腔滑調，倘若與純樸的島嶼青年相較是格格不入的。因此，葉菲音並沒有把他看在眼裡，對他施展出來的那些小動作，也是不屑一顧。

國建參訪隊行程上雖然是十天，但如果扣除海上和陸地的往返時程，實際上只有一個禮拜的時間。他們到外雙溪參觀「故宮博物院」、到陽明山參觀「中山樓」、到野柳參觀「海洋公園」、到花蓮參觀「太魯閣國家公園」……等等，在有限的時間裡，參訪完所有的行程，讓未曾到過台灣的隊友，一圓遊覽寶島風光的美夢。

隊友們盼望的自由活動終於來了，葉菲音此行的主要目的除了參訪外，在無親無戚可探望的同時，唯一的就是拜見林文光的母親。為了禮貌起見，那天一早，她在公共電話亭打電話向林伯母稟告。當她正為路途不熟而發愁時，想不到林伯母卻主動地提出要親自駕車到劍潭活動中心接她，簡直讓葉菲音喜出望外、雀躍不已。

林伯母把車號和顏色告訴葉菲音，因為距離她家還有一段路程，要她十五分鐘後在大門口等候。並囑咐她說：車子可以坐四位，如果有同伴不嫌棄的話，歡迎一起到她家玩。葉菲音雖然感激在心，但為了初次見面不好意思打擾，她只邀請李美麗與她結伴同行。

「妳要去拜會未來的婆婆，我怎麼好意思跟妳同去。」李美麗推辭著說。

「別亂講，我與林文光除了是文學同好外，可說是君子之交。絕對沒有涉及到男女之間的感情問題。」葉菲音解釋著說，卻也有些憂慮，「不過要記住，回去後可千萬不能說我們去找人家。要是讓我爸爸知道，他會讓我沒好日子過的。」

「妳儘管放心，我又不是大嘴巴。」李美麗說後，頓了一下，略有所思地，「很多人都說台灣人較現實，如果妳與林文光只是一般朋友的話，他的母親怎麼可能親自來接妳？」

「坦白說，林文光與其他台灣兵不一樣，他那種高尚的品格和修養，絕對與他的家庭教育有密切的關聯。因此我敢於肯定，林家絕不是普通家庭，林伯母亦非普通人。」葉菲音說。

「他家住哪裡？難道林文光沒有和妳談過他的家庭？」李美麗問。

「住天母……。」葉菲音尚未說完。

「什麼？」李美麗訝異地，「聽說天母都是外國使節的眷屬和有錢人家住的地方。」

「這點我就不太瞭解了，林文光從未對我說過他的家庭狀況。」葉菲音淡淡地說，「老實說，彼此之間只是純粹的朋友而已，我也不好意思調查人家的戶口，一切等到了他家就明白了。」

為了要拜見林伯母，葉菲音雖然刻意地妝扮了一番，但這幾天大部分時間都曝曬在陽光下，原本白皙的皮膚，被塗上一層黝黑的色彩，成了一個冷艷的黑美人。而身上的穿著，就像加工出口區的女工、土氣十足，怎能與這個繁華的都市人相媲美。幸好，她並不是去見公婆的。

葉菲音提著一包島上的特產，和李美麗一起在大門口等候。不一會，一輛擦拭得雪亮的黑色轎車緩緩地停在她們的面前，從車號和顏色看來，它就是林伯母的座車。只見一位氣質高雅、穿著體面，戴著一副金邊眼鏡的中年婦人啟開車門，而後以優雅的動作下車。葉菲音已知來者是誰，趕緊迎上去，含笑地向她點點頭，並禮貌地說：

「伯母，您好！我是葉菲音。」

「歡迎妳到台北來。」林伯母緊緊地握住她的手，而後慈祥而親切地說：「文光退伍回來後，一直惦念著妳呢！」

「謝謝您，伯母！」葉菲音燦爛地笑笑，而後轉頭介紹著，「她是我的同鄉李美麗。」

「伯母好。」李美麗點頭致意。

「歡迎、歡迎！」林伯母親切地和她握握手，復又轉向葉菲音，「還有其他人嗎？」

「沒有了，」葉菲音不好意思地，「我們兩人結伴去打擾伯母。」

「別客氣，也不要太拘束，難得來一次，要放鬆心情四處走走看看，回去後才能留下一個美好的回憶。」林伯母已洞察出她們緊張的心情，開導著說。

葉菲音和李美麗怡悅地笑笑。

林伯母熟練地駕著車，即使她慈祥隨和，但初次來做客的葉菲音和李美麗，卻始終無法把緊繃的心情放輕鬆。明明是軟綿綿的高級坐墊，卻無法讓她們僵硬的身軀放柔軟，在葉菲音的感受裡，的確比暈船還難受。

終於，林伯母把車停在一幢高級的住宅前，門鈴一按，隨即走出來一位穿著樸素的姑娘，開門後則依然立在門邊，並順口叫了一聲：「太太。」葉菲音心想：她，或許是林家的女傭吧！

「兩位請。」林伯母比畫了一個請進的手勢。

女傭關上門後，趕緊走到客廳門前，並為她們取來拖鞋。然而，未曾歷經這種場面的葉菲音和李美麗，兩人互瞄了一眼，卻有不知所措之感。

「裡面坐、裡面坐，不必脫鞋、不必脫鞋。」林伯母適時化解了她們的尷尬。

而當她們雙腳踩在客廳的高級地毯時，方知自己的無知和失禮，然則為時已晚，只好硬著頭皮，坐在那張軟綿綿的皮套沙發椅上，享受冷氣上身時的清涼。也同時欣賞到掛在牆壁上、張大千的墨寶和名畫。

「喝咖啡、還是冰紅茶？」林伯母親切地問。

「伯母，不必客氣啦……。」葉菲音不好意思地，似乎也有一點坐立難安之感。

「傻孩子，」林伯母已看出一些端倪，慈祥地開導她說：「妳是文光的好朋友，難得來一次台北，就把它當成自己的家，不要那麼拘束。」而後轉頭對一旁的女傭說：「阿蘭，天氣熱，喝冰紅茶好了，順便把冰箱裡的水果端出來。」

「是，太太。」女傭必恭必敬地說。

「伯母，」葉菲音站起，把帶來的特產雙手遞給她說：「這些是我們島上的土產，不成敬意，請伯母笑納。」

「幹嘛那麼客氣，」林伯母接過後，順手放在茶几上，愛憐地說：「那麼遠的路途，既要坐船又要坐車，還提這麼一大包東西，真是辛苦妳啦！」

「不會啦，」葉菲音怡悅地笑笑，「只是一點心意而已。」

「聽文光說，他當兵時經常到妳們家開的小鋪找妳聊天，妳還經常在報刊雜誌上發表文章。」林伯母說。

「伯母，坦白說，我之於會對文學產生興趣，純然是受到文光哥的鼓勵和提攜。而且他還送我很多書，讓我有機會接觸到名家的作品，繼而地從中獲取許多寶貴的知識。文光哥可說是我文學創作上的啟蒙老師。」葉菲音誠摯地說。

「不，他學的只是一些文學理論，若要論創作的話，絕對沒有妳高明。文光曾經帶回來妳的剪報，我發覺妳的散文不僅清新、有內涵，還富有濃厚的島嶼色彩，讓人讀後留下深刻的印象。而文光雖然讀的是文學系文藝組，卻未曾在報上發表過任何文章，真是愧對他的恩師趙滋蕃和邢光祖。」林伯母說後，竟站了起來，「菲音，既然妳和文光是無所不談的文學同好，我就帶你們上樓看看他的書房。他的藏書少說也有好幾百本。」

葉菲音和李美麗同時站起，兩人尾隨在林伯母身後，從客廳的邊門進去，手扶原木扶手，步上中間鋪著紅色地毯的階梯。每一個轉角處的牆壁上，都懸掛著一幅名畫，畫框上面並有一盞精緻的壁燈映照著，讓人感受到原畫的立體感。由此可見，這棟房子絕不是一般的住戶。

二樓地上鋪的是高級地磚，如果躺在上面，也不會受到灰塵的污染。但是她們卻不懂得脫鞋的禮節，穿著便鞋就走上來，負責清掃整理的女傭，不罵在心裡才怪。然而，她們卻是林家的客人，女傭不高興又能奈何。

林伯母引導她們直接進入林文光的書房，的確讓葉菲音驚訝不已，除了一套桌椅外，三個靠牆的大書櫃，幾乎裝滿各類書籍，甚至還有大部頭的線裝書，儼若是一個小型的圖書室。雖然林文光已出國，但裡面依然窗明几淨、書香滿布，確實是一個讀書的好環境。葉菲音心想，如果能擁有這個家、這間書房，那不知該有多好。或許，她此時的思維是一個遙不可及的夢想，這輩子永遠不能實現。

「文光就是喜歡買書，有些書買回來根本連看都沒看。」林伯母數落著，而後含笑地告訴葉菲音說：「如果不嫌重的話，妳自己挑幾本帶回家看，反正文光短時間是不會回國的，擺在這裡沒人看也是一種浪費。」

「謝謝伯母，文光哥先前送我的那些書，還有一部分尚未看完，以後如果有需要再寫信向您借。」葉菲音客氣地說。

林伯母點點頭、慈祥地笑笑。

當她們重回客廳，林伯母囑咐女傭說：

「阿蘭，妳打電話給金龍酒店蔡經理，就說我有客人，請他留三個好一點的座位。」

「是的，太太。」女傭不敢怠慢。

「文光他爸做的是貿易，經常要出國跟客戶洽談生意，前天又到巴黎去了，不能陪妳們一起吃個便飯，真是不好意思。」林伯母低調而歉疚地說。

「伯母，您太客氣了。」葉菲音反而有些不好意思，「我們來打擾伯母已經很久了，不知會不會耽誤您的要事？」

「我原本在中學教書，現在退休了，每天悠哉遊哉的，清閒得很。今天有妳們來陪我聊天，高興還來不及呢！」林伯母怡悅地笑著，「等一下我們一起到金龍酒店吃飯聽歌。」

「不，」葉菲音客氣地推辭著，「不能讓伯母破費。」

「傻孩子，」林伯母慈祥地笑笑，「我不是向妳們炫耀，這棟房子一年就要繳好幾萬元稅金，請妳們吃頓便飯聽聽歌又能花多少錢。況且，妳又是文光的好朋友，我們只有他這個孩子，我太清楚他的個性了。他從不亂交朋友，一旦對方讓他感受到真誠實意時，他同樣地也會以誠相待。即使你們只是君子之交，但今天如果他人在台北的話，安排的場面絕對不會像我這麼寒酸。」

「謝謝您，伯母！我們能感受到您的心意……。」葉菲音做夢也沒想到，會受到如此的禮遇。因此，林伯母的一番話，的確讓她太感動了。

臨近中午，林伯母帶她們來到金龍酒店。剛進門，一位西裝革履帥氣十足的青年，快步來到她們面前，並朝林伯母點點頭，禮貌地喚了一聲：「老師。」

「葉小姐、李小姐，兩位都是文光的好朋友，遠從外島來的。」林伯母介紹著：「這位是金龍酒店蔡經理，也是這家店的小老闆。」

「歡迎、歡迎！」蔡經理微彎著腰，含笑地說：「兩位小姐多指教。」而後比著手勢，「老師您請，兩位小姐請！」

蔡經理引導她們入座，隨即走來一位年輕貌美的女性服務生，快速地為她們拉出坐椅，而後站在旁邊做必要性的服務。當然，老師是受到許多禮遇的，座位距離舞台最近，待會兒明星歌星出來表演時，看得最清楚。

當樂隊奏起前奏曲時，服務生也開始上菜。蔡經理精心為她們點配的菜色，都是葉菲音和李美麗此生未曾品嚐過的珍饈佳餚。尤其是邊吃邊看表演，更是她們此生最難得的經歷。

如此的情景和氣派，或許，只有在寶島台灣才能見得到。然而，環視在座的賓客，個個穿著既體面又高貴，獨獨她倆顯得寒酸又土氣。幸好有林伯母高貴的氣質來襯托，有她的學生經理親自來招呼，無形中，讓她們兩人沾了不少光彩。

回家稍為休息後，林伯母又陪著她們參觀圓山動物園，無論猴子、大象、獅子、老虎和豹，或龜、蛇、鱷魚等爬蟲類，以及許多的珍禽鳥獸，都是她們曾經聽過而未見過的動物，確確實實讓她們大開了眼界。

那晚，除了逛士林夜市外，林伯母也就近請她們品嚐台灣的傳統小吃。甚至，自己也放下身段，陪著她們一攤吃過一攤。於是她們品嚐了「淡水蝦捲」、「八里孔雀蛤」、「松山虱目魚羹」、「福州傻瓜魚丸」……等，直到臨歸隊前十分鐘，才送她們回到劍潭活動中心。並從座車的行李箱，取出兩份事先準備好的禮物，送給李美麗的是一盒豬肉乾、兩罐肉鬆；送給葉菲音的除了肉乾與肉鬆外，還有一塊高級衣料，以及一對純金耳環、一枝派克四十五型鋼筆。

「伯母，我不知該如何感謝您才好……。」葉菲音有點哽咽。

「傻孩子，」林伯母輕輕地拍拍她的肩膀，「不要說這些，何日重遊台北，才是我最希望的。」

葉菲音眼眶一紅，一顆感動的熱淚，終於滾落在她的腮上……。

# 第五章

參加國建隊回來後，葉菲音彷彿變成另一個人，不僅開始妝扮，衣服的搭配也變講究的，如此一來，更顯出她的端莊和艷麗。同時，她的〈國建參觀手記〉系列作品，正逐日在報上刊載。於是，文壇又刮起一陣美女葉菲音的熱潮，除了讀者們爭先閱讀她的作品外，亦同時讓她的文學之路向前邁進一大步。相對地，振興商店也多了一些慕名而來的陌生客，以及一起參加國建隊的部分男生。其中，包括在台灣參訪時，對漂亮女生大獻殷勤的張志民。

張志民的父親在距離師部不遠的一條新興街道經營餐飲業，因為他的父親曾經在政委會廚房當過工友，長期的耳濡目染下，對烹飪略有心得。尤其他的滷菜重口味，讓一些喜歡此道的老饕讚不絕口，生意也因此而蒸蒸日上，確實賺了不少錢。然而，張志民雖然聰穎，卻不喜歡讀書，國中畢業後就沒有繼續升學，而且還學會抽煙、撞球，甚至留了一頭長髮，偶而地還會和人家賭「三公」或「十點半」，成了一個遊手好閒的浪蕩子。但是，他卻有一張俊俏的臉，而且能言善道，加上家裡有錢，於是，一些知識水準較低、卻又不知詳情的女孩，常被他的花言巧語，耍得團團轉。

從台灣回來後，張志民就鎖定目標要追葉菲音。因為他發覺，無論從任何一方面來說，他與葉菲音都是很匹配的。論錢財，他們家絕對勝過振興商店；論學歷，他國中畢業葉菲音只是小學；論外型，很多人都說他長得像電影明星秦祥林。唯一的是葉菲音會寫文章，而他連一封信都寫不好，遑論是作文。但是，那些文章又能值多少錢，老爸隨便從盤子裡拿出一塊滷肉來切、切、切、切，也勝過她耗盡腦汁寫文章所得到的稿費。因此，他始終認為，葉菲音沒有不欣賞他的理由。

經常地，張志民會找兩、三位志同道合的朋友，騎著摩托車，遠到振興商店打撞球。他的主要目的當然是想藉機親近葉菲音，要不，他們家附近的撞球室，少說也有五、六家，怎麼會捨近求遠，來到這個到處都是阿兵哥在走動的偏遠地區打撞球。

張志民的穿著體面，上衣口袋裝的是兩隻喜鵲相對的「雙喜牌」香煙。當他把煙含在嘴角時，又從扣在皮帶上的小皮套裡，取出一個叫「多彭」的金色打火機。只聽「鏗」地一聲，手指一按，火苗快速地升起，當他低頭點燃煙後，又故意地在他人面前晃了一下，好凸顯這個打火機的名貴。而後又是「鏗」地一聲，把蓋子合上，復裝進皮套裡。

「阿民，你這個多彭打火機、多少錢買的啊？」同夥的阿西羨慕地問。

「一千六，」張志民神氣地，「日本原裝進口的，可不是台灣的仿冒品。」

「那麼貴的東西，你也下得了手。」阿西又說。

「一千六算什麼，」阿木有點不服氣，「不是我拍阿民的馬屁，他們家沒什麼，就是有錢！只要他喜歡的，別說是一千六，一萬六也照買不誤！」

「有一個有錢的爸爸真好！」阿西又一次地投以羨慕的眼光。

「阿民的爸爸已放出風聲，只要他找到中意的對象，馬上幫他討老婆。」阿木說。

「現在討老婆、跟以前可不一樣了，聽說要花很多錢。光是聘金、豬肉和飲茶禮，一、二十萬是跑不掉的。」阿西說。

「其實有時候也要看雙方家長，越忠厚老實的人家，越不會耍花樣，要求的條件也不會太高。反而是一些有錢人喜好面子，以為送的聘禮愈多就愈體面，有些人則是故意要收取高額聘禮，來考驗男方的經濟實力。」阿木說。

「老實說，有錢並不一定能買到自己中意的老婆。」張志民認真地，「如果振興商店那位葉菲音願意嫁給我的話，無論她開出什麼條件，我一定會說服我爸爸全數答應。」

「葉菲音不僅漂亮，也很有氣質，但卻很高傲。」阿西頓了一下，略有所思地，「我看想把她追到手，沒那麼簡單。」

「這要看人啦，」阿木輕瞄了張志民一眼，「憑阿民的長相和家世，在我們這個小島上能找到幾個？除非葉菲音跟台灣兵跑，或嫁給那些老北貢，要不，阿民絕對佔有很大的優勢。若依她家的經濟環境來說，可能連所有的聘禮都不要，而且還會有一份豐厚的嫁妝陪嫁，到時候那就爽死了！」

「如果真有那麼一天，我就請你們做男儐相。」張志民興奮地說。

「既然想追，就必須多花一點心思，而且還要找機會先巴結巴結她爸爸。這個老頭子看起來很勢利，如果不先巴結他，到時即使能得到葉菲音的青睞，卻過不了他這一關，那就白費工夫了。」阿木又為他出點子。

「阿木，你說的很有道理，點子向來也最多，乾脆，你就當我追求葉菲音的戀愛顧問好了。如果有一天，真讓我把她娶回家，我就送你一個日本原裝進口的『多彭』打火機。」張志民取出打火機，「鏗」地一聲，在他們面前炫了一下。

「一言為定！」阿木伸出小指頭，和他打勾勾。

「一言為定！」張志民同時伸出小指頭，緊緊把它勾住，而後，看了一下身旁的阿西，「請阿西當證人好了。」

「要證人幹什麼，誰不知道你阿民言出必行、出手大方。」阿西笑笑，「說不定事成後，也會送我一個多彭。」

「還是你阿西最瞭解我，朋友之間必須守信。」張志民得意地，「兩個多彭加起來也不過才三千多塊，小事一樁啦！只要事成，我絕不食言。坦白說，一想起葉菲音那副冷艷的俏模樣，就恨不得馬上把她娶回家！你們可要多幫點忙，千萬別讓台灣兵把她給拐走。」

「這點你放心，聽說她爸爸最討厭那些吹牛不犯法的台灣兵。而且也放出風聲，誰想娶他女兒，必須在他們家蓋一棟樓房，另加五十萬聘金。」阿西說。

「她爸爸未免太過份了吧！」阿木有點不屑，「葉菲音又不是黃金鑄成的！」

「不，」阿西搖搖頭，解釋著說：「老頭子之於會提出那麼嚴苛的條件，其真正的用意是不讓她嫁給台灣人，把機會留給島上的青年。」

「我有希望了！」張志民雙手抱拳，高高拱起再向下，而後興奮地說：「畢竟，肥水不落外人田，岳父大人英明，晚輩佩服！」

於是，張志民信心滿滿地、三不五時就往振興商店跑，而阿木和阿西並不能經常陪他來，大部分時間，都是他獨來獨往。然而，除了和阿兵哥一起撞撞球外，似乎也找不到可以和葉菲音談論的話題，唯一的就是藉機買包雙喜煙或一條口香糖，但葉菲音依然冷若冰霜、不屑一顧，收錢後就未曾多看他一眼，讓張志民有強烈的挫折感。但是，他始終沒有灰心過，轉而，竟和葉菲音的父親聊了起來，而且聊得很投機。

只見張志民從上衣口袋掏出雙喜牌香煙，遞給他一支，禮貌地說：

「阿伯，請抽煙。」隨後取出多彭打火機，「鏗」地一聲，為他點燃，「雙喜煙，抽得慣嗎？」

「開玩笑，」阿伯輕輕地吸了一口，興奮地說：「這種煙是有錢人吸的，我吸不起。這輩子只有抽『新樂園』的命。」

「阿伯您客氣了，」張志民誇讚著說：「振興商店的生意在這個地區是數一數二的，一包雙喜煙只不過區區幾塊錢，那有吸不起之理。坦白說，『寶島』煙我也抽過。」

「賺錢不容易啊，哪有你們年輕人那麼好命！」阿伯淡淡地笑笑，而後問：「你貴姓、在哪裡高就？」

「阿伯，我叫張志民，我家是開菜館的。」

「開菜館，」阿伯看了他一眼，點點頭，羨慕地說：「菜館雖然忙碌了一點，但利潤很豐厚，真是入對了行。」

「阿伯，您沒說錯，」張志民神氣地說：「開菜館實在是很好賺，一個豬頭皮的本錢只不過幾十塊，但滷過後則可以切成好幾盤，再加上海帶豆干之類的滷味搭配，賣它個兩、三百元是沒有問題的。同時，我爸爸以前在小廚房待過，專門炒菜給大官吃的，技術可說是一流的。無論大宴小酌，都難不倒他。附近的師長、旅長或科長請客時，幾乎都是在我家的菜館，一個月可以賺很多錢。」

「那真是太好了，」阿伯一方面羨慕，一方面感嘆，「那像我們做這種乞丐生意，一包新樂園香煙賺五毛錢；一瓶汽水賺八毛錢；一瓶米酒賺一塊五毛錢，而且還要自己上街去載運。」

「我們家菜館也賣酒和汽水啊，好像價錢都比你們店裡的售價高。」張志民說。

「在菜館請客或吃飯的人，他們是不會計較那些小錢的。倘若遇到一些較豪爽的客人，還會給點小費。」阿伯說。

「阿伯，您真是內行啊！」張志民說後，取出香煙，「來，再抽一支煙。」又是「鏗」地一聲，幫他點燃。

「連續抽你好幾支雙喜煙，真是不好意思！」阿伯歉疚地，「這樣好了，我泡壺好茶請你喝。」

「您有什麼好茶？」張志民好奇地問。

「『寶國』。」阿伯簡短地答。

「我家除了『寶國』外，還有『蕘陽』和『鐵羅漢』。」張志民得意地笑笑，「改天我拿兩包送給你，讓你泡泡看。」

「不、不，這可不能開玩笑！」阿伯搖搖手說：「『蕘陽』和『鐵羅漢』都是港貨，不僅價錢昂貴，也不好買，我有『寶國』可泡，已經算是奢侈了。平常幾乎都是喝南港『鐵觀音』和『大紅炮』。」

「你們這些老人家真是可憐啊！我爸爸也是一樣，賺那麼多錢卻捨不得吃、捨不得穿；有時候客人吃剩的，還捨不得倒掉，要留起來全家一起吃；衣服發黃又沾滿油污，簡直可以做抹布了，他還是繼續穿。人家笑他是『皇帝身，乞食命』，這又何苦呢？將來一旦翹辮子，那些錢還不是我的！」張志民不屑地說。

「你們這一代的年輕人命真好，不必歷經苦難的折磨，就能坐享其成，真是得天獨厚啊！」阿伯冷冷地一笑，似乎不認同他剛才的說法。

儘管在葉菲音父親眼裡，張志民這個年輕人有點輕浮不實際，但在他香煙與茶葉的攻勢下，逐漸地，卻也對他另眼相待、產生好感。當然，老人家也深知他經常來此的目的是什麼，請他吸煙、送他茶葉的用意是什麼，如果他沒猜錯，這個年輕人，絕對是衝著自己女兒來的。仔細想想，女兒也二十幾歲了，若不是他平日管教嚴格，以她的美貌和文采，或許早已跟台灣兵跑了，哪能留到現在。

一個細雨霏霏的午後，張志民竟然切了一大盤滷菜，帶了一瓶高粱酒，騎著新買的「蘭蒂五十」機車，興沖沖地來到振興商店。

「阿伯，下雨天，沒什麼事，我們來喝酒。」說後打開塑膠袋，把滷菜和酒放在玻璃櫃上。

「這怎麼好意思。」阿伯瞇著眼，興奮地笑著。

「小意思啦，酒和滷菜都是從家裡拿來的，又不是花錢去買的。」張志民不在乎地說。

「你看看，只要你一來，每次都是抽你的雙喜煙，而且還經常喝你送的『蕘陽』和『鐵羅漢』茶；今天又吃你的滷菜、喝你的酒，真是愈想愈不好意思啦！」阿伯客氣地，「這樣好了，我拿一包花生，開一罐鯖魚罐頭，大家一起吃。」

「阿伯，您不必客氣，這一大盤滷菜，有豬頭皮、豬耳朵、豬舌頭、豆干、海帶和滷蛋，足夠我們吃的啦！」

「不、不、不，不能老是吃你的。」阿伯堅持拿了一包花生，開了一罐鯖魚罐頭，兩人來到地方較寬闊的撞球室，坐在一張折合桌旁，無拘無束地對酌了起來。

「阿伯，我曾經與你們家葉菲音一起到台灣參加國建隊，你知道嗎？」張志民問。

「我們上次一起喝茶時，你不是告訴過我了嗎？」阿伯笑著反問他。

「喔，我倒忘了。」張志民笑笑，逕自喝了一口酒，「葉菲音是全隊氣質最好、也是最漂亮的女隊員，想追求她的人很多。」

「你是親眼看到的，來來往往的那些年輕人，聽說有很多都是菲音到台灣參觀時認識的。」阿伯舉杯，兩人對飲了一口又說：「可是我觀察了很久，這些人一個個都是土裡土氣、吊兒郎當的。像你這麼俊氣又懂得敬老尊賢的人根本就沒有。」

「阿伯您過獎了，」張志民得意地舉起杯，「我敬您一杯，乾啦！」而後一口飲下。

「你的酒量不錯啊！」阿伯飲下後，誇讚他說。

「半瓶高粱酒應該不會有問題！」張志民漲紅著臉，神氣地說。

「好酒量，我喝了幾十年的燒酒，也自嘆弗如啊！」阿伯已有些微醺。

「我可以請葉菲音去看場電影嗎？」張志民提出請求。

「只要菲音願意，當然可以啊！」阿伯搖晃著頭，極端率性地說，「這種事我從來不去管她的。」

「大家都說您管得很嚴格，原來只是傳言。」

「女孩子長大總是要嫁人的，」阿伯有點激動，「我是怕她被那些台灣兵騙走，到時候我這張老臉要往哪裡擺！如果是島上的年輕人，只要家世好又有錢，一旦媒人上門，大家都可以坐下來談談啊！當然，有時候也必須看看孩子的意願，做父母的也不能強迫她去嫁誰。」

「阿伯不僅高明也開明！」張志民興奮地，「大凡女孩子都希望嫁一個英俊瀟灑、家裡又有錢的丈夫。葉菲音的眼光很高，相信她也會以這種標準來考量的。」

「這個孩子的個性很倔強，有她自己的想法和看法，只要她認為是對的，往往會堅持到底，很難妥協。」阿伯據實說。

「這點我瞭解，在台灣參觀時，她除了和李美麗在一起外，很少和其他人說話。有時想替她服務，她始終不肯，讓人覺得很高傲。隊友暗中叫她冷艷美人。」張志民說。

「對、對，不是我批評自己的女兒，她就是這種高傲型的女孩。有時看她那副愛理不理人的樣子，實在很氣憤。」阿伯附和著說。

「可是很多人都欣賞她這種獨特的氣質，我也是這樣認為的。」

阿伯獨自飲了一口酒，沒有回應他，瞇著眼，無神地點著頭。是酒喝多了？還是同意他的觀點？自己也思索不出一個所以然來。

儘管張志民經常以各種不同的方式來巴結葉菲音的父親，但似乎起不了太大的作用。因為葉菲音並沒有把他看在眼裡，甚至，一見到他與父親交談、喝茶或飲酒時的那副嘴臉，就感到噁心。而張志民自己也識相，即使和她父親談得很愉快，然則始終不敢開口邀請她去看場電影或出去散步、聊天。如果刻意地想和她攀談，往往也是乘興而來、敗興而歸，兩人幾乎一點交集也沒有。倘若說有，也只是剃頭擔子一頭熱而已。

然而，面對葉菲音這個冷艷美人，面對那麼多的競爭對手，張志民豈肯輕易地放棄。他不斷地反覆思考，如果能娶到這個美女作家，不僅能提升他的社會地位，也是他前世修來的福份。於是他請父親出面，正式央請媒婆到葉家說親。

「葉先生，志民這個孩子你是見過的，他可說長得一表人才，家裡又有錢，主動來說親的人不知凡幾，但他就是獨鍾你們家菲音小姐。他父親有交代，只要葉先生答應這門親事，有關聘禮方面，絕對會給你十足的面子。」媒婆說。

「志民這個孩子長得很俊氣，也很豪爽，對人情世故亦有其獨到的一面，我非常喜歡他。尤其他們家經營的菜館更是遠近馳名，生意可說好的不得了，也賺了不少錢，一旦能成就這門親事，往後菲音勢必就無後顧之憂了。雖然我對志民和他的家庭都非常的滿意，但菲音這個孩子的個性很倔強，並非我這個父親說了算數，所以必須先聽聽她的意見、徵求她的同意。」葉菲音的父親告訴媒婆說。

「不錯，現在的年輕人，講的是什麼自由戀愛，只要稍為讀點書、識些字的女孩子，就有自己的一套想法，由不得父母來替她們作主。但有時候她們的眼光卻是短視的，那有父母替她們設想的那麼周到。」媒婆分析著說。

「天下父母心啊！替女兒尋覓一個有錢的乘龍快婿，可說是普天下所有父母共同的願望。」

「坦白說，張家即使不是島上的首富，但這幾年累積的錢財，也是有目共睹的。志民這個孩子雖然讀書不多亦有點貪玩，然一旦完婚後，整顆心就會定下來。假若菲音不能適應菜館的生活，以他們家的財力，將來可以依小倆口的興趣另開一家店，絕對是沒問題的。屆時，菲音就是不折不扣、讓人羨慕的老闆娘了，往後的日子勢必更有保障。老實告訴你，這門親事，打著燈籠也沒處找，你應該慎重考慮，也要把利害關係分析給菲音聽。為了她的幸福著想，你自己也要有所堅持，不能處處聽她的。別錯過機會而造成終身的遺憾。」

「謝謝妳的好意，我會盡量和她溝通的。」

「那麼我改天再來。」

媒婆走後，葉菲音的父親就迫不及待地把張家託請媒婆來說親的事，原原本本地告訴她。

「志民這個孩子我是很欣賞的，除了英俊瀟灑又懂事外，家裡也很有錢，想必妳對他亦有一番瞭解。如果能攀上這門親事，雖然不能說有享不盡的榮華富貴，但至少，這輩子不愁吃、不愁穿，過著無憂無慮的幸福人生歲月是可以預期的。」父親告訴她說。

「爸，自從大姐出嫁後，店裡人手就不足，我想幫爸多做幾年生意再做打算。」葉菲音回應他說。

「別忘了，你今年已經二十好幾了，志民又是一個相當優秀的青年。從側面瞭解，有很多人想攀這門婚事，但都沒有被他接受。而他父親卻主動央請媒婆來說親，可說是看得起我們葉家啊！同時他還要媒婆轉告我們說，只要答應這門親事，絕對會給我們十足的面子。」

「面子、面子，面子有什麼用呢？」葉菲音不屑地，「或許，它只能滿足人們一時的慾望，並不能換取子女終身的幸福。」

「妳怎麼說這種話？」父親有點激動，「不要忘了，面子是共同的，而不是我一個人的！張家這門親事，妳慎重考慮一下再給我答覆，希望妳不要錯過這次機會！」

「爸，我現在就給您答覆，我不想這麼早嫁人。」葉菲音語氣堅定地說。

「別忘了妳今年已經二十六而不是十六，」父親激憤地，「這門親事還有什麼可挑剔的？還有誰比張家更妥當的？妳要想清楚，不要把垂手可得的幸福拱手讓人，將來成為一個讓人譏笑的老姑婆。屆時，後悔就來不及了！」

「爸，謝謝您的關心，我的幸福我會自己去追尋！」

「妳別想嫁給台灣兵！」父親高聲地說：「妳心裡打什麼鬼主意，以為我不知道！」

「爸，您放心好了，我不會嫁給台灣兵的。」葉菲音不甘示弱地，「但是，我必須坦白向您稟告，張志民並不是我理想中的對象！」

「論家世，張家有錢；論人品，張志民長得一表人才。這麼優秀的青年，在這個小島上妳要到哪裡去找啊！」父親依然高聲地。

「我會聽天由命！」葉菲音仍舊不屈服。

「妳不要以為在報上發表幾篇狗屁文章、就自認為了不起啦！」

「我並沒有說，也沒有這種想法！」葉菲音辯解著。

「好，」父親怒氣沖沖地拍了一下桌子，「我倒要看看妳高傲到幾時！如果能找到一個比張志民更好的夫婿，我不姓葉！」說後轉身就走。

葉菲音目視父親的背影消失在自己的眼簾，情不自禁地冷笑了一聲。心想：任何壓力，也不能剝奪她追尋幸福的權利。她心目中的對象，除了是文學同好外，也必須是一個文質彬彬的時代青年，而不是像張志民那種滿口油腔滑調，只會以煙酒和茗茶來巴結父親的鼠輩。當然，如果能有林文光那種家境，那是再好不過了。但在這個落後的小島上要找到如此的婆家，絕對是不可能的。往後是聽天由命？還是不向現實環境低頭？葉菲音心中自有盤算……。

# 第六章

繼〈國建參觀手記〉後，葉菲音在林文光從美國來信的鼓勵下，又發表一系列的〈心靈札記〉。雖然她書寫的是週遭的生活瑣事，卻流露出真情，讓人讀後有一種怡然的快感，文壇也給予很高的評價。然而，在真實的感情世界裡，她仍然是一片空白，並非無人追求或沒有媒婆上門，而是她心靈中的白馬王子迄今尚未出現。一些不知人生甘苦的富家子弟，休想獲得她的青睞。張志民從此之後，就未曾再踏進振興商店一步，她父親也很久沒有品嚐到港茶「薌陽」和「鐵羅漢」的滋味了，雙喜牌香煙更不用說。

儘管如此，葉菲音仍然像是一塊蜜糖，從四面八方飛來的蚊蠅不計其數。想嚐甜頭的人無不使出各種伎倆，除了要討好葉菲音外，亦必須巴結她的父親。而這對父女的個性則南轅北轍，葉菲音高傲倔強；父親則好面子又貪小便宜。因此，想博取她的好感、想進入她的感情世界，的確是較為困難的。而父親方面則只要費點心思，適時施以煙酒茗茶或刻意地奉承迎合，便能討取他的歡心。

在眾多追求者的圍繞下，葉菲音依然不動如山。雖然在一般人看來既倔強又高傲，但她何嘗沒有人性中的七情六慾？況且，歲月不饒人，青春年華有盡時，別讓父親「老姑婆」的咒語成真。因此，對於自己的感情，表面看來雖有順其自然之感，實際上內心卻有點焦急。就誠如父親所言，她今年已二十六而非十六，無形中，也為自己增添不少的壓力。

年後，島上的男女自衛隊員又開始集訓了。除了重大病症外，無論自己的工作有多麼地繁忙，都必須暫時放下、全員參加，葉菲音當然也不例外。男隊員依年齡分「機動」與「守備」兩個梯次，而女隊員則與機動隊員同屬一個梯次，也是屬於較年輕的一群。葉菲音除了頗具姿色外，也是島上知名的女作家，引人側目在所難免。然而，儘管自己已達到適婚年齡，但依然放不下那份與生俱來的高傲身段。即使有人不以為然，可是欣賞她那種冷艷又獨特的個性者則大有人在。尤其是在這個男多女少的小島上，更如同是一朵珍奇嬌艷的蓓蕾，教人想不攀折也難啊！

於是，當自衛隊年訓完畢後，振興商店更是人來人往，除了原本的駐軍外，又多了一些下士助教和中尉中隊長以及島上年輕的機動隊員。他們幾乎都是衝著葉菲音而來的，由此可見，她的魅力真是銳不可擋。雖然有那麼多人對她產生好感，但她依然尋覓不到理想中的心靈伴侶，父親目睹如此的情景，簡直是欲哭無淚，甚至不想理會她，就讓她在情海裡自生自滅吧！

然而，天下父母心，她的父親還是時時刻刻在這些人堆裡，幫她尋尋覓覓，希望能幫她尋覓到一個情投意合的如意郎君，為自己覓得一個乘龍快婿。終於，在那些來來往往的人群中，他發現一個名叫楊平章的青年軍官，有著一張憨厚的臉，以及一副魁梧的身材。他粗壯的手臂，更是女人終生的依靠。而這位青年軍官，正是葉菲音參加自衛隊集訓時的教官楊平章中尉；也是在這個島嶼土生土長，而後響應政府號召從軍報國的島嶼青年。

楊平章表面看來雖忠厚，但若仔細地觀察，從他的眉宇或眼神，似乎有一絲不易讓人發覺的陰險。表面看來和善，實則內心惡毒，一旦情緒失控，其本性馬上顯露出來，勢必不計後果，與人周旋到底。然而這個缺陷，很快就被他憨厚的外表與彬彬有禮的態度遮掩住。這是楊平章的缺點，也是他的優點。而葉菲音父親所見純為他的正面，因為在政戰學校專修班讀過一點心理學的青年軍官，即使不善於言詞，卻懂得老人心。除了利用公餘假日陪他泡茶聊天外，每月部隊配煙或有剩餘的罐頭，也會俟機帶出來孝敬他老人家。比起先前的張志民，的確是有過之而無不及。尤其是他的憨厚，相較於張志民的油腔滑調，更能博取老人家的歡心。相對地，也讓他有靠近葉菲音的機會。

起初，葉菲音對楊平章並沒有太大的好感。因為她看多了軍人，別說是一個小小的中尉政戰官，長得英俊瀟灑又有顯赫背景、前途無量又年輕的校級軍官，主動來攀交情的大有人在。如果能與其中一人結成連理，成為人人欽羨的官夫人也是指日可待。而一個在這塊島嶼土生土長的中尉軍官，既沒有任何背景關係，就讀的亦只是專修班，任你忠黨愛國、活拚死拚，依然難有出頭的一天。這些似乎也是葉菲音最感憂慮的地方。

可是繼而地一想，楊平章雖然不盡理想，但看來還算中規中矩，的確比張志民那種油腔滑調、煙不離嘴、酒不離口，強上好幾倍。當他藉機主動來和她攀談時，葉菲音並沒有刻意地拒絕，兩人是否能因此而萌生出一份令人羨慕的男女之情？若依葉菲音的個性以及擇偶條件來說，似乎也不盡然。因為她始終以林文光為偶像，即使楊平章身強力壯，然卻少了一份她深深賞識的文學氣質。倘若沒有感情作基礎，而勉強撮合在一起，除了履行夫妻義務以及生兒育女外，在共同的興趣與精神生活上，勢必會有嚴重的落差。往後她是否能適應這種沒有品味的日子，還是經過時光的沉澱後，能培養出一個讓他們都能接受的共同興趣，來豐饒他們的精神生活？或許，一切仍是未知數。

從側面上瞭解，楊平章中學讀的並非普通高中，而是高職的漁撈科；軍事學校讀的亦非正期班，如果沒有繼續進修，未來的升遷將會受到嚴重的限制。同時，家中世代務農，尚有三位求學中的妹妹，家庭經濟並不寬裕。儘管從事農耕的父親忠厚樸實，成天與田為伍、與牛為伴，從未與人紛爭。但母親生性強勢又好面子，待人尖酸刻薄又惡毒，外人想融入他們家庭，勢必要經過一番調適，方能適應他們家的生活。尤其是一個必須相夫教子與侍奉公婆的小媳婦，更不能不有心理上的準備。

然而，世間總會有許許多多令人意想不到的事情發生，在葉菲音尚未有任何心理上的準備，以及對他們家族有更深一層地瞭解時，楊平章的家人竟然央請媒婆來說親。葉家出面接待的，當然是一家之主的父親。

「楊家在島上雖不是什麼大戶，但世代務農、忠厚樸實；平章這個孩子自小乖巧懂事，現在更是當了軍官。若依蔣總統對我們島上青年的照顧，他的前途可說是無可限量的，將來升三顆梅花也是很有可能！自從認識你們家菲音，兩人不僅談得很投機，似乎也有相識恨晚之感，相信葉先生對他亦有一番瞭解。」媒婆說。

「不瞞妳說，經過多次的閒聊和瞭解，我很喜歡這個孩子的憨厚和樸實。妳是知道的，並非我往自己的臉上貼金，追求我們家菲音的或央人來做媒的，可說各階層都有。但這個孩子的個性很倔強，她貪圖的不是榮華富貴，亦非高官厚祿，而是要在文學上有所交集……。」葉菲音的父親尚未說完。

「這點你放心，平章這個孩子從小就喜歡看書。」媒婆打斷他的話題，搶著說：「現在更是不得了，如果休假回家時，手上幾乎不離書，而且還是一本厚厚的言情小說，往往看得廢寢忘食。將來一旦結婚，小倆口絕對有談不完的話題。」

「坦白說，我本身所讀的書不多，只知道我們家菲音經常在報上發表文章，自己也搞不清文學是什麼。如果在這方面，他們真能有所交集，那是再好不過了。」

「平章這孩子自小我看他長大的，不會有錯。而且他還是瓊瑤、金杏枝和禹其民的書迷。這些名家的著作他幾乎都看過，無論是書中的故事或人物，有時興緻一來還會說給別人聽呢！如果你們家小姐真的不在乎榮華富貴和高官厚祿，我敢保證，一旦你成全這門親事，男的是英俊優秀的青年軍官，女的是標緻的大家閨秀，往後小倆口卿卿我我、恩恩愛愛地生活在一起，想不讓人羨慕也難啊！」

「這幾年來，我概略地瞭解自己的女兒一點。她最瞧不起的似乎就是那些憑著家裡有幾個錢，而煙酒樣樣來，賭博樣樣通，既油腔又滑調的年輕人，」

「平章可就和他們不一樣了。他煙酒不沾，除了看書外，可說沒有其他不良的嗜好。」

「這點我知道，他曾經送過我幾次部隊價配的『國光煙』。」

「真的，」媒婆訝異地，「這個孩子還真有心，懂得先巴結你這個未來的老丈人。這種女婿，還有什麼可挑剔的！」

「坦白說，我很欣賞這個孩子的憨厚。今天，既然妳已踏入我家大門想成全這門親事，我總得給妳一個交代。這樣好了，妳直接跟菲音談去，只要她點頭，我二話不說。」

「這可是你親口講的喔，可不能出爾反爾！」媒婆有些疑慮。

「我葉某人向來說話算數。不過我們必須先小人後君子，一旦菲音答應這門婚事，關於聘禮方面，我們再慢慢談。」

「這點沒問題啦！」媒婆興奮地，「憑你葉先生在社會上的聲望，憑你振興商店的名號，總不會獅子大開口吧！」

葉先生雖沒有做任何的答覆，心裡則另有盤算。即使不愁吃、不愁穿，銀行也有一筆為數不少的存款，卻始終沒有忘記，自己是一個愛好面子的人。一次、兩次、三次，經過媒婆多次的遊說，一向被人視為冷艷高傲的作家葉菲音，竟然不敵一位靠著嘴皮賺取紅包的媒婆，親口答應這門婚事，的確是出乎許多人的意料。如此非理性的決定，或許，連她自己也感到不可思議。

她到底貪圖楊家什麼？是田園、是厝宅？抑或是楊平章的官階？雖然媒婆說，未來的公婆會把她當成自己的女兒來疼惜，三位小姑也會幫助她做家事，讓她在家讀書寫作做官太太。可是，對於楊平章這個人，她又瞭解多少？在當今這個社會，表裡不一的偽君子比比皆是，但願她不會誤上賊船才好。

儘管她認識楊平章已有一段時間，但彼此間的瞭解並不深，亦無任何感情成份存在。試想，一個中尉政戰官每月又有多少月俸、多少眷補費，能讓她在家讀書寫作做官太太？同時，沒有感情做基礎的婚姻，將來是否能幸福？自己的決定是否過於草率？還是對父親限制太嚴苛的一種抗議？抑或是深恐自己成為父親咒語下的老姑婆？總而言之，葉菲音以自身的幸福做賭注，是贏、是輸，自己一點把握也沒有，只好聽天由命了⋯⋯。

即使葉菲音以自身的幸福做賭注，父母親對她的選擇亦無任何的意見，唯一的是聘禮問題尚待解決。因此，她的父親毫不客氣地對媒婆說：

「想當年，我們家菲娟嫁的是一位窮教員，我收了他『十擔肉』、『十萬元聘金』、『十兩黃金』、『五百包囍糖』，還有三萬六千元的『食茶禮』。而今天，菲音嫁的是一位前途無量的青年軍官，誰敢說他將來肩上不能掛星星，說不定還是未來的防衛司令官呢！為了公平起見，菲音的聘禮就比照她姐姐，不知楊家意下如何？」

「這個、這個、這個……。」媒婆這個、這個後，竟然說不下去。

「怎麼，沒誠意？」父親板著臉孔。

「這個、這個、這個……。」媒婆為難地。

「妳是知道的，我葉某人這輩子什麼都可以不要，就是要面子。如果不依照我的條件，這門親事就別談！坦白告訴妳，對於這門親事，我知道菲音答應得很勉強。萬一她有任何改變，可別說我們不守信用。」

「葉先生，女兒的幸福比聘禮重要啦！」媒婆陪著笑臉說。

「兩者並重！我知道妳的話意，別想跟我討價還價！」他堅持著。

楊家錯估了形勢，原以為以葉家的財力，以及葉先生的聲望，不僅不會收取他們的聘禮，甚至還會有巨額的嫁粧陪嫁。如今則是獅子大開口，讓他們有措手不及之感。然而，同為愛面子的楊母，實在難忍這口怨氣，並發誓，無論如何也要籌措這筆聘禮，非要把葉菲音娶回家不可。

於是，楊母把歷年來賣豬、賣牛、賣羊、賣雞、賣鴨、賣芋頭、賣地瓜、賣高粱、賣玉米，以及省吃儉用儲存下來的所有錢財，全數用在兒子的訂婚上，不足數則向親友借貸，同時還故意放話要媒婆轉告葉家說：

「錢是身外之物，有人就有錢，如果聘禮有不足之處，請葉先生隨時告知，楊家一定如數奉上。」

當然，明眼人都知道，楊母是「無錢假大方」，也是一句心不甘、情不願的氣話。假若碰到別人，或許會有些汗顏，但是，對一向說話算數又愛面子的葉父來說，似乎起不了任何作用。然若從另一方面來說，他並非缺錢，而是在面子的使然下故意如此做，以展現一家之主的威嚴，也順便考驗考驗楊家的實力。

楊家來下聘的那天，花籃裡的聘金，竟然是新台幣十萬二千元，比原先談好的價碼多了二千元。葉家所有來觀禮的親友都清楚，楊家絕對是嚥不下這口氣，故意打腫臉充胖子來向他們抗議。然而，他們如此做，所得到的效果並不大，葉父毫不留情地悉數全收，僅留下一張紅紙「壓花籃」。楊家絕，葉家更絕！

下午楊平章依習俗來葉家「食茶」，三萬六千元的「食茶禮」，葉父亦毫不客氣地悉數全收，只留下一個空空的紅袋，讓女婿帶回家做紀念。儘管每一件事葉菲音都歷歷在目，也十分不認同父親的作法，但又能奈何？自己親眼目睹的彷彿是一樁買賣式的婚姻，將來進入楊家門，勢必會讓她抬不起頭來。加上與楊平章原本就沒有深厚的感情存在，這條婚姻之路，往後不知該怎麼走。她感到有些憂慮，也有些許悵然……。

葉菲音與楊平章訂婚的喜訊傳出後，多數人都替她感到惋惜。以葉菲音的美貌與文采，怎麼會放著有錢又瀟灑的年輕人不嫁，優秀又前途無量的校官不嫁，有學問又有金飯碗的夫子不嫁，按月領薪、生活安定的公務員不嫁，偏偏嫁給一個相貌平平、毫無前途可言的小中尉。葉菲音到底是吃錯了什麼藥？還是書看多了、文章寫多了，成了一個不折不扣的大書呆？竟連自己的終身大事，也沒有判斷的能力，如此倉促又草率的決定，就好像世間沒有男人似的，真是可悲啊！

儘管有人替她感到惋惜，但成為楊平章的未婚妻已是既定的事實，除非自己有所悔悟或不顧雙方的顏面而退婚，始能重新尋覓如意郎君。否則的話，就必須認命，婚後並應試著去適應楊家的生活，認識週遭的環境，瞭解公婆與小姑的習性，繼而地進入夫君的內心世界，做一個既稱職、又深得楊家疼惜的小媳婦。然而可能嗎？在這個充滿著變數的現實社會，必須通過層層關卡，坦然面對未來的人生歲月，接受蒼天對每一位子民的考驗，始能心想事成。

訂婚後的一個假日，葉菲音在未婚夫的陪伴下，首次來到楊家。然而，楊家居住的，並非如媒婆所說的是一棟「一落四櫸頭」的古厝，而是一棟老舊的「護龍」，而且四處都堆放著農具與農作物，門口則餵養著雞鴨，地上滿布著雞糞與鴨屎，顯得既髒又亂，這就是她未來的家。葉菲音目睹如此的情景，幾乎看傻了眼。

楊平章引導她步入大廳，未來的婆婆隨即迎了出來。

「哎喲，果然是一位美人兒！」婆婆拉起她的手，上下打量了她一番，而後嘲諷著說：「難怪親家翁條件一籮筐！」

葉菲音裝著沒聽見，禮貌地喚了一聲：「阿母。」

「坐、坐，隨便坐！」婆婆看了她一眼，由剛才的熱情轉為冷漠。

「媽，您陪菲音坐坐，我去燒水泡茶。」楊平章說。

「泡什麼茶，爐上那壺開水剛燒的，拿來喝就可以了。」母親冷冷地說。

向來孝順的楊平章只好遵照，並為母親和葉菲音各倒了一杯開水，而葉菲音怎麼喝得下。

「不是我在妳面前說妳爸爸的壞話，」婆婆對著葉菲音說：「你們振興商店生意做得那麼大、賺了不少錢，妳在店裡也幫了不少忙，可說功勞苦勞都有。而妳爸爸竟不顧妳未來的幸福，活生生地要從妳身上撈一筆，如不是我露兩手讓他瞧瞧，將來我們平章絕對會被他看扁。老實告訴妳，我們家所有的儲蓄全花在你們訂婚的聘禮上，也向親戚借了不少。往後如果沒好日子過，可不能怪罪到我們兩個老人家身上。」

「阿母，您不必擔心啦！」楊平章輕鬆地說：「我月月有薪俸，將來結婚後也可以申請眷補費；同時，菲音又會寫文章賺稿費，將來生活一定會過得比現在還好！」

「你不要打如意算盤，一旦菲音過門，我會多養幾頭豬，讓她負責來餵養。如果照顧得好，一年半載就可以賣錢；豬的糞便還可以做肥料，真是一舉兩得。到時，忙都忙不完了，哪有美國時間讓她去寫那些鬼文章！況且，寫那幾個字又能賺多少錢，真是沒見識！」

楊平章無奈地看看葉菲音，卻也不敢作任何的駁斥，甚至認為母親所說的並非無理。而葉菲音聽在耳裡，則痛在心坎裡。

「來、來、來，你們跟我來。」母親站起、移動腳步，兩人隨同她來到隔壁的房間，邊走邊聽她說：「這間房間，將來就是你們的新房。這張古式的眠床雖然舊一點，但還很牢固，只要掛上新蚊帳，鋪上新草蓆，擺上新棉被、新枕頭，就是新娘房了。這張桌子只要買一瓶油漆刷一下，再買一個鏡子放在上面，就是梳妝台了。除非菲音的嫁妝能涵蓋這些傢俱，要不，能省就省一點，能將就就將就一點。反正人漂亮，化妝不化妝都一樣，只要第一胎能給楊家生一個胖小子，其他的不必太在乎啦！你們說對不對？」

楊平章傻傻地笑笑。

葉菲音的心卻在滴血，想不到一向高傲的她，在東挑西選下，竟然選擇這種家庭，與她理想中的家園可說相差十萬八千里。而身旁這個男人雖然憨厚，但與她心目中的如意郎君，依然有嚴重的落差。這是否就是她高傲的結果？還是命運在捉弄？擁有第一流頭腦的她，能思索出一個完美的答案嗎？或許，必須讓無情的人生歲月來揭曉……。

# 第七章

經過多日的思考，即使葉菲音對這樁婚事有所不滿，但卻是她自己點頭同意的，能怪誰呢？於是不得不屈服於命運。在父親的威嚴以及母親、兄嫂與姐姐的祝福下，終於披上婚紗，由楊平章攙扶著，步上人生的另一個旅程。

結婚那天一早，楊家雇了兩部計程車，一輛坐著男儐相，一輛是新郎與新娘的禮車，以及楊平章透過長官的協助，向營部借來一部中吉普車，供樂隊乘坐。約莫九點左右，樂隊重複地吹奏著〈玫瑰玫瑰我愛你〉、〈薔薇處處開〉與〈十八姑娘一朵花〉的流行歌曲，一行人浩浩蕩蕩來到葉家。經過傳統習俗的吃「雞卵湯」以及請「子婿」的宴席後，葉菲音也化好妝了。

妝扮後正式成為新娘子的葉菲音，除了更加艷麗外，平日的高傲氣息也在驟然間失去。然而，當她手捧新娘花由新郎挽著，以及在媒婆的輕扶下跨上禮車時，非但沒有當新娘子的喜悅，反而流下一滴傷心的淚水。是捨不得離開這個孕育她二十餘年的家？還是難以割捨親情的牽繫？抑或是不滿意自己選擇的這門婚事？她的喉頭，一次又一次地哽咽著……。

抵達楊家，拜完天地和祖先後，喜宴也正式開始，賓客除了少數親戚以及楊平章部隊的長官和同僚外，其他的幾乎都是村人。連同「新娘桌」在內，總共加起來只不過區區十餘桌而已。倘若與葉家冠蓋雲集、席開近百桌的排場相比，簡直是小巫見大巫，也由此可以看出楊家的人脈關係，以及葉父的喜愛面子。

那晚，葉菲音的情緒一直很低落，前來鬧新房的村人也覺得無趣，因此而草草結束。當楊平章關上房門，正是夫妻倆享受春宵一刻值千金的美好時光，然而，葉菲音一直無法展現新婚之夜的歡顏。

「菲音，妳怎麼啦？」楊平章關心地問：「今晚是我們此生最值得高興的時刻，我們應該珍惜才對。可是我發現妳一直悶悶不樂的，難道是對我不滿意？」

「不，平章，」葉菲音紅著眼眶，「這是我自己的選擇，也是我的命，我沒有不滿意的理由。請你給我時間，我會學習做一個賢妻良母的。」

「我知道，這個家距離妳理想中的家園尚遠，但我會盡量來滿足妳的需求，也會善盡做丈夫的責任，為妳打造一個幸福美滿的家庭。」楊平章極端感性地說。

「謝謝你，平章，」一滴清澈的淚水，滾落在葉菲音的衣裳上，「我除了認命外，也會扮演好為人妻、為人媳、為人母的多重角色。但願不要讓你失望才好……。」

「菲音，我對妳有信心……。」楊平章說著說著，已難忍體內那股熾熱的火燄，情不自禁地伸出手，緩緩地解開她睡衣的鈕扣，一顆、二顆、三顆，直到她那對高挺又飽滿的雙峰完全露出為止。而後輕輕地褪去她的褻衣，當他觸摸到那片毛茸茸的草原時，一股想深入她內心世界的慾望油然而生。於是他快速地褪去自己的內衣褲，充血的下體已難以忍受草原裡那泓春水的誘惑。只見他一翻身，復而地一挺，葉菲音下身隨即感受到一股劇烈的痛楚，處女的落紅與她疼痛的眼淚同時流出，她必須忍受心靈與肉體的雙重苦痛，來滿足新婚夫婿的性慾。於是她緊閉雙眼，微張著僵硬的雙腿，在她的感受裡，享受的似乎不是新婚之夜的魚水之歡，彷彿只是丈夫洩慾的工具而已。今天如此，往後也必須如此，只因為他們之間，那扇相互體認與共鳴的心靈之窗尚未啟開。而何日始能達到兩心相悅的最高意境？是不久的將來，還是來生？

微溫的白色液體很快就溢出葉菲音的體外，污染了她那片青春光澤的草原。於是，一份無名的厭惡感盤據在心頭久久不散，她感到噁心、想吐，一點也體會不出男女交媾時的歡愉。向來被認為冷艷又高傲的葉菲音，就在今夜、就在短短的剎那間，她的處女之身已被一個非自己喜愛的男人而卻是自己名分下的丈夫奪去。往後的人生歲月，她勢必要與身旁這個男人廝守終身，倘若因緣而另尋心靈上的伴侶，那是難容於這個保守的社會的；得來不易的文學生命，或許，也會斷送在這段因賭氣而決定的婚姻上。明日起身，文壇的冷艷美女葉菲音，將是為人妻、為人媳的開始。煮飯、洗衣、侍奉公婆、餵養家禽和家畜，做一個全職的家庭主婦，為楊家生兒育女、傳宗接代，這或許就是她未來的重責大任。

楊平章的婚假期滿後必須回到部隊，遇有假日始能回家，讓葉菲音真正體會到獨守空閨的愁滋味。每天除了有忙不完的家事和瑣事外，還要面對那群畜牲和家禽，以及婆婆和小姑的嘴臉。雖然她有意來改變這個家的環境衛生，但婆婆總是說：

「我們家世代務農，幾十年來都是這個樣子，該做的事一籮筐，妳別一天到晚拿著那把掃帚東掃西掃的，其他事就不用做了是不是？我不是告訴過妳了嗎，大廳那個碗櫃和廚房那個專門放油鹽醬醋的櫃子，裡面有污垢、有蟑螂、有螞蟻是正常的事，不必經常去擦它、洗它，留到過年大掃除時再一起清洗就足夠了，妳偏偏不聽！門口的雞糞鴨屎也沒有什麼大不了的事，妳現在掃，它等一下又拉，除非全部死光光，要不，能掃得盡嗎？以前不懂事的小孩子在門口玩耍時，撿起雞糞就往嘴裡送，如不是大人發現要他吐出來，誰敢說他不會往肚裡吞。而那些小孩照樣長大，現在一個個既成材又成器，從未聽說過誤吃雞糞死掉的案例。所以我說啊，妳就少在這方面費心思，把那幾頭菜豬快快餵養長大才是真的，千萬不要讓我失望才好！」

葉菲音聽到婆婆如此的數落，整顆心幾乎涼了半截。而當夫婿休假回家時，原以為可以向他訴訴苦，而後聆聽他幾句安慰的話。然而，楊平章回家想聽的並不是這些，而是期待著天快點黑好關上房門，讓漂亮的老婆來滿足他壓抑多日的性慾。

「阿母說得對，掃那麼乾淨幹什麼，又不是村公所要來檢查衛生，不要那麼疲勞啦！」楊平章說後，輕輕地推著她的背，一步步直往床鋪走去。當葉菲音剛坐上床沿，楊平章就以餓虎撲羊之姿，把她重重地壓在床上，並以粗魯的動作，脫下她的褲子，然後把自己那條黃埔大內褲丟到一旁，在轉眼的剎那間，他那話兒已深入葉菲音的體內，並以革命軍人殺敵之英姿，不停地衝鋒陷陣。而葉菲音雖已歷經多次戰役，則依然是一名傷兵。每次行房過後，下體總會有熾熱疼痛的感覺，始終體會不出夫妻間、繾綣纏綿的魚水之歡。然而，她再怎麼思、怎麼想也想不透，為什麼多數夫妻都能享受到纏綣纏綿過後的歡愉，而自己則例外，她感到相當的納悶。而這種夫妻床笫間的性事，又能向誰去傾訴和求教呢？或許，只有忍受痛苦的煎熬，繼續做為楊平章洩慾的工具，其他，別無選擇！

繁忙的家事，的確讓葉菲音疲累不堪。原本寄望楊平章休假時，能給予她一點精神上的慰藉和心靈上的撫慰，然而他要的是卻是性。因此，每遇到假日，葉菲音內心總有一股無名的恐懼感，她害怕黑夜的到來，她害怕需索無度、只要性不懂得愛的丈夫，她害怕自己的身體承受不了此生難以承受之重。但基於夫妻關係的使然，即使沒有感情，也必須履行義務。然因楊平章對性的需求確實過於強烈，動作也過於粗魯，一點也不懂得憐香惜玉，讓她絲毫享受不到夫妻間的魚水之歡，更無甜蜜和幸福可言，甚至，令她心生畏懼。因此，她寧願選擇獨守空閨，也不希望他休假回家。

而楊平章卻恰恰相反，部隊的伙食好、營養夠，加上年輕、擔任的又是閒閒的政戰官，不僅沒有工作上的壓力，也不會太勞累，因而體內儲存著充分的能量。而這些過剩的精力，必須適時發洩，身心始能得到快慰和舒暢。同時，娶的又是一個如花似玉的妻子，如不是受到軍紀的限制，他何嘗不想天天回家、夜夜春宵，時時刻刻和她纏綣纏綿在一起，享受生命中最美好的歡樂時光！

當有一天，他的精子與她的卵子碰觸在一起的時候，楊家的後代子孫勢必就此誕生。倘若依他們夫妻的生理狀況來說，相信這個機緣很快就會來到的，因為年輕就是本錢。即便不能一舉得男，但只要身體健康，有女就有男，有男亦有女，為楊家完成傳宗接代的任務指日可待！

葉菲音除了較得公公的寵愛外，婆婆的惡形惡狀和冷言冷語，夫婿的不識風情和性虐待，原先冀望三位小姑能體恤她的處境，分擔她部分家事，受到委屈時幫她說幾句公道話，而卻讓她大失所望，三人幾乎成了聯合陣線，矛頭對準的就是她。

「大嫂，妳早上可以不可以早一點起床煮飯？別讓我們上學老是遲到好不好！」讀高中的小姑秀蘭說。

「那是不可能的啦，」剛讀高職的小姑秀菊瞪了她一眼，「她夜裡還在做葉家大小姐的美夢，醒來後根本忘了自己是誰！」

「怎麼會忘了呢？」秀蘭不屑地說：「冷艷美女、作家葉菲音的名字，在這個小島上可不是蓋的，我們楊家應該以她為榮啊！」

「我那件白襯衫，快被大嫂洗成『情人的黃襯衫』了，又能光榮到哪裡去！」讀國中的小姑秀蓮消遣著說。

「談起這些事未免傷感情，如不是阿母賣豬、賣牛、賣地瓜、賣高粱，省吃儉用存點錢，哪有本事付那麼多聘金把她娶回來！白襯衫沒有變灰上衣妳該偷笑了。能讓一位美女作家幫我們洗衣服，更是我們前世修來的福份，還有什麼可嫌棄的！」

類似這種諷刺的話不知聽過凡幾，而葉菲音一直忍下，把一切不如意的事都往肚裡吞，從不輕易地向人訴苦或落淚，任由那些目中無人的小姑數落。當然，這與她倔強的個性是有關聯的。

自從與楊平章結婚進入這個家庭後，身心所承受的苦難，的確是她始料未及的；是現世的報應？還是命運的多舛？誰也無法給她一個完美的答案。倘若不能向命運挑戰，而繼續遭受它的戲弄，以她倔強的個性而言，勢必會在這個浮浮沉沉的人海裡，消失得無影無蹤！

父親生日的那天，當她回到娘家時，母親目睹她凌亂的髮絲、曬黑的皮膚、無神的雙眼、憔悴的容顏，簡直不敢相信她就是自己剛嫁出去不久的女兒。

「菲音，妳日子是怎麼過的，怎麼會變成這樣？」母親愛憐地問。

「媽，我很好啊！」葉菲音強裝笑顏，「每天與大豬小豬、雞群鴨族生活在一起，自己感到很愜意。」

「平章今天怎麼沒來？」母親關心地問。

「聽說他們單位要移防到台灣去了，現在正忙著。」葉菲音輕聲地說。

「那妳以後怎麼辦？」

「當軍人的妻子就是這樣了。」葉菲音無奈地，「媽，您放心，我會自己調適的。」

不一會，大姐葉菲娟來了。

「菲音，妳怎麼變成這樣？」葉菲娟拉起她的手，訝異地問。

「沒有啊，還不是老樣子。」葉菲音撫撫自己的髮絲，一副不在乎的樣子。

「還說沒有？」葉菲娟疑惑地，「看妳這副模樣，簡直比我還蒼老！」

「可能是妳駐顏有術吧！」葉菲音淡淡地笑笑，「姐，妳是知道的，我不善於妝扮。」

「不，它與妝扮沒有關係，短短的幾個月，就讓妳變成這個樣子。婚前與婚後，簡直判若兩人。」葉菲娟收起笑臉，嚴肅地問：「菲音，是不是楊家刻薄了妳？還是平章沒有善待妳？」

「姐，妳別亂猜，他們都對我很好。」葉菲音撒著謊。

「我不信！」葉菲娟已看出端倪，而後改變話題問：「近來寫文章了沒有？」

「一點文思也沒有，」葉菲音苦澀地笑笑，極端無奈地說：「這輩子可能不會再提筆了。」

「為什麼？」葉菲娟不解地問。

「姐，不為什麼，只因為人生有太多太多的無奈！」葉菲音有點激動。

「一旦真的停筆，妳對得起關懷妳的讀者們嗎？對得起一直鼓勵妳的好朋友林文光嗎？妳要知道，停筆容易復出難啊！到時，誰還記得妳葉菲音三個字！」葉菲娟的聲音有點高亢。

「姐，我已說過，人生有太多的無奈！」葉菲音感嘆地說：「錯誤的選擇，不僅讓我得不到幸福，也同時斷送我的文學生命。在我的感受中，人生真的有太多太多的無奈！停筆對我來說，雖然是一種痛苦的抉擇，但卻是不得已的。我實在顧不了那麼多了。」

「菲音，妳對文學的態度向來不是如此的。倘若我沒猜錯，妳一定有難言的苦衷！」

「沒有。」

「違心之論！」

葉菲音無言以對。

午餐時，葉菲音面對桌上那些特地為父親慶生的佳餚，以及一家大小和樂融融的情景，突然一陣無名的鼻酸從心中湧起，雖然紅了眼眶，卻強忍即將滾落的淚水。因為今天是父親的生日，她是特地來向他老人家祝壽的，理應高高興興、虔誠地恭祝父親萬壽無疆才對，豈能流淚。

然而，她那副無精打采與落寞的樣子，早已映入父親的眼簾。父親心想：這個高傲的孩子終於嚐到苦頭了。如果當初嫁給家開菜館的張志民，現在絕對是一個風風光光的小老闆娘，哪會像此時這種邋遢相。真應了「不聽老人言，吃虧在眼前」這句話。

「菲音，楊家是不是沒有給妳飯吃，要不，怎麼會瘦成這樣？」父親關心地問。

「爸，胖沒有用啦，健康最要緊，您說是嗎？」葉菲音淡淡地笑笑。

「不，妳並非只是瘦而已，精神也沒有以前那麼飽滿，難道是害喜了？」父親輕啜了一口酒。

「沒有啦！」葉菲音羞澀地低下頭。

「妳要知道，這門親事是妳自己點頭答應的，怪不得任何人。」父親似乎有什麼預感，而提出警告。

「我沒有怪過任何人。」葉菲音有點哽咽，「如果要怪的話，那便是我的命運。」

「不錯，命運能主宰人們的一切，只要能認命就好。」父親又輕啜了一口酒，「平章為人厚道正直又年輕，總統欣賞的就是這種人才，將來一定會有前途！」

「謝謝爸爸，如果沒有您的成全，我哪能覓得如此的夫婿。我會永遠記在心坎裡的！」葉菲音雖然如此說，內心則有無限的感傷。

「他們這個師已在島上駐守兩年多了，聽說不久就要移防到台灣，到時夫妻必須分隔兩地，妳要有心理上的準備。可千萬不要經常回娘家，以免讓人說閒話。」父親囑咐著說。

「爸，您放心，我會自我調適的。況且，嫁到楊家也好幾個月了，我已經習慣週遭的一切，也懂得如何去適應他們的生活，不會經常回娘家為您添麻煩的！」葉菲音有些激動。

「如果平章移防到台灣去的話，妳乾脆搬回來住，也可以在店裡幫爸爸的忙！」葉菲娟善意地建議著說。

「不可、不可，萬萬不可。」父親搖著手說：「菲音現在已是楊家的人，上有公婆要侍奉，下有小姑要照顧；還有家畜家禽要餵養，怎麼能搬回來住。」父親說著，白了葉菲娟一眼，激憤地說：「妳吃錯藥了是不是，竟然替她出這個歪主意！」

「爸，您不要生氣，大姐說的純粹是玩笑話。俗語不是說：『嫁出去的女兒，潑出去的水』嗎，我不僅會認命，也會認份，請爸爸放心！」

「菲音沒說錯，父母把妳們拉把長大，責任可說已了了。往後的人生歲月，必須由妳們自己去打造，豈能依賴父母過一生。至於過的是幸福時光，還是苦難的日子，就端看妳們自己的命運了。」父親說。

「爸，謝謝您的開導。」葉菲音冷冷地一笑，「無論環境多麼地惡劣，我會認命，絕不會向任何人伸手的！」

「有骨氣！」父親嚴肅地說，臉上有古銅反光的色彩。

儘管家是人生旅途的避風港，即使葉菲音擁有娘家與婆家，但兩個家對她來說，似乎都缺少一絲溫暖。只因為婆家有一個尖酸刻薄的婆婆，娘家則有一個鴨霸又現實的父親。然而，這些加諸於她身上的枷鎖，難道是她咎由自取？還是該歸咎於飄渺虛無又不實際的命運？葉菲音自己也思索不出一個所以然來。

就在楊平章準備移防赴台的前夕，她發覺自己的月事已兩個月沒來，而且經常有噁心的現象，從她汲取的知識中，確定是懷孕了。當她把這個消息告訴他時，楊平章非但並沒有太大的喜悅，甚至管不了她體內還有一個即將誕生的小生命，一關上房門，就以粗魯而快速的動作，脫去她的衣褲，並以男人之優勢、惡虎撲羊之姿，粗暴地解決他的性事、滿足他的性慾。這種類似強暴的舉止，與他看來憨厚的外表相較，的確是表裡不一。葉菲音除了感到痛心外，下體在他陽具猛烈的抽送與折磨下更是疼痛難忍，事後久久起不了身。而又有誰能體會到她身心所受的創傷和苦楚？或許，楊平章隨著部隊移防到台灣，往後每三個月才能回家休假十天，對她來說，可說是一種暫時的解脫，但心靈上的空虛，卻是要自己坦然來面對的……。

# 第八章

挺著一個大肚子，葉菲音依然必須早起，挑水、煮飯、洗衣、掃地、餵養家畜和家禽，這些都是她的例行工作。而且還要看婆婆與小姑的臉色，每天幾乎被折磨得疲累不堪，晚上則翻來覆去睡不著。無論精神和身心，都飽受著前所未有的煎熬和苦楚，簡直生不如死。然而，為了腹中無辜的孩子，她必須堅強地活下去，絕不能讓孩子有所差錯或受到任何的傷害，這也是身為人母者的職責。

時光往往在不經意中從人們的指隙間偷偷地溜走。隨同部隊移防到台灣的楊平章，在離開嬌妻近四個月後，終於首次回家探親。然而再怎麼思、怎麼想，也想不到未婚時有冷艷美女之稱的妻子，原本細嫩豐腴的臉頰，此時竟是眼眶深凹、滿臉黑斑，加上穿著隨便、腿部水腫，與昔日修長的雙腿、輕盈的腳步相較，簡直不能同日而語。無論從任何一個基點來說，早已失去女性那份艷麗柔情的美感，讓剛從台灣寶島回來的夫婿，內心自然地衍生出一份無名的厭惡感。

那晚，兩人並沒有小別勝新婚時的喜悅，甚至也沒有什麼新鮮的話題可談。或許有夫婿在身邊多了一份安全感，葉菲音疲累的身軀竟然得到紓解，躺在床上不久就睡著了。清晨起床，原先寄望夫婿能幫她挑挑水或做點家事，然他一直賴在床上沒有一點動靜。

「平章呢？」婆婆問。

「阿母，他還沒睡醒。」葉菲音答。

「是不是昨晚沒讓他睡好？」婆婆瞪了他一眼，「妳現在肚子已經那麼大了，自己要有所節制，不要讓他太疲勞！知道嗎？」

葉菲音已意會到她的語意是什麼，自己的苦楚或許只有天知道，而她又能以什麼言辭來向她解釋呢？於是她選擇沉默以對。

「我說的話妳聽清楚了沒有？」婆婆追問著。

葉菲音微微地點點頭。

「看妳一天到晚那副要死不活的鬼樣子我就生氣！妳現在已經懷了我們楊家的骨肉，妳好好給我聽清楚，要是孩子有個三長兩短，妳的皮可得給我繃緊一點！」

葉菲音雖然沒有作任何的回應，卻睜大眼睛死命地瞪著她，久久沒有離開她的視線。

「看什麼看？」婆婆不屑地，「別忘了妳是老娘花十萬元聘金買來的，如果要怪，就去怪妳那個死要面子又要錢的父親！」

「阿母，當初我爸爸雖然提出這個不合情理的要求，但並沒有強迫你們來就範，你們可以拒絕啊！」葉菲音有點激憤。

「因為我那不爭氣的兒子，被妳迷昏了頭！」婆婆激動地。

「我是凡人不是妖精，沒有那種本事！」葉菲音氣憤地回頂她。

「妳不要愈來愈不像話，竟敢頂我！」婆婆憤怒地指著她。

「我是實話實說！」葉菲音毫不客氣地。

「放肆！」婆婆高聲地。

「我向來守本份！」葉菲音的聲音也不低。

當婆媳正在爭吵時，楊平章揉著睡眼惺忪的雙眼走了出來，不分青紅皂白地指著葉菲音說：

「妳怎麼可以用這種態度對阿母講話！」

「我錯了嗎？」葉菲音不客氣地。

「難道妳應該嗎？」楊平章反問。

「我受夠你們這一家了！」葉菲音的聲音震耳。

「你看、你看，你看看這個潑婦，愈來愈不像樣！氣死我了，氣死我了！你給我好好管教管教，下次再這樣我就把她趕出家門！」母親對楊平章說。

「阿母，對不起、對不起！您千萬別氣壞身體，我會給您一個交代、我會給您一個交代的！」楊平章猛向母親陪不是。

回到房裡，楊平章就怒氣沖沖地指責葉菲音說：

「我希望妳把當年葉家大小姐那份傲氣改一改，不要忘了現在的身分！」

「我不會忘記現在是你楊平章的老婆！」葉菲音不屑地說。

「妳去照照鏡子，」楊平章推了她一把，「看看妳現在這副鬼樣子！還敢自認為是冷艷美女葉菲音嗎？」

「我說過我美嗎？」葉菲音氣憤而高聲地反問他，「你後悔花了一大把聘金娶我這個醜八怪是不是？有種你簽字，我們馬上辦理離婚！我露宿村郊或街頭，也不會留戀你們楊家！」

「妳不要打如意算盤，我會用各種方式慢慢地來折磨妳、凌虐妳，不會輕易地讓妳走出楊家大門！」楊平章不屑又傲慢地說。

「總算讓我認清你的真面目。要殺、要剮隨你便，反正命一條！」葉菲音毫不懼怕地說。

「有種，不愧是冷艷作家葉菲音，我們就等著瞧吧！」楊平章的臉色鐵青。

然而，個性倔強的葉菲音，絲毫不予理會。在她消極的想法裡，反正命一條，大不了一死了之，誰也奈何不了她。但一想起腹中無辜的孩子，是否該堅強地活下去？還是把他帶往天國？葉菲音陷入一個矛盾的深淵裡。

白天的忙碌加上惡劣的心情，那晚，葉菲音早早就上床休息。然而，當她正要進入夢鄉時，突然被滿身酒臭味的楊平章吵醒。以前被公認為憨厚的他，實際上則是一個表裡不一的偽君子。這種令人厭惡的雙面人，在這個純樸的小島上並不多見，而她卻幸運地遇到了。甚且，還是她親自點頭同意這門婚事的。她能怨誰、能怪誰呢？

楊平章突然掀開葉菲音覆蓋在身上的棉被，並快速地伸手脫下她的褲子，露出一個圓滾滾的肚皮，以及下身那片烏黑的草原。如此的出其不意，的確讓她感到驚恐。

「你想幹什麼？」葉菲音怒斥著，並緊拉棉被想遮身。

「有人說，大肚子的女人最漂亮，」楊平章說著，又使力把棉被掀開，睜著滿布血絲的雙眼，仔細地看了又看，「果然是名不虛傳。」

「變態！」葉菲音緊拉著棉被。

「還有人說，大肚子的女人下面那個東西比處女還緊，搞起來最爽。今天我倒要試試看！」楊平章說著說著，竟掏出自己早已充血的陽具，而後扳開葉菲音的雙腿，不停地往她的下體猛戳、亂戳一番。

「變態！變態！變態！」葉菲音雖然拚命地掙扎和反抗，但終究還是屈服在自己夫婿的暴力下。

由人性變成獸性的楊平章，以男性的優勢，管不了妻子腹中懷的是自己的骨肉，整個身軀緊緊地壓在葉菲音圓滾滾的腹部上，讓她動彈不得、甚至有窒息之感。而他並沒有對準目標，只瘋狂地在她的下體猛戳、亂戳，心存的彷彿不是性慾的發洩而是報復。不一會，當他充血的肉棒戳入她的體內時，更以他的腰力，一挺一出激烈的抽送，除了陰道有熾熱的痛楚外，心靈上的苦痛，又有誰知道。於是，一滴滴傷心的淚水，不斷地從她的腮旁滾落在枕上。在忍無可忍之下，葉菲音扭動一下身軀，使出全身力氣，猛力把他推開，並高聲地斥責著說：

「楊平章，你這個禽獸，你要折磨我到幾時？」

「等到妳葉菲音那股傲氣完全消失為止！」楊平章指著她的鼻子，傲慢地說：「妳給我聽好，如果敢對我的父母不敬，不好好照顧我的妹妹，即使我三個多月才回來一次，也會讓妳有吃不完的苦頭。不信妳試試看！」

「算我瞎了眼，才會嫁給妳這個禽獸！」葉菲音高聲地咒罵著。

「妳以為我老實可欺是不是？坦白告訴妳，老實是人裝的，別高估了自己！如果不改掉妳那股傲氣，永遠不會有好日子過！台灣比妳年輕漂亮的女人滿街都是，隨便找一個也比妳這個自封的冷艷美女強上百倍、千倍、萬倍！到時，妳若想給我當下女，我還會嫌妳笨手笨腳！這點妳最好給我搞清楚！」楊平章神氣地說。

「哼，憑你！」葉菲音冷笑一聲，不屑地說：「除非台灣男人死光光才輪得到你！別以為你年輕、你帥！」

「帥倒是沒有，真槍實彈的床上功夫卻是一流的！」楊平章竟然說出這種低俗的話，與他憨厚的外表相較，簡直判若兩人。

「下流，無恥！」葉菲音咬牙切齒地咒罵著說：「楊家怎麼會有你這種不知廉恥的子孫！中華民國怎麼會有你這種下流無恥的軍官！」

「妳想不到是不是？妳看走眼了是不是？妳後悔了是不是？想當年我們營輔導長想追妳，妳看不上人家；師部的科長想娶妳，妳嫌人家不夠帥；旅長托人來做媒，妳嫌人家老；多少有錢人家的闊少、多少生活安定又有學問的老師、多少前途無量的公務員，都一一被妳拒絕在大門外。可見我的條件比他們好，妳才會點頭答應嫁給我！難道不是這樣嗎？」楊平章擺出一副猙獰的臉，諷刺她說。

「臭美、臭美、臭美！」葉菲音激憤地，「我葉菲音這輩子最大的錯誤，就是選擇這段婚姻。算我瞎了眼！」

「這就是妳高傲的結果和報應！」

「算你狠！也讓我徹底地認清你猙獰猖狂的面目！人在做，天在看，老天爺絕對不會饒恕你，你會受到祂的懲罰的！」

「少裝神弄鬼來嚇唬我。」楊平章不屑地說：「我堂堂中華民國陸軍中尉政戰官，信奉的是三民主義和孫中山，服從的是蔣總統，而不是天地鬼神這一套！」

「呸！」葉菲音感到噁心。

夫妻長久的交惡，似乎已沒有轉圜的餘地，楊平章十天假期所衍生的波折，更讓他們的關係雪上加霜。然而，暫時屈居下風的葉菲音，即使在楊家受到不平等的待遇，但終究她身懷的是楊家的骨肉，不管是男是女，都是他們的後代子孫，他們沒有不疼惜的理由。因此，葉菲音最大的籌碼就是腹中這個孩子。

受壓迫愈大，反抗的力量愈強烈。

葉菲音在夜深人靜時，開始思索往後的人生路該怎麼走。因為，她已不可能與楊平章廝守終生，必須離開這個冷酷的家庭，去尋找一個真正屬於自己的春天。而屆時，楊家是否會放過她和孩子？還是會分散他們的骨肉親情？抑或是讓她求生不得、求死不能，繼續留在楊家遭受凌虐？無數的疑問不停地在她腦裡盤旋。或許，當孩子誕生後，就會讓她思索出一個滿意的答案。因而，她衷心地期待孩子早日降臨，好讓她脫離精神與心靈雙重折磨的苦海……。

轉眼，秋去冬來，葉菲音的預產期就在最近幾天，她深知一切必須靠自己，於是她把大姐送給她的嬰兒裝和浴巾放在提包裡備用，以免到時手忙腳亂。然而，她的生產時間是白天或夜晚，並非她能主控的。加上種種因素使然，並不能提前到醫院待產。萬一、萬一，內心有許許多多的萬一，讓她有點膽怯。但除了坦然面對外，其他又能奈何呢？

那晚，西伯利亞的寒流來襲，入夜後，島民莫不提早躲在被窩裡取暖，葉菲音剛躺下不久，腹部即有微微的疼痛，而後是一陣陣強烈的劇痛。於是，她手按腹部，雙腳蜷曲，依然不能讓疼痛緩和，在不知不覺中，竟然痛得哇哇大叫。

「妳三更半夜大吼大叫的、發什麼神經病！人家不要睡覺了是不是？」婆婆在門外咒罵著。

「是不是要生了？」公公從房裡走出來問。

「要生也不能在裡面大呼大叫啊！」婆婆不屑地，「我又不是沒生過！」

「平章不在家，妳這個做婆婆的就不能多一點關懷嗎？」公公數落她說：「媳婦身懷的可是我們楊家的骨肉！要是有個三長兩短，妳我都擔待不起啊！」

又是一陣痛苦的嚎啕聲傳出來。

「可能真的要生了。」婆婆有點慌張，「你趕快去叫車！」

果真來到醫院不久，葉菲音就順利地替楊家生了一個男丁，圓了他們傳宗接代的美夢，但楊家並沒有善待她。住院期間搭的是醫院的伙食，回家吃的是家常便飯，什麼痳油雞、人參、當歸等補品，對她來說都是奢望。儘管母親買了豬肝、腰花來為她做月子，但婆婆卻把它放在櫃子裡，隔天失鮮變味才煮給她吃。母子倆換洗的衣服，亦須自己打水洗滌。孩子尚未滿月，葉菲音在婆婆的使喚下，挑水、煮飯、洗衣、掃地、餵養家畜和家禽，依然得樣樣來、樣樣做。因此，她的身體更加地虛弱了，經常感到腰痠背痛和頭暈。

孩子彌月後的次日，楊平章又回來探眷了。他抱起孩子左看右看、上下打量，而後以嘲諷的口氣對葉菲音說：

「不錯，他就是我楊平章的兒子。無論鼻子、眼睛、嘴巴或耳朵，沒有一處不像我的，絕不是野漢子播的種！」

「你不要欺人太甚！」葉菲音怒指他說。

「我這樣說有錯嗎？」楊平章理直氣壯地，「難道要我說是野漢子播的種！」

「你會遭到報應的！」葉菲音尖聲地斥責他說。

「那是我家的事，輪不到妳來操心！」楊平章不甘示弱。

楊平章休假回家後，非但不能給葉菲音帶來喜悅，反而搗亂她原本的生活方式，徒增她精神上的負擔。甚至，還要作為他性慾發洩的工具。

「我是算好了才回家休假的，如果在月子裡行房，未免太不人道。今天正好是孩子彌月後的第二天，妳的體力可說完全恢復了，我們夫妻也好久好久沒有溫存了，來，我幫妳脫褲子……。」

楊平章正想脫去她的褲子時，葉菲音使力地甩開他的手，並高聲地警告他說：

「我腰痠背痛頭又暈，少碰我！」

「難道妳不想？」

「少肉麻、少噁心！」

「別裝處女好不好？」楊平章不屑地說：「坦白告訴妳，漂亮的女人我看多了，在我面前大可不必矯揉造作裝高尚！」

楊平章說後臉色一變，以極其粗暴的手段，先扯斷她上衣的鈕扣，復強行脫下她的褲子。儘管葉菲音不停地掙扎，即使身旁的孩子不停地哭泣，卻依然無法阻擋他野蠻又變態的獸性行為。以前的交媾，或許只是滿足他自己的性慾；而此時則是以粗暴的手段，撐開她的雙腿，復而把它拉到床沿舉在肩上，充血的陽具在她的胯下四處亂戳。當它觸及到葉菲音的陰道口時，臀部突然往後一提，而後猛力地一挺，復又快速而持續不斷地抽抽送送、進進出出，讓葉菲音感到痛苦難忍。然而，她已無力做任何的掙扎，整個人癱瘓在床上，任由變態的楊平章擺布、玩弄……。

「這種姿勢就叫『老漢推車』，知道嗎？」楊平章得意地一笑，而後竟然問：「妳有沒有跟別的男人玩過？」

「變態、變態、變態、變態！」葉菲音高聲地斥責著。

「妳給我小聲一點！」楊平章伸手摀住她的嘴，「要是吵醒了阿爸和阿母，我就對妳不客氣！」

而就在葉菲音不停地掙扎的同時，楊平章下體卻有一陣興奮過後的快感，他竟然快速地抽出陽具，把精液射在葉菲音的身上。這種變態的行為，的確讓她身心受到嚴重的傷害，以及前所未有的恥辱！對這種夫婿，她不僅已完完全全地失望，也完完全全地絕望！

在身心受到嚴重傷害的此時，首先掠過葉菲音腦海的是盡快離開這個家，離開這個變態的偽君子。即使有如此的想法，但下一步該怎麼走呢？只好讓歲月來考驗她的智慧了……。

不久，楊平章因違反重大軍紀被勒令退伍。而他既無高學歷又無一技之長，那張專修班的結業證書更沒有一點用處。因此，在現實社會的使然下，並無法找到一份固定或像樣的工作。最後只好憑著那張高職漁撈科的畢業證書，謀得一份船員的工作。起初在遠洋漁船，一段時間後上了貨輪，或許是船無定所，以及葉菲音被他玩膩了，楊平章已鮮少回到這個島嶼……。

# 第九章

年後，在葉菲音以死相逼下，楊家不得不屈服於她，同意讓她帶著孩子搬出去，她將暫時居住於大姐家。

「讓她去，讓她去死算了！」婆婆惡毒地咒罵著，「我早就知道這個女人不是好東西、吃不了苦！她以為自己還年輕、是一個未出嫁的姑娘，追求她的人一籮筐。憑她現在這副瘦巴巴、要死不活的鬼模樣，連那些老北貢都不會要她的，遑論是島上的男人！平章還年輕，台灣的女人多的是，我不信討不到比她更好的老婆！況且，孩子是楊家的骨肉，小島只有那麼一點大，她又能把他帶到哪裡去！等她把孩子撫養長大，再把他要回來認祖歸宗，讓她往後無依無靠，成為一個孤單的老女人！這個不知好歹的臭女人，好死就去死，免得讓我見到生氣！」

葉菲音已不在乎婆婆惡毒的咒罵，早日搬離楊家才是她唯一的冀望。儘管如此的作法得不到父親的諒解，甚至放話要和她脫離父女關係，但她已顧不了那麼多了。在她此時的想法裡，如不是父親管教太嚴苛，她尋找的對象絕不限於島上的青年。嫁給家境好、自己又喜歡的外地青年並非不可能；嫁給年輕優秀、前途無量的青年軍官的機緣亦非沒有。如不是父親勢利又愛面子，收取人家那麼多的聘金，她勢必不會受到楊家大小的欺淩。因此她始終認為這段錯誤的婚姻，父親必須負很大的責任。然而，此時此刻重翻這些舊帳似乎並無太大的意義，她發誓要以自己的毅力為孩子打造一個幸福快樂的家庭，也同時為自己找回失去的春天，並與娘家做一個切割。雖然她如此之舉對不起養育她的母親，亦是她痛苦的抉擇，但若不早日與娘家保持距離，只會加重自己的心理負擔，承受更多的精神壓力，只因為父親的眼中已沒有她這個女兒……。

葉菲音的大姐徵得婆婆的同意後，騰出原先堆放雜物的小房間，供他們母子倆暫時的居所。雖然沒有楊家的寬敞，然卻生活在一個有尊嚴的空間裡，葉菲音所追求的，亦非物質上的享受，而是精神與心靈的快慰。因此，對於目前的環境，她是很滿意的。然而，她自己也清楚，這個地方只是她暫時的棲身之所，不是長久居住的地方。儘管大姐展現出願意住多久就住多久的寬宏大量，但畢竟得考慮姐夫和她的婆婆的感受。

對於自己在這個家庭所扮演的角色，葉菲音心知肚明，因此，並沒有在大姐家裡吃閒飯。她分擔了大姐大部分家事，又協助親家母做了不少農事，為人處世更有其獨到的一面。每天除了求取三餐溫飽與精神上的快慰外，其他並無所求。她如此的作法，不僅獲得親家母的肯定和認同，連村人也稱讚不已。對於楊家先前對她不實的指控，也不攻自破，而且還替她說了許多公道話，讓葉菲音感到相當的窩心。

人一旦精神好，無形中，全身上下就極其自然地充滿著一股蓬勃的朝氣。經過一段時間的調養，葉菲音又恢復往日的美艷，甚至，更有一份成熟的少婦美，許多鄉親無不批評楊家不懂得珍惜。

然而，隨著時光的消逝，隨著孩子的逐漸成長，葉菲音又必須重新思考往後的路該怎麼走，總不能在大姐的屋簷下過一生。於是她萌起了出外尋找工作的念頭，大姐也支持她如此的作法，親家母竟然同意幫她照顧小孩，的確讓葉菲音興奮不已。而她所讀的書並不多，受的教育亦有限，想謀取公職談何容易。雖然婚前曾經發表過不少作品，但離開文壇已久，沒有學歷而空有一個「過去」的作家頭銜又有何用？因此，只好朝民間商家去尋找。自己預設的條件亦不高，無論是什麼工作，只要憑勞力、能勝任，她都願意一試。

可是在這個落後的小島上，並沒有什麼大型的工廠或較有規模的公司行號，大多數都是傳統的商店，以及冰果室和撞球店，需求的也只是一般店員。而店員幾乎都是年輕貌美又未婚的小姐，儘管葉菲音頗具姿色，然又有哪一位老闆，願意雇用一位已婚的女人來當店員？因而，想找一份工作並非易事。

等了一段時間之後，葉菲音終於透過姐夫同事的介紹，到一家新開而設備新穎的餐廳當廚工，負責清洗碗盤。這家餐廳也是島上首家裝潢最華麗、設備最新穎，並有冷氣設備的餐館。而且距離住家又不遠，騎腳踏車只要十餘分鐘即可抵達，因而她便一口答應。

這家餐廳除了有豪華的設備與一流的廚師外，並隔有「梅花廳」、「桂花廳」、「蘭花廳」三個獨立的包廂。自從開業後，來此用餐或歡宴的賓客，可說絡繹不絕，生意之興隆，可想而知。相對地，清洗碗盤的工作份量亦相當地重，整天下來，葉菲音可說是疲累不堪，但對於這份工作，卻感到勝任愉快。只要小心謹慎、清洗乾淨，不要把碗盤打破，她的任務便告完成。而且她工作的地點在廚房，更不會碰到熟人，絲毫沒有精神上的壓力。她發誓要以自己的雙手、憑自己的實力，賺錢來撫養孩子，絕不會輕易地向現實的環境低頭。即使歷經過無數的波折和苦難，她倔強的個性則依舊沒有改變。

餐廳的負責人是一位退役軍官，曾經擔任過防區的財務主管，員工尊稱他為經理。雖然做事一板一眼、不苟言笑，但對員工卻照顧得無微不至。當他從側面上瞭解到葉菲音的家境以及她的文學根柢時，一方面心生同情，另一方面則有大材小用之感。於是在一個空檔裡，經理主動地和她閒話家常。

「葉小姐，聽說妳婚前曾經在妳爸爸經營的振興商店幫忙了好幾年？」經理誠懇地問。

「是的。」葉菲音微微地點點頭笑笑。

「收款、結帳、開發票，都難不倒妳吧？」

「雖然我讀書不多，但在我爸爸的調教下，店裡的瑣事我都應付得了。」

「聽說妳以前在報上還發表過不少文章？」

「那是很久以前的事了，」葉菲音有些不好意思，「都是一些不成熟的作品。」

「妳別謙虛，」經理笑笑，「能寫出來已經很不簡單了，再通過報社主編那一關，而後變成鉛字刊登出來與讀者共同分享，更是難能可貴。既然有這個興趣，就不要把它放棄。」

「謝謝您的鼓勵。」葉菲音淡淡地笑笑，「不過我已經很久沒有寫了，筆也生鏽了，倘若想重新復出，必須再經過一段時間的努力。」

「我知道妳有一段不完美的婚姻，但必須坦然面對，慢慢走出它的陰霾。因為妳還年輕；而年輕就是妳追求幸福和從事文學創作的的最大本錢。櫃台黃小姐下個月就要結婚了，她已口頭向我請辭，這份工作我看就由妳來接手，不知妳意下如何？」

「經理，我已習慣清洗碗盤這份工作，櫃台應該找年輕貌美的小姐來擔任較適合。」葉菲音善意地建議著。

「妳做過生意，知道怎樣來招呼客人，一旦換了新手，又得重新教起。尤其是現在年輕小姐都吃不了苦，有些幹不了多久就不想幹了，又得重新找人，實在很頭痛。從妳在廚房的表現，以及能夠揚棄以往的光環，放下身段屈就廚工，可見妳是一個較務實的女性，櫃台由妳來負責或許更恰當。」經理分析著說。

「經理，謝謝您的提攜，」葉菲音謙虛地，「但我仍然有些惶恐，不知能不能勝任這份工作。」

「從軍中到社會，我閱人無數，相信不會看走眼的！」經理深具信心地說：「妳絕對能勝任這份工作！」

「謝謝您對我的信任，我願意一試，但願不會辜負您的好意。」葉菲音由衷地說。

於是在經理的安排下，葉菲音利用時間開始到櫃台實習，而這份工作對她來說簡直是輕而易舉，因此很快就進入狀況。當她正式接手時，更是駕輕就熟未曾碰到難處，往後的櫃台工作亦從無發生任何重大的差錯，也因此而獲得經理充分的信任和賞識。

葉菲音待客亦有其獨到的一面，即便從外貌看來冷艷高傲，但亦有委婉的一面，其親和力更不在話下。原本姣好容貌，加上適當的妝扮和合身的穿著，更凸顯出她高雅的氣質和熟女的魅力。

有這麼一位美艷的熟女在櫃台為客人服務，無形中也提升了這家餐廳的知名度，慕名而來的除了一般客人外，竟然還有不少地區黨政軍高級官員。凡是各單位迎新送舊或宴請外賓，幾乎都選在這家餐廳舉行，生意之鼎盛可想而知，也讓老闆賺取了不少錢財。相對地，葉菲音的待遇亦提高了不少，讓她更沒有後顧之憂。

有了安定的生活，有兒子相依為伴，多了一些人生的歷練，葉菲音利用餘暇，又開始重溫文學的美夢，以及重拾荒廢許久的文學之筆。起初的確有不知如何下筆之苦，亦有辭不達意之感，但終究，先前奠定的根柢，並沒有隨著歲月的逝去而消失。因此，很快就進入她欲表達的意境，除了言之有物外，也兼具深度和廣度。

於是，葉菲音又開始活躍於文壇，重新找回她的讀者群，並與島上的文友有所互動，共同切磋寫作上的問題。遇有台灣的學者專家或名師蒞臨島上演講，偶而地也會撥冗去聆聽，以及參加文藝社團舉辦的的座談會。從這些活動中，的確讓她獲得許多寶貴的經驗，對往後的創作，絕對有加分的作用。

五四文藝節前夕，國防部主管文宣單位為了落實「戰鬥文藝」在外島的功能，特別邀請剛從美國學成歸來的文學博士林文光先生，以及數位知名的作家，由總政戰部副主任王中將陪同，來島上做專題演講，而後舉行座談會。防區司令部對此次的專題演講與座談會相當地重視，除了命令軍中文宣人員必須參加外，並邀請島上作家參與盛會，葉菲音也在受邀的行列之中。

然而她心裡卻一直有一個疑問，這位林文光博士，不知是否就是曾經在島上服過役的林文光少尉？是否就是她文學上的啟蒙老師林文光先生？葉菲音冀望能快一點解開這個謎題，只因為他們的情誼，已像斷線的風箏，飛得很遠很遠了。雖然數年前參加國建隊赴台時，曾經蒙受他母親熱忱的招待，回來後也修書向她老人家致意，新年亦曾寄上賀卡，直到遭受這段不幸的婚姻、心情惡劣始告中斷。但是與遠在美國的林文光則一直少有聯繫，並非她無情，而是受限於她連收信人的英文住址都寫不出來的窘境。相信林文光必能體諒她的處境的。

與會的那天上午，葉菲音刻意地妝扮了一番，儘管歲月在她臉上銘刻著幾許滄桑，但卻被她那份獨特的氣質掩蓋掉。她的艷麗加上知名度，在會場中彷彿是一顆閃爍的星星，綻放著耀眼的光芒。

不錯，他就是曾經在島上服過役的林文光少尉。

當十餘位貴賓由高官陪同出現在會場時，隨即響起一陣熱烈的掌聲。而走在前頭那位西裝筆挺，戴著金邊眼鏡，文質彬彬的學者，葉菲音第一眼就認出他正是自己文學上的啟蒙老師林文光先生。內心隨即湧起一股無名的喜悅，雙眼隨著他的移動緊緊地盯住他，彷彿深恐他的身影從她的眼簾中消失。但心中卻也不免自問：全場那麼多人，不知林文光博士看到她沒有？注意到她沒有？當他擁有博士學者的頭銜時，是否還記得她這位只有小學畢業的異鄉朋友？無數的疑問不斷地在她腦裡盤旋，或許，稍待一會就能得到答案。

當演講開始時，由總政戰部副主任王中將擔任引言人，除了讚揚林文光學有專精外，也是國內最年輕的文學博士，並曾經在島上服過預官役，對島上的民情風俗與獨特的戰地文化，亦有深刻的體會。希望透過林博士的演講，能讓在座的作家或軍中的文化工作者，對戰鬥文藝有更深一層的瞭解。

林文光博士演講的題目是「戰鬥文藝對當前社會的影響」，在長達四十餘分鐘的演講中，除了引述諸多的西洋文學理論外，對「反共文學」與「戰鬥文藝」亦有精闢、詳密而獨到的見解，的確讓所有與會人員獲益良多。演講結束後，全場更是報以熱烈的掌聲。而當掌聲停止後，他卻順機說了幾句題外話：

「謝謝諸位給我的鼓勵。今天重回這個充滿著人文氣息的島嶼，除了應國防部總政戰部的邀請做這場演講外，我將順便拜訪一位前輩作家，他就是蟄居在這個島上的王智亞先生，以及看看我在這裡服役而認識的一位友人，她就是現在也在座的葉菲音小姐！」林文光說後，右手朝葉菲音的座位一比，當她含笑地起立向眾人點頭致意時，全場又是一陣熱烈的掌聲。而她竟然孤陋寡聞，不知心儀已久的前輩作家王智亞先生就住在這個小島上。

林文光博士演講過後，馬上進行座談，因此他們兩人只短暫地照面寒暄，並取得會後再詳談的默契。而座談會因有高官和名家在場，軍中朋友不敢多言，在地作家因書寫的方式與主流文學尚有一段差距，故而始終被歸類為邊陲文學。面對在場的國內名家，或多或少總有一份自卑感，所以並沒有人起立發言。王副主任總結後，座談會便宣告結束，所有貴賓因中午要接受司令官的歡宴，下午始有參訪與自由活動的時間，林文光向葉菲音承諾，會到她服務的餐廳看她。

約莫兩點左右，用餐的客人陸續地走了，小妹亦已把桌面清理乾淨。葉菲音重新泡了一壺茶，等待分別多年的朋友林文光先生的到來。

終於，林文光乘坐接待專車來了，老友重逢時的喜悅，在他們的臉上表露無遺。

「我知道一定可以找到妳。」林文光興奮地說：「即使妳已嫁到別的地方去，振興商店對我來說並不陌生，依然可以打聽到妳的住處，所以事先才沒有寫信跟妳聯絡。」

「不錯，這個島嶼實在太小了，隨便問也可以問到。」葉菲音難掩內心的喜悅，「想不到你會重臨這個小島。」

「因為這裡有我的好朋友。」林文光愜意地笑笑，「無論我走到天涯海角，都不會忘記在島上那段快樂的時光。近來好嗎？」

葉菲音沒有回答他的問話，只淡淡地笑笑。

林文光從她的眼神中，似乎已看出了一些端倪。

「請坐。」葉菲音為他拉出一張椅子。

「謝謝。」林文光說後，從提包取出一份包裝精緻的體品，遞給她說：「這枝西華鋼筆是我獲得博士學位時，指導教授送給我的紀念品。今天我把它帶來送給妳，希望妳能用這枝筆，持續不斷地創作。」

「謝謝你。」葉菲音以一對感激的目光凝視著他，「當年如果沒有你的鼓勵，我哪有勇氣走上文學這條路。可是我卻辜負你的期望，停筆了好幾年，直到最近才重拾禿筆。」

「為什麼？」林文光關心地問。

「因為我歷經過一段不幸的婚姻。」葉菲音據實說。

「不能挽回嗎？」林文光進一步地問。

「我已帶著孩子搬離了婆家。」

「有沒有辦理離婚手續？」

「沒有。」

「妳先生呢？」

「在台灣。」

「從事什麼工作？」

「結婚時是中尉政戰官，退伍後當船員。」

「他是什麼地方人？」

「同是這個島嶼。」

「怎麼會變成這樣？」

「一個有暴力傾向的變態狂，加上一個惡婆婆。」

「是妳自己選擇的？」

「因為我瞎了眼，所以命該如此，也算是報應。」

林文光沉思了一會，而後感嘆地說：

「從妳『不幸』的兩個字以及我們簡短的談話中，似乎不必再問明事情的原委，就能理解妳心中的苦楚。人，雖然必須屈服於命運，但絕不能活在痛苦的氛圍裡。妳能跳脫出婚姻的深淵而重新提筆，可見妳的意志力是夠堅強的。而妳應當試著以自身的經歷做藍本，用文學的筆觸，把它反映在作品上。至少，它可以摒除妳心中的夢魘，讓妳的心靈得到寬慰。是非對錯，亦可透過文字的傳播，讓世人來公評。」

「謝謝你的提醒，我倒沒有想過這一點。」葉菲音由衷地說。

「生活過得去嗎？」林文光再次關心地問。

「我在這裡工作，每月有固定的收入。母子倆省吃儉用，生活不會有問題的。」葉菲音說。

「你們之間的婚約解決了嗎？」林文光又關心地問。

葉菲音苦澀地搖搖頭。

「拖著不是上策，那會誤了妳的青春。」林文光說後，似乎感到有點不妥，趕緊澄清著說：「請恕我多事，但站在朋友的立場，卻不得不關心。」

「我能感受到你那份誠摯的心意。」葉菲音目視著他說。

「如果沒有復合的可能，妳必須做一個明快的抉擇，才能徹底地恢復自由身。別忘了妳還年輕，必須重新思考妳的未來，並以一顆燦然之心去尋找一個屬於妳自己的春天，來充實妳心靈的真實生活。」林文光開導她說。

「這段婚姻的確是我此生最大的錯誤，也是夢魘。復合是不可能的事，但他也不會輕易地在離婚協議書上簽字。」葉菲音無奈地說。

「妳可以透過法律來解決。」林文光建議著說。

「一旦如此，那勢必會在這個民風淳樸的小島上鬧得沸沸騰騰的。」葉菲音有所顧慮地，「同時，我擔心他們會把孩子帶走。」

「魚與熊掌不可兼得，如果妳顧慮太多的話，春天會離妳愈來愈遠。」林文光提醒她說。

葉菲音搖搖頭、嘆口氣，而後改變話題問：

「你什麼時候回台灣的？」

「今年元月。」林文光笑笑，「回來後青輔會隨即安排我到大專院校演講，時間排得很緊湊，也因此而耽擱了許多私事。」

「準備回美國，還是留在國內？」

「爸媽要我留在國內，台大已給我聘書，要我講授西洋文學。」

「那太好了，」葉菲音興奮地，「往後又多了一個向老師請益的機會。」

「妳別客氣，」林文光謙虛地說：「文學博士的頭銜雖然人人羨慕，但也只不過多讀了一些理論而已，並不一定能書寫出一篇感人的作品或成為作家。相對地，文壇上許多沒有學歷而苦學有成的作家，他們的作品，卻能受到讀者們的喜愛和青睞。因此，我始終認為，文學博士與作家是不能劃上等號的。」

「成家了沒有？」葉菲音關心地問。

「或許明年底吧！」一絲滿意的微笑，掠過林文光的唇角，「她在英國留學，明年拿到博士學位就會回國。」

「恭喜你，也祝福你！」葉菲音由衷地說。

「謝謝，這只不過是人生旅途的一個過程吧！」林文光依然難掩內心的喜悅。

而葉菲音心中卻有不一樣的感受，即使眼前這個男人曾經是她心儀的對象，但她從始至終對於自己的身分、家世，卻相當的清楚。與其去追求一個不可能有結果的美夢，還不如把它搭成一道恆久不變的友誼之橋，彼此無拘無束地共享友情的馨香。

「時間有限，」林文光看了一下腕錶，「我必須先到鄉下拜訪王智亞先生，如果妳有空的話，不妨一起去。或許，我們可以從前輩的言談中，汲取一些知識和經驗。」

「久仰王智亞先生的大名，你是怎麼認識他的？」葉菲音好奇地問。

「他是我大學老師袁明先生的好朋友。老師得知我要到島上來，特別囑咐、要我親自拜訪他，並向他致意。」

「雖然同住這個小島，也經常有文友提起他的大名，但他似乎很少在公共場合出現，故而一直未見其廬山真面目。如果方便的話，就請你引見。」

「我也是首次去拜訪他。」林文光充滿著信心，「相信只要提起老師的名字，王智亞先生是不會拒我們於千里之外的。」

「但願如此。」葉菲音興奮地笑笑。

前輩作家王智亞，他的筆名早已蓋過本名王南星。他生性雖孤僻，卻有文人的傲骨，為了看不慣社會的現實，以及那些囂張跋扈的貪官汙吏，距離退休年齡尚有好幾年，卻提前離開公職，靠著退休金的微薄利息，過著與世無爭的田園生活。除了讀書寫作外，閒暇時則在自有的農地上，種植些蔬菜瓜果之類的作物。頗有陶潛那種「世與我而相違，復駕言兮焉求」，不為五斗米折腰而堅持歸返田園的風範，以及「忘懷得失，以此自終」的瀟脫。

但陶潛終究是陶潛，王智亞焉能與他相媲美。唯一讓人感到迷惑與不解的是其感情生活竟然是一片空白，迄今仍是孤家寡人一個，讓高齡老母心急如焚。然而，為了能在安靜的環境中讀書創作，王智亞並沒有與兄長和老母同住，獨自住在村郊一間老舊的「護龍」裡。這間房子也是他們家以前的柴房，並自理三餐，過著十分簡樸的田園生活。曾經，他的哥哥在徵得母親同意後，有意將其小兒子過繼給他，好延續他的香火，但他並未接受。寧願過著獨來獨往的單身生活，追求一個安靜幽雅的寫作環境，其他的似乎一點也不在意。

來到先生的住處，只見一個穿著隨便、頭髮散亂、滿布滄桑，看來有點落寞的老年人，緩緩地從房裡走出來。然而，當他出現在他們面前時，葉菲音卻突然被一道炯炯有神的目光怔住，即使眼前這位長者的外貌不起眼，但從他懾人的眼神中，卻可以窺探出他那份異於常人的內涵和獨特的氣質。於是，內心湧起一股無名的悸動，她頓時定神，忍不住多看了他一眼，這個身影似乎也是她長久以來所欲追尋的。而萬萬想不到，自己長久構築的美夢，怎麼會是眼前這個不起眼的老年人？她感到有些茫然和不可思議。

「先生，」林文光見他出來趕緊上前，並禮貌地一鞠躬，「打擾您了。」

「你們是……。」王智亞輕瞄了他們一眼。

「我是袁明教授的學生林文光，今天應邀到島上做專題演講，老師特別囑咐我要專程來探望先生。」林文光說後轉向葉菲音，「這位是葉菲音小姐，她是在地人，經常在報刊發表作品，不知先生有印象否？」

王智亞沒有正面答覆，只微微地點點頭。

「請前輩多指教。」葉菲音禮貌地向他點頭致意。

「不敢。」王智亞簡短而嚴肅地答，復又招呼他們說：「屋裡坐。」

儘管王智亞的穿著和外表不起眼，但進入他的書房，則彷彿進入一座小小的書城，屋內整理得有條不紊，散發著一股濃濃的書香氣息，可說與主人的溫文儒雅相得益彰。

「袁先生可好？」王智亞為他們各倒了一杯茶，而後問林文光說。

「老師身體已大不如前，今年可能會辦理退休。」林文光說後好奇地問：「先生您怎麼認識袁教授的？」

「袁先生曾經在這個小島當過團長，團部就在我們祠堂裡面。他並非出身黃埔，而是哈爾濱大學的高材生，退伍後始轉任教職。袁教授的國學造詣深厚，對現代文學亦有獨到的見解，影響台灣許多作家的創作方向。」王智亞為他解釋著，而後轉頭問葉菲音說：「葉小姐，妳寫的是哪一種文類？」

「大部分都是一些不成熟的散文。」葉菲音客氣地說。

「別客氣，能寫出來已經不錯了，復把它化成鉛字與讀者們共享，更是不簡單。一個從事文學創作的人，最怕的是眼高手低。文章固然有好壞之分，但只要能書寫成章，就是可貴的，其他就不必太在意了。」

「謝謝先生的鼓勵。」葉菲音誠摯地說：「往後請先生多指教。」

「不敢當，」王智亞謙虛地，「只要時間許可，大家可以相互來切磋。」

「葉小姐雖然讀書不多，但領悟力很高，靠著不斷地努力，根柢亦相當地紮實。務必請先生多多給予指導。」林文光禮貌地幫她說項。

王智亞不置可否，只微微地笑笑。

禮貌性的拜會，短暫的交談，為了不耽誤王智亞太多的時間，兩人就起身告辭。而從此之後，王智亞那炯炯有神的目光，異於常人的氣質，已深深地印在葉菲音的腦海裡⋯⋯。

# 第十章

即使王智亞的作品已受到文壇的肯定，也備受同好的尊崇，然而他除了行事低調外，亦很少在公共場合出現，謝絕所有不必要的應酬。少數不瞭解他的人，則認為他高傲、不通人情，但他依然我行我素，從不刻意地去附和別人，似乎也以此來凸顯自己的格調。儘管如此，主動來請益或拜訪者卻也不在少數，雖然佔去他不少時間，但畢竟來者是客，他依然熱忱地接待，從未賞人閉門羹。而葉菲音則是首次見面，以前只在報上見過她的名字，對於她的作品卻未曾詳細地閱讀過。因此，無論她的人或文，幾乎都沒有深刻的印象，唯一留在他腦裡的，或許是她那份脫俗的氣質，以及熟女的豐腴。

然而，這些優點對一個年屆耳順、又長年浸染在文學園地的筆耕者來說，並沒有引起他太大的興趣。即使他未婚，亦從未與異性親密地接觸過，卻擁有不少心儀他的女性朋友和讀者，儘管有人主動向他示好，有人刻意地想親近他，但每次碰面或交談，他總是小心翼翼地應對，以免落人話柄。其品德和操守，雖未達到完美的境界，但數年來，一直給人一個深刻的好印象。儘管葉菲音只和他見過一次面，但日後卻費盡心思翻閱了許多舊報刊，甚至也向文友打聽有關他的出版品，試圖從中去瞭解這位前輩作家的創作方向。而她到底是基於什麼呢？是純粹地想拜讀他的作品？還是心儀老作家的文采？抑或是另有其他微妙的因素存在著？或許，任何臆測都是不實際的，只有葉菲音心裡最清楚。

中秋節的那天，葉菲音服務的餐廳休假一天，好讓員工與家人共賞秋月。而葉菲音不知哪來的勇氣，那天下午，竟然提著老闆犒賞她的那盒月餅，親自拜訪王智亞先生。

「先生，中秋節快樂！」

在房裡看書的王智亞，突然被這嬌柔悅耳的聲音怔住。抬頭一看，更讓他感到訝異。

「是妳，葉小姐。」

「請恕我冒昧，沒有徵求您的同意，就逕自來了。」葉菲音歉疚地說。

「不必客氣，儘管這裡是鄉下，交通也不太便捷，但還是經常有朋友往來。」王智亞解釋著說，並順手拉出一張椅子，「葉小姐妳請坐，今天怎麼有空呢？」

「自從林文光先生幫我引見後，早就想來拜訪先生，但一直沒有時間，也提不起勇氣。

今天利用中秋節放假的機會，竟沒有先和您聯絡，就莽莽撞撞地跑來了，真是失禮！」葉菲音坦誠地說。

「妳再這麼客氣，後續我們不知該如何談下去。」王智亞淡淡地笑笑，「許多朋友都知道我不苟言笑，看來有點嚴肅，但當彼此間坦誠相處時，無形中就會縮短它的距離。我們的相識雖然是經過林文光先生的引介，可是不要忘了我們同是在這塊土地求生存的鄉親，從現在起就不必拘泥於那些禮數，如此才能暢所欲言。」

「謝謝先生的提醒，」葉菲音不好意思地笑笑，「爾後希望能無拘無束地向您討教。」

「妳又客氣了。」王智亞糾正她說：「雖然我們的歲數相差很多，但朋友之間的交談，有時則與年齡沒有太大的關聯，若真要達到無拘無束的境界，首先必須去掉『先生』與『您』，才能夠談得愉快與盡興。」

「『您』字或許可以免，『先生』兩字則免不得。倘若直接喚您『王智亞先生』，似乎沒有『先生』來得親切。總不能直呼你王智亞吧！」葉菲音認真地說。

「其實名字只不過是一個方便人們稱呼的符號，我並不會刻意地去計較它。既然妳願意以先生相稱，我也會坦然地接受的。但願我們的談話，不會受到『先生』兩字的束縛才好。」

「我沒有先生的涵養。往後如有語無倫次或失禮的地方，務必請先生海涵。」

「雖然我很少出門，亦有部分人說我古怪，但我這間破落的古厝，卻經常有青年朋友來談文論藝。言談中，正經的有之，胡扯的亦不在少數，而我從不去挑他們的毛病，也不會以老者自居刻意地去駁斥他們，讓他們有充分言論自由的空間，把彼此之間俗稱的代溝降到最低數。它也是我擁有許多青年朋友的主因。」

「先生有如此的胸懷的確令人敬佩。」葉菲音愜意地，「爾後向先生請益就不會有心理上的負擔，甚至可以暢所欲言達到無所不談的地步。」

「朋友雖然有新舊之別與老少之分，但只要坦誠相處就會增加彼此間的瞭解，也會有永遠談不完的話題。即使獨自一個人生活在這個紛紛擾擾的現實社會，也不會感到孤單。」王智亞微微地笑笑。

「先生……，」葉菲音猶豫了一下，而後鼓足勇氣，「我可以斗膽與冒昧地問你一個與文學無關的問題嗎？」

「我知道妳想問的是什麼，」王智亞淡淡地笑笑，似乎已有先見之明，「它也是許多人想問又不敢問的問題。如果我沒有猜錯的話，是不是攸關我迄今仍是王老五的事？」

「先生高明，」葉菲音興奮地說：「一語就讓你猜中。」

「如果我想回答這個問題的話，它就不會那麼神祕了。既然妳提問了，我總得給妳一個答覆……。」王智亞尚未說完。

「到底為什麼？」葉菲音搶著問。

「妳知道日本有一個很有名的作家叫石原慎太郎嗎？」

「聽說過。」

「他的名作《太陽族》妳看過嗎？」

「沒有。」

「他有一句名言妳知道嗎？」

「不知道。」

「或許，他那句名言，就是我最好的答案。妳聽了可別生氣。」

「怎麼會！」葉菲音不在意地。

「石原先生說：『你們都不瞭解我，這些笨蛋！』」王智亞嚴肅地。

葉菲音一時怔住，稍後低聲地問：

「你是說，凡是問你這個問題的人都是『笨蛋』？」

「如果聰明的話，怎麼會問我這個幼稚的問題呢？」

「我倒不認為是這樣。」葉菲音正經地說：「問這個問題的人，關心的成分一定勝過好奇之心。」

「青春時光已從指隙間溜走，人生歲月亦已到了盡頭。在茫茫的人海裡，在日薄西山的此時，我還想冀求什麼呢？」王智亞坦然地說。

「難道你甘心如此過一生？」

「我滿意這種逍遙自在的田園生活，也滿意這種寧靜的讀書環境，即便不能寫出驚天動地的好文章，但卻是我此生最滿意的抉擇。我會無怨無悔地守護腳踏的這塊土地，以及這棟看來不起眼的古厝。因為有它們，才有我文學生命的延續；有了文學，自然會豐盈我的生命，讓我蒼老的心不會感到孤單和寂寞。其他的，我非但不會去計較，也不想去追求。」

「其實在你們那個年代，想找一個門當戶對的家室可說是輕而易舉的事。你為什麼不把握住機會、成個家，讓有限的青春歲月平白地逝去？」葉菲音頓了一下又說：「難道是文學誤了你的青春？還是你的青春被文學所誤？」

「文學只會豐潤我的生命，而不會誤我青春。」王智亞感性地說。

「想瞭解你，還真不容易。」葉菲音笑笑。

「別忘了我們是第二次見面、第一次深談。倘若往後真能像老朋友般地暢所欲言，相信有一天，妳就不會是石原慎太郎書中的『笨蛋』了！」

葉菲音笑笑，內心盈滿著一份無名的愜意。

「最近有沒有寫文章？」王智亞轉換話題問。

「寫了一篇散文，本想帶來請先生修改，但始終提不起勇氣。」葉菲音坦誠地說。

「以前雖然看過妳很多作品，但並沒有仔細地去研讀和深入探討，因此印象並不深刻。自從見過面後，才開始認真地拜讀妳的作品。坦白說，妳的散文不僅清新，也樹立自己獨特的書寫風格，進入到寫實的意境，充分掌握住散文書寫的要領，把內心欲表達的意象，透過縝密的思維，誠摯地展現在讀者面前，讓讀者們讀後，有身歷其境的真實感。

已故文學大師梁實秋先生曾經指出：『散文的美，不在乎你能寫出多少旁徵博引的故事穿插，亦不在多少典麗的詞句，而在能把心中的情緒，乾乾淨淨直截了當地表現出來。』誠然，文學的書寫方式各有不同，讀者欣賞的角度亦有所差異，但無論是作者或讀者，如果能把眼所見、心所感，誠實地訴諸於文字，以它來傳達感情，那便是可貴的。希望妳能持之以恆，朝著自己既定的目標前進，假以時日必能採擷到甜蜜的果實。」王智亞鼓勵她說。

「謝謝先生的鼓勵。現在的我，的確有：『聽君一席話，勝讀十年書』之感。我會好好跟先生學習的，但願不會讓你失望才好！」

「不過我也從妳的作品中，隱約地發現到妳對婚姻以及週遭環境的不滿。但願它只是現實人生的反映，而非妳自身的經歷。」王智亞關心地說。

「不怕先生取笑，那是我真實人生的寫照。」葉菲音坦誠地說，而後苦澀地笑笑。

「想經營一個幸福完美的家庭，確實不易。夫妻間除了相互扶持外，亦必須相互包容。當然，事出必有因，人的忍受度也是有限的，雖然我不明瞭你們其中的原委，但我還是希望妳能以自己的智慧，坦然面對，設法挽回，能夠結成夫妻，說來也是一種緣分。」王智亞開導她說，而後無奈地笑笑，「所謂清官難斷家務事，或許，安慰人較容易，當自己身陷其中時，則不知要如何來應對。人，確實是一種可笑的動物。」

「謝謝先生的關心和開導。」葉菲音有些激動，「即使我不相信命運，卻不得不屈服於命運。我此生的遭遇，可以說是一篇上乘的小說題材，如果我有先生的文采該有多好，我一定要把它書寫成章。」

「不，一個不學無術的老人家，他只不過是遊走在文學邊緣的小角色而已，哪有什麼文采可言。從妳的作品中，可以看出妳不僅心思細密，觀察入微，文筆也相當地流暢。倘若能把自身的遭遇，透過文學之筆來表達，一旦寫成後，勢必是一篇感人的作品。」

「我寫的都是些散文，雖然有部分自認為有小說的架構，但始終不敢貿然一試。」葉菲音謙虛地說。

「小說確實是與散文不同的。」王智亞不厭其煩地向她解釋著說：「在早期的文學分類裡，曾有『四分法』之說。它區分成『詩歌』、『散文』、『小說』和『戲劇』。而除了詩歌、小說和戲劇之外，只要與文學相近的作品，幾乎都把它歸納成散文。譬如：書信、日記、小品、遊記、雜文、序、跋……等等，其概括的範圍可說是相當廣泛的。然而，散文並非只是作者心靈與情感的抒發，讓讀者得到一時的歡悅和感官的享受而已。即使它不必擔負塑造人物的任務，但無論是寫情或寫景，都必須源自作者豐富的生活閱歷，以及內心誠摯的感受。因此，我認為妳在散文方面，已奠定了一個很好的基礎，遣詞用字也有其獨到的一面，如果對小說創作有興趣的話，不妨試試看。但別忘了，小說除了要有一個完整的故事外，大凡人物的的描述、心理的刻劃、內心的獨白、背景的交代、情節的進行，都必須符合邏輯。一篇感人的小說，似乎也是生命的呈現，它必須透過作者的筆觸，忠實地傳達人物的心聲和相貌，讓人閱後如親歷其境始能引起共鳴。當然，在小說創作的理論上，它還有第一人稱的自知觀點和旁知觀點，以及第三人稱的全知觀點、有限全知觀點和主角觀點，牽涉的層面可說較廣泛，與散文不拘形式的書寫，是有很大的區別的。」

葉菲音目不轉睛地聆聽他的敘述，並不斷地點頭呼應著。而後問：

「先生你寫過小說嗎？」

「年輕時什麼文類都嘗試過，但卻沒有一樣專精。往後雖然遊走在詩壇，但小說似乎才是我此生的最愛，我不會放棄它的。」

「從先生對文學理論的詮釋，我發覺你不僅僅只是一位詩人，也是一個全方位的作家。」葉菲音誇讚著說。

「葉小姐，妳高估我了。」王智亞不好意思地笑笑，「其實文學的範圍很寬廣，即使我們只生活在這個小小的島嶼，但可以書寫的題材卻很多，端看我們用何種文類來傳達它的心聲。無論詩、散文或小說，只要是我們親眼目睹或內心所感的任何事物，再投入誠摯的感情，復加自己長久以來對語言的錘煉，必能寫出生動感人的作品。如果妳心中的故事已然成熟，以小說的方式來書寫，似乎更能把自己欲表達的意象透過縝密的思維，完完整整地呈現在讀者的面前。屆時，勢必是一篇既酥人心胸又賺人熱淚的好小說。」

「小說有字數的限制嗎？」

「小說雖然有短篇、中篇與長篇之分。但我始終認為：不要先去設定它的字數，必須把故事做一個完整的呈現，復把出場的人物交代清楚。當然，也不能虛應故事，把中篇變成短篇；亦不能畫蛇添足，把中篇延伸成長篇。這些只是我主觀的看法而已，實際上我也高明不到哪裡去。如果妳不認同的話，就把它當成耳邊風，不要記掛在心上。」

「不，先生說的每一句話對我來說都相當重要，我會牢牢記在心坎裡的。」葉菲音頓了一下，大膽地提出請求，「今後我的稿子是否能請先生先過目，請先生幫我修改修改、潤飾潤飾。」

「妳言重了，」王智亞微微地笑笑，「一個不學無術的老年人，他能幫妳改文章？」

「為什麼不能？」葉菲音反問，「以先生的文學造詣，絕對綽綽有餘。端看先生願不願意了。」

「你們這些年輕人太高估我了，那是會讓你們失望的。」

「先生，經過短暫的晤談，我突然領悟到，自己已不是石原慎太郎書中的『笨蛋』了。」葉菲音愜意地笑笑。

「這話怎麼講？」王智亞不解地問。

「我彷彿在驟然間瞭解到你了。」

「可能嗎？」

「至少我心裡有如此的感應。」

「內心的感應與實際人生是有差距的。」王智亞笑笑，「如果妳真正瞭解到我，就不會要我幫妳看稿。不管妳是有心或無意，總而言之，我沒有那種本事。」

「先生，請恕我無禮，」葉菲音竟開起了玩笑，「你不覺得過於謙虛就是虛偽嗎？」

「不，我不是謙虛，而是實話實說。」王智亞嚴肅地。

「或許，想瞭解你還需要經過一段時間的交往。但從我們無拘無束的談話中，我似乎有預感，總有一天，你不僅會幫我看稿、也會幫我潤飾的。」葉菲音充滿著無比的信心。

「既然妳凡事充滿著自信，為什麼對自己的作品沒有信心？」

「儘管寫了好幾年，但我的作品卻始終侷限在一個小小的框架裡，難以跳脫出它的藩籬。倘若有先生的指點，我的思域和視野絕對會因此而開闊，往後無論是散文的書寫或小說創作，勢必會以一個全新的面貌呈現在讀者面前。」

「如果我的觀察沒有錯，妳的散文已奠定了一個很好的基礎，並同時樹立自己獨特的風格，只要繼續往前走，持續不斷地創作，甜蜜的果實就等待妳去擷取。倘使在廣大的文學園地裡，妳想另闢一條通往小說領域的捷徑，我絕對樂觀其成。」

「假若遇到寫不下去的窘境，先生願不願意『惠賜卓見』？」

「『惠賜卓見』這四個字對我來說太沉重了。如果妳真那麼信任我的話，我們倒可以相互來研討。至於能否如妳所願，到時再說吧！」

「謝謝先生！」葉菲音興奮地從椅上站起，「今天總算不虛此行，往後有先生的引導，我的文學之路勢必會更寬廣。」

「別忘了，希望愈高失望也愈大。人生有許許多多的事是難以預料的。」王智亞淡淡地說。

「只要能得到先生的承諾，我的心願便已達成。其他的，我不在乎、一點也不在乎。」

葉菲音說後看看腕錶，「打擾先生多時，我也該走了。」

「如果妳不介意的話，吃過晚飯再走。」王智亞禮貌地說。

「你要親自下廚？」葉菲音竟開起了玩笑。

「我向來都以麵食為主，煮兩碗麵對一個三餐自理的單身漢來說並不困難。只要妳不嫌棄，很快就能端上桌。」王智亞輕鬆地說。

「剛才純粹跟先生開玩笑。」葉菲音有些不好意思，「第一次來向先生請益，耽誤先生不少時間，復與先生交談甚歡，已讓我相當感動了。在無以為報的此時，豈能厚顏留下吃晚餐。尤其在這個民風淳樸的村落，倘若再為先生添麻煩，怎麼對得起先生。」

「妳的顧慮我相當地認同。即使我們心中坦蕩蕩的，只是在一起吃碗麵，但一些好事之徒仍然會繪聲繪影，為當事人製造許多困擾。說它是淳樸的後遺症並不為過。」王智亞嚴肅地說：「既然彼此間都有這種顧慮，我就不留妳了。」

「我什麼時候可以再來？」葉菲音以一對異樣的眼神凝視著他說。

「我平常很少出遠門，耕種的田地就在村郊，隨時都可以找到我。但必須附帶一個條件，別忘了把新作一起帶來，讓我先睹為快。」

「先生是說沒有新作不能來？」葉菲音已意識到他話中的含意，「這個條件是針對我嗎？」

「從妳的作品以及我們剛才的言談中，我似乎對妳有特別的期望。」王智亞措辭強硬地，「不錯，沒有新作不要來！」

葉菲音表情肅穆地點點頭，也正式領教前輩作家的威嚴。她心想：倘若要走向文學的康莊大道，除了自己努力外，前輩的提攜和指導也是相當重要的。今天好不容易和先生攀上交情，她理應好好珍惜，往後想向他請教的事宜多著呢！

「先生，我一定遵照你的指示。」葉菲音睜大雙眼，目不轉睛地凝視著他說：「假若我持續不斷地創作，是否可以經常來拜訪先生呢？」

「可以！」王智亞爽快地答。

「先生，我有信心，不會讓你失望的！」

「能不能讓我失望不是用嘴巴說說就可算數的。我冀求的是妳一篇比一篇更精彩、更有水準的作品。別忘了文壇是現實的，不能停滯在舊有的時光裡，也不能以目前發表的那幾篇作品沾沾自喜，時時刻刻要有自我突破的心理準備。即便不能寫出轟動文壇的曠世之作，但如果停滯不前，勢必會被讀者們唾棄。今天，既然妳瞧得起我這個老人家而親臨寒舍晤談，我就不能以一堆美麗、庸俗又虛假的言詞來應付妳。所謂忠言逆耳，我的言詞或許不夠華麗，甚至傷了人家的自尊心而不自知。但我敢於發誓，對妳這位朋友絕對沒有一絲一毫的惡意，純然以一顆誠摯之心相待。倘使有失禮之處，就請妳寬容吧！」王智亞說。

「不，我想聽的是實話而不是美麗的謊言。」葉菲音有點激動，「先生說過的每一句話對我來說都是金玉良言，我會牢牢地記在心頭的。」

「只要妳能體會出我的心意就好。」王智亞淡淡地說。

「先生，相信往後的人生歲月，我絕不會是石原慎太郎《太陽族》中的『笨蛋』！」葉菲音誠摯地說。

然而，對於她的說詞，王智亞並沒有把它放在心上，他那顆平靜之心，亦沒有受到外來因素的影響而有所變化，彷彿是那碧波無痕、祥和寧靜的大海，看不到一絲兒漣漪。只因為青春歲月已離他遠去，生命中的黃昏暮色已臨，接踵而來的將是回歸塵土。試想，一個在文學園地踽踽獨行的老年人，他還想冀求什麼？唯一能做的是為這塊歷經戰火蹂躪過的土地，略盡一份綿薄心力而已……。

# 第十一章

儘管葉菲音服務的餐廳在島上是屬於層級較高的餐館，其裝潢設備和菜餚亦與一般館子有明顯的差別，來此消費的客人均以軍公教為多。尤其是防衛部幕僚單位的軍官，他們採取的是輪調制，只要在外島服務滿一年半，就可以填表申請輪調回台灣，因此，歡送長官或同僚的宴會特別多。甚至如有外賓來訪或上級單位來視察，只要不是主任以上高官作陪，承辦單位幾乎都是選擇此處為歡宴的場所。而主人除了以佳餚款待外，少不了也要以高粱美酒助興。然而酒品與酒量則因人而異，部分軍官外表看來斯文，當酒過三巡後，其醜態隨即暴露。

雙十節那天晚上，「梅花廳」的座上賓全是繡著三角形臂章的少中校軍官，而且佩掛都是政戰兵科領章，明眼人一看就曉得是防衛部政戰部的參謀。他們在此歡送同組的參謀官林中校輪調返台。在邊吃邊喝的同時，免不了也要談談女人。

「你們看到沒有，櫃台那位小姐長得還真不賴。」梁少校誇讚著說。

「什麼小姐，」王中校不屑地，「聽說已經有一個三歲的小孩了。」

「你怎麼知道的？」梁少校問。

「像這種漂亮的小阿嫂，想打她主意的人多得是，有關她的消息也特別多。」王中校說。

「人家已經結婚了，還有什麼『主意』可打的？」梁少校說。

「夫妻失和，早已形同陌路，她帶著小孩離開了夫家，暫時居住在她親戚家裡。」王中校解釋著說。

「你怎麼對她那麼清楚？」梁少校急促地問，「離婚了沒有？」

「你對她有意思是不是？」王中校笑著說：「如果有意思的話，我可以找人幫你做媒。」

「像這種女人，如果帶一個『拖油瓶』我是可以接受的。」無家無眷的梁少校說出真心話，「可是人家不知有沒有改嫁的意願。」

「她還年輕，孩子又小，如果有合適的對象，應該會考慮的。」王中校說。

「你又不是她乾爹！」許中校輕啜了一口酒，不屑地對王中校說：「島上的婦女與台灣的女人不一樣。如果想找一張長期飯票的話，她也不會出來工作。像這種獨立在外謀生的女人，一定有她自己的想法，絕對不會隨隨便便跟人走。除非你能打動她的心。」

「我看算囉，」李少校對著梁少校說：「與其打沒有把握的仗，還不如到軍樂園找一個。副主任那個老相好，看來還蠻溫柔的，你不是也買過她的票、嚐過她的甜頭。如果想快一點成家的話，就把那些儲蓄券賣掉，給她一筆錢、帶她回台灣去，絕對比你在這裡空想那個小阿嫂還有搞頭。」

「軍樂園那種女人怎能當老婆？」梁少校飲了一口酒，漲紅著臉帶著些酒意說：「這個小阿嫂長得不錯、氣質又好，看來又能吃苦耐勞，兄弟我決定試一試。你們就做做好人，幫我敲敲邊鼓；如果成的話，少不了請你們喝兩杯！」

「別他媽的癩蝦蟆想吃天鵝肉，」陳中校毫不客氣地數落他說：「像這種有獨立個性的女人，是不會接受人家憐憫的。雖然你自認為以你的薪餉能養活她，退役後亦有終身俸可以讓她無憂無慮地過一生，但她能接受一個年紀懸殊、混身充滿著汗酸味的老軍官？我不是消遣你，開開無傷大雅的玩笑可以，少打這種如意算盤。別到時自討沒趣，看你那張老臉要往哪裡擺。」

「笑話，」梁少校不認同他的說法，「我今年雖然快五十了，即便外表看來有點老態龍腫，但我的體力絕不會輸給年輕人，將來生個一男半女絕對不會有問題的！」

「算了、算了，」陳中校搖搖手笑著說：「看你老哥一副要死不活的敗腎相，可要多保重，別戰死在床上那就難堪了。」說後舉起杯，「來、來、來，大家再敬林中校一杯，也勸我們梁老哥不要做白日夢！」

陳中校說後，一夥兒哈哈大笑。

帶著幾分酒意，梁少校竟逕自走出梅花廳，來到櫃台旁四處張望著。

「梁少校，需要什麼嗎？」葉菲音瞄了他口袋上的名牌，禮貌地問。

「小阿嫂，妳長得真美！」梁少校趁著旁邊沒人，竟脫口說出這句低俗的讚美話。

「謝謝誇獎。」葉菲音笑笑。

「我不是誇獎妳，是真心話。」梁少校說後，把手肘托在櫃台上。「妳不僅漂亮，氣質也好，身材更是沒話說。」

「謝謝你再次的誇獎，」葉菲音雖然有些反感，但卻不能得罪，「我是土裡土氣的在地人，沒有你說的那麼好。」

「聽說妳和先生感情不好，帶著小孩住在親戚家？」

葉菲音訝異地看了他一眼。

「如果經濟上有困難的話隨時告訴我，」梁少校雙眼布滿血絲，極端認真地，「我可以幫妳解決。」

「謝謝你。」葉菲音不屑地看看他，卻也感到有些莫名其妙。

「如果妳願意的話，我可以帶妳到台灣。」

「梁少校，你酒喝多了……。」

「我沒有喝醉，我說的都是真心話。既然你們夫妻感情不好，就應當趁著妳還年輕的時候跟他離婚，做一個了斷。一旦老了就沒人要了。」酒喝多的梁少校，竟說出這種不入流的話。

「你說這種話是什麼意思？」葉菲音扳起臉孔。

「我是一番好意，」渾身酒味的梁少校低聲地說：「雖然我的年紀大了一點，但我的身體向來強壯，我的階級雖不高，薪餉卻不低，而且我還有好幾萬元的『軍人同袍儲蓄券』，如果妳願意跟著我的話，我絕對不會虧待你們母子的。」

「你不要愈說愈離譜，」葉菲音氣憤地指著他說：「老實告訴你，我不是隨隨便便的女人，要不是看你酒喝多了，以及顧及防衛部都是這裡的老主顧，我今天絕對不會饒恕你的。

不要仗著你少校官階大，比你官階高的處組長都要尊重我三分，不信你可以去打聽打聽！我瞧不起像你這種沒有口德的人！別以為在地的女人好欺負！」

經過葉菲音的怒斥，梁少校突然酒意全消，也深知自己的失態，趕緊陪著笑臉，低聲地說：

「小阿嫂，小聲點，跟妳開玩笑啦，別生那麼大的氣嘛！」

葉菲音並沒有理會他。

梁少校自討沒趣地走回梅花廳，坐下後就自行乾了一杯酒。

「你怎麼出去那麼久？是不是去看小阿嫂了？」陳中校笑著問。

「那個騷貨有什麼好看的。」梁少校不屑地說。

「剛才不是對她欣賞有加嗎？大夥兒正在研商要幫你牽紅線，怎麼一下子信心全失了，是不是碰了軟釘子啦？」林中校說。

「剛才我純粹是喝了點酒跟大家開開玩笑。像她這種帶著『拖油瓶』的騷女人，拿錢倒貼我老子也不要。」梁少校為自己找了一個下台階，激動地說。

「老哥不愧是身經百戰的革命軍人，有氣魄！」王中校已看出了一絲端倪，故意如此說：「況且，有錢能使鬼推磨，將來調回台灣後，到山地去買一個姑娘。」

「好主意！」陳中校興奮地拍了一下手。

梁少校尷尬地笑笑。

整個晚上，葉菲音的心情相當的低落。雖然婚姻不如意而獨自在外謀生，但惟恐落入人家的話柄，她的一言一行都是相當的慎重。即使偶而地有客人跟她開玩笑也是恰如其分，從未逾越。而今晚碰到的卻是一個神經病，一個變態的老北貢。儘管對於自己的婚姻不滿，甚至已到了完全破碎的邊緣，然而孩子卻是她精神上的寄託和希望。倘若今生今世遇到的不是自己心中的至愛、不是心靈上的真正伴侶，她寧願在孩子的陪伴下過一生。只要文學之心不死，並能持續不斷地創作，她一定會活得很充實、很快樂！

那晚，她拋開心中的鬱悶，以〈黑夜過後〉為題，寫下內心的感受，寫下對這個社會的不滿。倘若真能寫成，過些時候她將帶著這篇新作，再一次地拜訪王智亞先生，冀望他能賜予寶貴的意見，指引她一條通往文學的康莊大道。但願先生跟往常一樣，能撥冗相見。除了談文學外，她也要趁機把隱藏在心中多時的話，婉轉地向先生傾訴。但願能獲得先生的認同，而不是受到斥責。

居住於這塊土地的島民都知道，商家的消費對象幾乎都是駐軍官兵，而每逢「莒光日」政治教學，官兵都不能外出，各行各業可說都呈半休業狀態，有的商家乾脆關門休息。葉菲音服務的餐廳雖然照常營業，卻是門可羅雀。那天中午她向經理請假，並請廚師切了一些滷菜，煎了兩張蔥油餅，帶著剛寫成的作品〈黑夜過後〉來到先生的住處。

那時，先生剛從田裡回來，疲憊地坐在椅上休息，並沒有注意到她的到來。

「先生。」葉菲音悅耳的聲音劃破寂靜的古厝。

王智亞轉頭一看，緩緩地從椅上站起。

「葉小姐，是妳。」

「先生，叫我葉菲音好不好？」

「直呼妳的名字、妳不覺得失禮嗎？」

「無論從任何一個基點來說，我應稱你先生，而你卻不能叫我葉小姐。」葉菲音誠摯地說。

「為什麼？」王智亞不解地問。

「這樣可以縮短彼此間的距離，往後與先生交談就不會那麼拘束了。」

「既然妳這麼認為的話，我就不跟妳客氣了。」王智亞笑笑。

「謝謝你，先生。」葉菲音怡悅地，「往後與先生或許將成為無所不談的知交，倘若有語無倫次的地方，先生可得多多包容。」

「人非聖賢，孰能無錯。既然能成為無所不談的知交，那還有什麼包容不包容的。」

「我帶來油餅和滷菜，希望能與先生共進午餐。」葉菲音把東西放在桌上，以一對別有深意的目光對著他說。

「我是一個較隨興的人，不懂得什麼叫客氣。既然妳帶來了，總不能又要妳再帶回去。我們就一起吃吧。」說後從碗櫃取來盤子和碗筷。

當葉菲音把滷菜從塑膠袋倒進盤裡時，王智亞竟喃喃地說：

「這盤滷味，倒是下酒的好菜。」

「先生如果有興緻的話，我陪你小酌兩杯。」葉菲音看看他說。

「妳的酒量如何？」王智亞問。

「酒量沒有、膽量大。」葉菲音愜意地笑笑。

「這句話說得太美了！」王智亞轉身從櫃子裡取來一瓶已開過的高粱酒和兩只小酒杯，

並斟上酒。

「來，我們輕啜一口。」王智亞舉起杯。

「我敬先生。」葉菲音竟一口飲乾，而且面不改色。

「酒不能這樣喝，那是會醉人的。」王智亞善意地提醒。

「不，人在心情愉快的時候，酒不僅不會醉人，反而是人自醉。」葉菲音興奮地說。

「有學問。」王智亞含笑地誇讚她。

「倘若與先生相比，就猶如『東坡』與『西坡』，差多了！」

「很多人都說，嘴唇薄的人會講話，果然是名不虛傳。」

「會說話有何用？說多了有時反而會得罪人。我倒欽佩先生，只要你大筆一揮，就能卓然成章，發表後讀者們更會牢記在心頭。」

「別高估我了，」王智亞淡淡地笑笑，「或許是我的作品較貼近這塊土地，讓讀者閱後有一份泥土香的親切感。其他的並沒有什麼特別的地方，更不能與那些學院派的作家相媲美。」

「先生過謙了。數十年來你能持續不斷地創作，這份精神比什麼都可貴。」葉菲音肯定地說。

「在缺少有利的先天條件下，如果自己不努力，是很難在文壇上立足的。既然我們能在一起聊天吃飯，認真說來也是一種緣分，因此，在我們的言談中，有時不能不把自己的切身經驗，與妳共同來分享。聽得進去的，就當做是經驗的傳承；聽不進去的，就把它當成耳邊風。」

「先生的每一句話對我來說都相當的重要，我會牢牢地記住的。」葉菲音誠摯地說。

「今天來這裡的目的，該不只是請我吃油餅和滷菜吧？」王智亞笑著問。

「先生不是說沒有新作品不能來嗎？」葉菲音反問他。而後又說：「你那句話似乎也是觸動我創作靈感的原動力，我永遠不會忘記。」

「希望妳能明瞭我的心意。」王智亞輕啜了一口酒，「人往往都有惰性，即使妳滿懷文采，倘若沒有人來鼓勵和鞭策的話就會懶散，也會以各種理由來搪塞，到後來什麼文章都沒有寫成，這是令人相當擔憂的問題。如果有人來激發他創作的靈感，他便會持續不斷地創作，假以時日必能看到亮麗的成績。從妳近期的作品中，我對妳似乎有特別的期待。」

「我能體會到先生的用心，但願不要讓先生失望才好。」

「今天帶來的是散文還是小說？」

「散文。」葉菲音認真地，「飯後務必請先生幫我修正。」

「修正不敢，共同來研討倒是真的。在文壇雖然妳已奠定一個很好的根柢，也擁有不少的讀者群，但別忘了創作跟求學一樣，亦如同是逆水行舟、不進則退。即便不能達到十全十美的境界，但至少也必須言之有物，千萬不能以一堆空洞的言詞來矇騙讀者。那不僅會讓人反感，也會把得來不易的聲名毀損掉。這點要特別的注意。」

「謝謝先生的指導和提醒，我會記住這些問題的。」葉菲音說後舉起杯，「我敬先生。」而未待王智亞舉杯，她已把杯中酒乾下。不久，一朵朵嬌艷的紅玫瑰已滿布她的雙頰，更顯現出熟女的艷麗。

「妳的酒量看來不錯啊，」王智亞關心地看看她，「不過酒是不能這樣喝的，它容易醉。尤其是一位女性，最好是品酒而不是飲酒。」

「謝謝先生的關心，」葉菲音雙頰漲紅，神情顯得有些凝重，「我心裡彷彿有許許多多的話想對先生說，但又不知該如何啟齒。」

「有話妳儘管說，」王智亞不在意地，「經過幾次的會晤，我們不是談得很愉快嗎，還有什麼不能談的？」

「我怕說錯話，先生會從此不理我。」葉菲音有所顧慮地。

「妳的聯想作用應該發揮在文學創作上，而不該對一位老人家有所疑慮。」

「不，先生不老。」葉菲音激動地，「在我的感受中，除了歲數外，任何一個不實際的『老』字，都不能加諸在先生身上。」

「一個髮白齒落又滿布皺紋的老人家，即使擁有一顆年輕之心，依然不能磨滅掉歲月在他身心上所烙下的印記。或許，不老的只是他的文學生命吧！其他的對一位常年在文學園地深耕的老年人來說，似乎沒有太大的意義。」

「先生，你願意孤孤單單地就此過一生嗎？」

「只要我的文學生命不死，我永遠都不會感到孤單。」

「如果有一位相互瞭解和共同興趣的人，想與先生生活在一起、願意服侍先生終身，你會接受嗎？」

「知音難尋啊！此生，我已不敢有太多的夢想。」

「難道先生忘了『有夢最美』這句話？」

「夢與實際人生是有差異的。」王智亞搖搖頭，微嘆了一口氣，「我們不談這些，它也不是我們今天想談論的重點。」說後舉起杯，「來，我們輕嚐，不能乾杯。但願能用我們的嗅覺和口感，品出高粱美酒的芳香。」

「先生似乎在迴避我的問題。」葉菲音仍然豪爽地一口飲下。

「遇到任何問題，我只有坦然地面對、不會刻意地迴避。」王智亞苦笑。

「從側面上瞭解，我知道先生不僅對文學有所堅持，對人生亦有獨特的看法。然而隨著歲月的更迭、環境的變遷，當初的許多想法似乎也會改變。先生，你說是嗎？」葉菲音提出她的看法。

「或許是吧！」王智亞淡淡地笑笑，「不過想在短時間內改變一個人，也是一件不容易的事啊！」

「我的看法與先生略有不同。儘管想改變一個人的想法是多麼的不容易，但人是有血性的，只要以一顆誠摯之心相待，假以時日必能得到應有的效果。不知先生是否認同我的說法？」

「妳年輕，思維比較縝密，我不能否定妳的看法。但有些事並非只說說或想想而已，它的論點和作為除了要令人心服外，還必須經過無情歲月的考驗。惟有如此的結果，才能讓人覺得可貴。」

「先生言之有理。」葉菲音興奮地說：「是誠摯之心或是虛偽之臉，絕對難逃先生的目光的。倘若再通過無情歲月的考驗，先生想不心服也難啊！」

「那要看什麼事了……。」王智亞輕啜了一口酒。

「先生，一個弱女子她不會想去關心國事或天下事。在這紛紛擾擾的現實社會裡，她尋求的是終身依靠和精神伴侶。無論歷經生命中的風霜和雨雪，她追尋的目標永遠不會改變。」葉菲音心有所感地說。

「人海茫茫，知音難尋啊！」王智亞似乎已聽出她話中的含意，開導她說：「當一個人沒有經過理性思考而做出不當的抉擇時，倘若沒有衡量自己的體力，以及考慮到事發時的後果，一味地往高山峻嶺攀爬，屆時想要全身而退已是不可能。一旦失足，勢必是遍體鱗傷。」

「先生，如果有朝一日，想攀越那座高山峻嶺的人是我的話，你願意給我力量和勇氣嗎？」葉菲音誠摯地問。

「我沒有那種本事。」王智亞嚴肅地，「我唯一的冀望是妳能夠在文壇擁有一片屬於自己的天地。其他的純然與我當年的想法背道而馳。」

「但願蒼天能賜予我力量和勇氣，無論歷經多少波折，我的心意永遠不會改變。即使遍體鱗傷我也在所不惜……。」葉菲音喃喃地說。

「我能感受到妳內心誠摯的呼喚和心聲。但別忘了，今天妳已非少女十五六七的夢幻時期。隨著年齡的增長、隨著在社會的歷練、隨著對人心的觀察，凡事哪有妳想像中的那麼單純，人心險惡啊！但願妳好好珍惜得來不易的聲名，寫下一些值得紀念的篇章，讓後代子孫來傳誦。」

「在茫茫的人海裡，若能尋覓到一個屬於自己的心靈伴侶，先生，我敢保證往後書寫出來的作品勢必更有內涵、更具水準。如果先生能給我力量和勇氣那不知該有多好……。」

「一個成功的作家，他靠的是自己對文學的堅持和努力，以及對社會景物的觀察，絕對不會去仰賴別人給予他力量和勇氣。這點妳必須要有所體認，往後才有獨立思考的創作空間、才能寫出更感人的作品、才能在文壇上大放異彩！」王智亞的情緒似乎有些激動。「記住，我是一個即將回歸塵土的老年人，很高興能與妳談談文學，彼此間相互研討，如果把時間浪費在那些無謂的話題上，是我不願意見到的。」

「在我的思維裡，無論先生願不願意聆聽我的心聲，我都必須把這段時間內心誠摯的感受，以酒壯膽來向先生傾訴。即便不能獲得先生的認同，但比壓抑在內心不能抒發要好上千萬倍。先生，不管爾後我們的定位是師生、父女、兄妹、朋友或是其他關係，我都會欣然接受。唯一的是不能沒有先生的關懷、鼓勵和指導！」

「我能理解妳此時的心境。除了寫作外，妳還有一個重責大任，那便是善盡為人母者之責，好好把妳的孩子撫養長大。倘若夫妻能夠和好保有一個完美的家庭那比什麼都可貴；如果真到了不能挽回的地步，雙方必須談個清楚，痛苦地做一個了斷，這種事是拖不得的。我純粹是站在朋友的立場，善意地提醒妳，並沒有其他的用意，請不要見怪。」

「謝謝你的關心。」葉菲音內心感到有些痛楚，「他避而不談，存心要我付出慘痛的青春代價才甘心。我一直害怕他會把孩子帶走，屆時我勢必更孤單無依了。這點始終是我心中最大的夢魘。」

「並非我持悲觀的看法，」王智亞替她感到憂心，「以我的判斷，孩子是楊家的骨肉，他們絕對會據理力爭，不會輕言放棄監護權。如果真要把這檔不如意的婚事做一個了斷，必須要有心理上的準備。倘若拖下去，妳勢必要以自己的青春換取孩子的成長，當孩子長大後依然會離妳遠去，回到沒有盡到撫養之責的楊家。屆時，妳青春年華已被歲月的酸素腐蝕，除非文學能支撐妳生存的毅力，抑或是另有依靠，否則的話必將承受生命中難以承受之重。」

「倘若真有那麼的一天，先生會眼睜睜地看著我從人間消失嗎？」葉菲音試探著。「往後的人生歲月，如果能與先生共同生活，不知該有多好。」

「這棟古厝雖然簡陋，但絕對可以容納好幾個葉菲音；我的退休金雖然不優渥，但供應三餐絕無問題。可是別忘了，我們置身在一個不完美的社會，首先面對的是險惡的人心，繼而地是現實的社會。倘使真有那麼的一天，鄉親父老、左鄰右舍會以什麼眼光來審視我們？我們的人格也必然會受到讀者們的置疑。尤其是我們的年紀相差懸殊，雖然妳已婚又有孩子，但妳依然青春艷麗，更有少婦的成熟美、貴婦的氣質；而我則是一個不學無術的糟老頭，因此，我必須維護妳得來不易的聲名，豈能讓妳亮麗的人生塗上黑暗的色彩！」

「不能得到先生的默許，我未來的人生歲月只有黯淡，哪有亮麗可言。」葉菲音失望地說。

「如果妳願意的話，在坎坷的人生旅途上，就讓我們做一對相互關懷、相互鼓勵、相互扶持的好朋友，又何必去追求那些飄渺不實際的東西。如何寫出更感人的作品、如何攀越文學的最高峰，才是我們此生最大的希冀，其他的就坦然處之吧！千萬別讓我們逐漸升溫的友情，隨著剛才那些沒有交集的談話，在人間消逝得無影無蹤。屆時想挽回，已是不能與不可能。但願我們都能珍惜！」王智亞開導她說。

「先生，今天我藉酒壯膽，雖然說了許多內心話，但似乎也有胡言亂語的時候。我感到抱歉！」葉菲音歉疚地說。

「人非聖賢，誠摯的友誼是不必說抱歉的。」王智亞不在意地，而後看看餐桌說：「我來收拾碗筷，妳把稿子拿來，待會兒一起來研討。」

「碗筷我來收拾。」葉菲音快速地站了起來。

「妳是客人，」王智亞也同時站起，「我來。」

「此生雖然無緣伺候先生，但如果把我當成外人的話，我是非常非常不認同先生的作法的。」說完後熟練地拿著碗筷去清洗。

王智亞目送一個長髮披肩、身材豐滿、臀部微翹的熟女身影走進廚房而後離開他的視線，內心的確有無限的感慨。年輕時，不知有多少媒婆主動來幫他說親，門當戶對的黃花閨女也不在少數。然而，無論她們花費多少唇舌、父母施予多少壓力，他始終無動於衷，甚至還數次把好心的媒婆攆出去。難道是他身心有殘缺？還是惟恐受到家的牽絆而影響他的文學創作？抑或是另有其他因素？迄今依然沒人能解開這個謎團。

而今歲月不饒人，他已將屆耳順之年，即使身體仍然強壯、精神依舊飽滿，一個幸福美滿的家庭卻離他愈來愈遠。儘管眼前這個女人才貌雙全、氣質出眾，亦是文學同好，並釋出與他共同生活的善意，只要他點頭便可水到渠成。

即便她已婚，但夫妻個性不合早已分居並形同陌路，離婚已是遲早的事。一個離婚的少婦絕對有權來選擇她最後的歸宿，儘管王智亞未婚亦頗具知名度，然而年紀已大，倘若兩人能相互包容並有生活在一起的意願，往後彼此能相互扶持和照顧，似乎也沒什麼不妥之處。相信親朋好友會同聲來祝福他們的！

人生在世，即使有人追求的是性慾的滿足，但精神生活與心靈的互慰也是同等的重要，他們焉有不知情之理。然而這個幸福之球，完全操控在王智亞的手中；是孤零零地過一生？還是要尋覓一個精神上的伴侶？端看他的抉擇了。

葉菲音洗好碗筷後，趕緊取出帶來的稿件遞給王智亞，而且和他肩並肩地坐在一張長型低矮的靠背椅上。王智亞聚精會神地看著稿件，葉菲音不知是有心或無意，抑或是酒精在她體內燃燒，竟閉上眼睛，把頭微微地斜靠在他的左肩膀上。

誠然，王智亞已屆耳順之年，體內那股青春的火燄亦已隨著歲月的流失而減溫，然而當他聞到從葉菲音身上飄來的那股熟女的髮香和體香時，終究還是無法避開她的誘惑。於是，生理上的某一個部分極其自然地有了反應，由此可知，他是一個正常的男人，有凡人的七情六慾，其未婚之因素與生理上是毫無關聯的。

可是讓人想不透的是一個正常的男人為什麼不結婚？難道是為了文學、為了達到成為一個作家的美夢，寧願壓抑自己的性慾、犧牲自己的幸福，擁抱文學過一生？

如今，當文學同好葉菲音的身影進入他的內心世界時，儘管有年齡的差距以及許多尚待克服的問題，但葉菲音已明確地表明，而他是否會改變當初不結婚的想法？還是要繼續與青山為伍、與文學為伴，學習靖節先生不為五斗米折腰的精神，過著逍遙自在又愜意的田園生活？不在意晚年沒人照顧，不計較百年後沒有子嗣為他披麻帶孝、送他上山頭。

倘若以常人的眼光來看王智亞，的確有許許多多的問題等待他來解答。而這個解題人，是否會再以石原慎太郎的名言：「你們都不瞭解我，這些笨蛋！」來做為答案？還是會一五一十把自己的想法做一個完整的交代？他的心路歷程，除了好奇的人們想知道外，生他育他的老母親何嘗不想知道？然而不知何日，始能把這個謎團解開？

王智亞看完〈黑夜過後〉，左肩則有愈來愈沉重的感覺，而這份甜蜜的負荷是身旁葉菲音的身軀。不知她是不勝酒力？還是身心俱疲？要不，怎麼會有如此失態的舉止。如果智亞是一個玩世不恭者，或是一隻人人欲誅之的色狼，菲音這隻肥美的羊兒絕對會成為他的囊中物，任由他來擺布而後吞噬。然而智亞不僅沒有不軌的想法和舉動，甚至惟恐驚醒她，竟不敢擅自亂動。

不一會兒，葉菲音微動了一下身軀，竟把頭埋在他的胸前，雙手環過他的腰，又昏昏地睡著了。智亞順手把稿子放一邊，幾次想把她叫醒、把她的身體推開，但看她身心如此的疲憊，卻也不忍心如此做。試想：一個婚姻不如意的女人，帶著稚子在這個紛紛擾擾的現實社會裡討生活、求生存，她必須承受外界投射在她身上的異樣眼光，忍受無聊人士在語言上的羞辱和欺凌。她的新作〈黑夜過後〉或許寫的就是自身的感受。於是，他管不了世俗的禁忌，一份同情之心油然而生，身為文學同好，更有義務來關懷她、鼓勵她，讓她勇敢地站起，大膽地向惡勢力挑戰。智亞想著想著，情不自禁地低下頭，輕輕地撫撫她烏黑光澤的髮絲。一遍遍，輕輕地撫著撫著；一遍遍，輕輕地撫著撫著……。

久久，當葉菲音醒來時，卻感到有些不好意思。

「先生，我失態了。」葉菲音調整好姿勢，以一對水汪汪的大眼睛對著他說。

「不要計較這些。」王智亞絲毫不在意地，隨後轉變話題說：「〈黑夜過後〉我已拜讀過了。我十分認同妳如此的表達方式。一個作家的可愛處就是不畏懼惡勢力，勇於說真話、講真事，寫出內心真摯的感受。誠然我們置身的是一個不一樣的年代，報社亦由軍方經營管理，即便妳書寫的是人性醜陋的一面，但文中卻明顯地影射部分軍官的醜態，軍職的副刊主編勢必會有所顧慮。因此，我認為這篇作品在報刊發表的可行性不大。雖然刊載時能與讀者們共享，但寫則是一個作家的責任，千萬不能因為一篇作品沒發表就不寫。或許，時勢會有所改變，不管三年或五年還是更長的時光，總有讓它重見天日的時候。屆時，足可讓那些未曾歷經過軍管時期的青年朋友們，瞭解到爾時部分軍官的放肆和傲慢。」

「還有什麼地方需要修正的嗎？」葉菲音誠摯地問。

「整體來說並沒有重大的瑕疵。」王智亞毫不客氣地，「不過在標點符號的運用上要特別的注意。所謂『逗號』，它是用在句子裡面需要停頓的地方，也是句子裡的隔斷符號，為的是要把意思分開。而『句號』，是用在敘述句的尾端，表示這句話的意思已說完，語氣已完結。而我發覺妳整段文章用的都是『逗號』，至到最後才用『句號』。雖然有些讀者並不在意這些，甚至亦有許多作者犯了同樣的錯誤。別忘了，妳的作品已由初寫時的生澀進入到現在的寫實，在文壇也頗具知名度，往後除了下筆要嚴謹外，標點符號的用法也要特別的注意。這是我善意的提醒，請妳不要見怪。」

「謝謝先生的指點。」葉菲音尷尬地笑笑，「寫了那麼多年文章，發表的數量長長短短少說也有近百篇，但從未注意到標點符號的用法，也沒人告訴我這些。今天倘使不是先生的提醒和指點，這個錯誤勢必會繼續錯下去。將來如果能與先生長廝守，我獲益的絕對不止這些。希望先生能慎重思考，接納我這番心意。」

「不要把事情想像得那麼簡單。」王智亞嚴肅地，「即使妳婚姻不美滿，但妳還年輕，而年輕就是最大的本錢。倘若妳不幸以離婚收場而有意再婚的話，以妳的善良和美貌，不愁找不到一個身強體壯、年紀相當的伴侶。感謝妳對一個老年人的關懷，我並非瞧不起自己，亦無人比我更瞭解自己，一個風中殘燭的老年人，他只適合做妳的老朋友，而不該有非分之想。」

「不，在我心中，即便先生的年紀大點，但先生的精神和熱忱比任何人都年輕。我追求的是永恆的心靈伴侶，不是肉慾的歡悅。我敢於如此說：這世界沒有比先生更讓我心儀的人了！」葉菲音激動地說。

「不，我們不談這些。」王智亞搖搖頭，似乎有意避開這個話題。「我們該談的是文學，我們想要的也是文學；在我心中，沒有什麼比文學更重要的！如果人生只為了結婚生子、傳宗接代、養兒防老，或是追求性慾的滿足、物質的享受，那還有什麼意義可言。」

「雖然我不能否定先生的想法，但人非草木，圍繞在我們週遭的除了親情、友情外，絕對還有愛情的存在。儘管愛情是一種飄渺微小的東西，然而它所散發出來的光與熱則不可輕忽。先生，倘若你心中有愛情滋潤的話，勢必不會感到孤單和寂寞，活著也會更有意義。今天我斗膽地說：先生的文學造詣和成就可說有目共睹，也深獲讀者好評。但如果仔細閱讀，卻讓人感到有點深奧，彷彿理性多於感性，假如有某種情愫的滋潤，你的筆觸或許會柔軟一些。不知是否先生未曾碰觸過愛情，致使對男女之間的感情問題不敢深入去探討和剖析？讀者們多麼冀望你能寫幾篇既感性又充滿著纏綿悱惻的作品啊！先生，別低估了通俗的愛情小說，如果沒有實際經驗的話，寫出來絕對不會動人心絃的！為了讀者們的冀望，為了改變你的書寫方式，我建議你去談一場轟轟烈烈的戀愛吧！」葉菲音滔滔不絕地說，是對是錯心中並沒有定見，似乎有不吐不快的興奮感。

「我雖然不能否定妳的說法，」王智亞淡淡地笑笑，「但別忘了一個作家他依然可以透過縝密的思維和細心的觀察，寫出許多感人的作品，並不一定所有的事物必須親身去經歷……。」

「先生可曾寫過纏綿悱惻的愛情小說？」王智亞尚未說完，葉菲音搶著問。

「那是很久以前的事了……。」王智亞似乎不願提起。

「你是說年輕時曾經寫過？」葉菲音逼人地問：「是不是先生的親身經歷和體會？」

「過去的就讓它過去吧……。」王智亞冷冷地說。

「這一段故事，難道就是造成先生對女性失去信心而抱持著獨身主義的主因？」

「葉菲音，妳想太得多了，也問得太多了……。」王智亞有點不耐煩。

「不，先生，我已不是笨蛋了。」葉菲音急促地，「為了想更進一步地瞭解你，我不得不想、不得不問。請原諒我的自私！」

「難道妳是想從我身上尋找創作的靈感和題材？」王智亞笑著問。

「不，我沒有那種本事。」葉菲音誠摯地說：「隱藏在我心中的只有一個夢想，無論歷經多少生命中的風霜和雨雪，永遠都不會改變。」

王智亞無語地沉默著。

「先生，人生有許多際遇是令人臆想不到的。雖然我的身軀不完美，心靈也曾經創傷過，但這些都是迫於現實環境的無奈，並非我所願。今天當我在茫茫人海中尋覓到知音時，不管先生的看法如何，我是非常地珍惜的！除非先生瞧不起我。」

「如果我有這種想法的話，即使這幢房子只是一間茅屋，大門也絕對不會因妳而開。我能深切地瞭解到妳的心意，但有些事情必須歷經歲月的考驗才能恆久。假若只憑藉著一時的衝動而沒有周全的計劃，勢必難容於這個社會，我們的聲名必將蕩然無存。屆時，任誰也承受不了這種打擊。尤其是一個即將回歸塵土的老年人，以及一個心靈曾經遭受創傷的婦人，儘管他們有追求幸福的權利，但社會的輿論和批判是不會替任何人留情面的！」王智亞分析著說。

「難道永恆的幸福不能取代虛而不實的聲名？」葉菲音激動地。

「或許可以，但必須付出痛苦的代價。」

「不錯，沒有付出痛苦的代價，是不能擷取到甜蜜果實的。先生願意與我攜手前行嗎？」

王智亞不置可否。

「是怕我拖累你？」

王智亞依然無語地沉默著。

「先生，就讓無情的歲月來考驗我的誠心真意吧！」

人生的確有許多令人臆想不到的事。近耳順之年的王智亞，對這突如其來的感情仍舊感到有些茫然。誠然他知道葉菲音所言非虛，然而她是基於什麼呢？一個不學無術的糟老頭值得她如此地犧牲奉獻嗎？而他是否能接受一個有夫之婦的感情？即便她與夫婿已形同陌路、無夫妻之實，但畢竟還有夫妻的名分存在，並沒有正式辦理離婚手續。假若他們的感情成熟而不能克制澎湃的情慾，一旦發生超越友誼關係時，或許，所有的罪名隨即會加諸在他身上，屆時勢必讓他遍體鱗傷。誠然，彼此間均為文學同好，自己亦非什麼達官顯要或擁有萬貫家財，似乎沒有被騙的疑慮。但碰觸到這種事情，心中確實充滿著難以言喻的矛盾。尤其是一個已在塋前徘徊的老年人，更應當珍惜他常年努力得來不易的聲名，豈能輕率地把它毀掉，徒留一個臭名在人間。

儘管葉菲音與夫婿已分居多時，但並沒有正式做一個切割。即使如此，葉菲音卻有自己的盤算和想法，除了慶幸自己能在茫茫的人海裡尋覓到一個真正的心靈的伴侶外，她勢將不計毀譽、展現出最大的誠意，無論如何一定要獲得王智亞的認同，達到與他生活在一起的最終目的。甚至她將盡最大的努力替他生下一男半女，好為王家傳宗接代。

可是這個美夢能成真嗎？葉菲音還年輕，正值俗稱的三十如狼、四十如虎時期，一旦她的卵子與健康的精子結合在一起，受孕的機率是相當高的。而年近六十的王智亞，儘管精神與健康狀況良好，也沒有什麼病痛，但生理機能勢必會隨著年歲的增長而逐漸地退化，這是人生自然的定律。往後如果真能和她繾綣纏綿在一起，是否能如葉菲音所願，展現出男子漢大丈夫的雄風，深入到她的內心世界，讓精子與卵子密切地結合在一起。果真如此的話，當她的腹部隆起，經過十月懷胎後分娩，但願能一舉得男，讓智亞有子嗣、為王家傳香火，一旦成為事實，那將是多麼愜意的一件事啊！想到這裡，葉菲音情不自禁地抿著嘴偷偷地笑著；笑出她熟女的性感和艷麗，笑出她對未來的憧憬和希望！人生是多麼的美好啊！她打從心靈的最深處，發出如此的心聲和呼喚……。

# 第十二章

葉菲音做夢也想不到自己歷經過一段不幸的婚姻後，竟會愛上一個年紀大她許多的文學同好，的確讓她感到不可思議。而王智亞內心的感受是否與她一樣呢？年輕時平白錯過的機會果真要以一個尚未離婚的有夫之婦來彌補？儘管他對葉菲音未曾有任何的承諾，亦未做任何的表態，然而對這份隱約浮現的感情，即便內心充滿著矛盾卻也有一些期待。誠然他清楚，一旦投身於它勢必會引起外界的非議。甚至連自己的親朋好友都不會認同，遑論是對他期待甚高的老母親。一個上了年紀又自恃清高的作家，怎麼會去勾引一個有夫之婦？一旦事發而到了不可收拾的地步，不可原諒與行為差池的人絕對是王智亞而不是葉菲音。因為從一般人的觀感與社會的形態而言，男女間倘若發生不倫之事，男性或名人必須承受更大的責任以及接受輿論更嚴厲的譴責。儘管男追女是順理成章之事，有些男人也會以甜言蜜語來騙取女性的感情，而任誰也想不到，他們這段感情純然是由年輕貌美的葉菲音所挑起，形成女追男、少追老的另類趣事。

若以目前的社會形態而言，憑葉菲音的年輕和美貌，一旦離婚後找一個年紀相當、有錢又有勢的好夫婿並非不可能，或是嫁給駐守在這個島嶼的軍官當官太太亦非沒有機會，為什麼會獨鍾一個靠著微薄的退休俸過活的老人家。即使他在文壇受到尊崇，然而在他自己的感受中，只不過是一個不實際的虛名而已，豈能以此做為標準。尤其葉菲音不僅年輕美貌、身材氣質也不在話下，而且她是人不是神，生理上必然會有所冀求。試想，一個近六十歲的老年人，能滿足一個三十餘歲的女人的性需求嗎？當她年過四十，王智亞已是一個近七十歲的垂暮老人，兩人在性方面顯然是不能協調的。儘管葉菲音口口聲聲說她尋求的是心靈上的伴侶，但如果得不到肉體上的滿足她能快活嗎？愛情有時是盲目的，當它達到沸點時，往往會讓人眼花繚亂繼而地失去理性。倘使沒有多方面的考量而陷入它的漩渦，雙方的身心勢必都會遭受到嚴重的創傷。對於一個頗有名氣的作家來說情何以堪啊！而葉菲音是否有勇氣再次地承受婚姻給予她的打擊？還是因此而向命運之神低頭？

不必帶新作品，葉菲音已多次利用公休，來到王家老舊的古厝與智亞單獨相處在一起。

除了談文論藝外，葉菲音也充分地發揮女性的原始本能，幫王智亞煮飯、洗衣做家事。即使他們行事低調又刻意地想避開村人的眼光，但紙永遠包不住火。他們的舉止行為已引起一些好事之徒的非議，唯一的是沒人敢在他高齡的老母親面前提起。好管閒事的村人再怎麼思、怎麼想，也想不出這個看來既清高、有格調，又有學問，備受眾人尊崇的王智亞，年輕時不結婚，年老時竟覓得如此端莊婉約又貌美的紅粉知己。雖然引起許多人的羨慕，然而當他們知道葉菲音是一個有夫之婦時，卻有不知是福是禍的喟嘆。而對於這些疑惑，始終沒人敢做無謂的臆測，一切就交給命運為他們做最妥善的安排吧！

一個颱風天的下午，儘管風雨交加，葉菲音卻帶著孩子小明，提著一些菜餚，搭乘計程車來到王家。明顯地，她和小明將在這裡與智亞共進晚餐。

小明雖然是首次來，但和王智亞則有一見如故之感，一點也不會感到陌生。而這個長得眉清目秀又聰穎的小男孩該如何來稱呼他呢？論年齡至少也要叫他一聲「叔公」。可是在他年輕母親的教導下，剛學會說話的小明，卻叫他這個年屆六十的老人為「伯伯」，智亞能不接受嗎？

葉菲音目睹小明坐在智亞的大腿上，小屁股並隨著他腿部的抖動不停地躍動著。智亞輕扶他的小手臂，讓他免於失衡而摔倒，口中並不停地喚著：「加油、加油」，小明也更加快速地躍動著，喜悅的形色全寫在他童稚的小臉上。小明從出生到現在，就未曾受到父愛的關懷，遑論是簡單的親子遊戲，葉菲音雖然感到愧疚，但又能奈何。但願智亞往後能多多疼惜這個自小沒有父愛關懷的孩子，讓他的身心能夠正常地發展。然而可能嗎？凡事並非如她想像的那麼單純，如果不快速地和楊平章做一個切割，勢必不會有幸福的未來。儘管她深愛著智亞，智亞亦能體會出她那份誠心真意，不再像以往拒人於千里之外。如果沒有橫生出其他枝節，往後生活在一起的機會勢將隨日俱增。她衷心地期待這個美好時光的來臨。

窗外的風雨有愈來愈大的趨勢，小明玩累了竟伏在智亞的胸前睡著了，智亞厚實的手不停地在他的背部輕輕地拍著拍著，展露出無限的父愛光芒。葉菲音看到如此的情景，內心似乎亦有諸多的感慨，要是小明是智亞的骨肉不知該有多好。然而，畢竟只是自己的夢想而已，當有一天她恢復自由身並追求到幸福時，則必須付出同等的代價，楊家絕對會不擇手段，爭取小明的監護權。屆時，這個可愛的孩子勢必要回到楊家，過著沒有母愛呵護的單親生活，教她這個做母親的情何以堪啊！而當小明離開她身邊時，但願上蒼能憐憫她，讓她與智亞能有愛的結晶，重新展現母愛的光芒。只是這個美夢，不知能否達成……。

「我抱他上床睡好嗎？」王智亞對著她低聲地說。

葉菲音含笑地點點頭。

天色已暗，風雨依然沒有停歇的意思。

「風雨這麼大，我看今晚妳是回不了家了。」王智亞看看門外無奈地說。

「回不去就留下來陪先生，」葉菲音爽快地說：「你儘管睡你的床上，我和小明打地鋪，絕對不會干擾你的。」

「妳不怕人家說閒話？」王智亞嚴肅地問。

「嘴是人家的，愛怎麼說隨他便。」葉菲音不在意地。

「妳倒是看得很開。」王智亞依然沒有笑容。「別忘了妳是一個女性，更是一個有夫之婦。」

「為了我們得來不易的聲名，我知道先生的顧慮特別多。」葉菲音誠摯地說：「先生，請原諒我的自私。能夠與先生相處在一起，我的內心感到無比的興奮；能夠在這幢充滿著溫馨的古厝住下，是我衷心的期望；伺侯先生終身，更是我最後的目的！因此，只要先生能明瞭我的心意，無論別人怎麼說，我是不會去計較的！」

王智亞無語地凝視門外，黑夜已覆蓋著風雨交加的大地，耳邊盡是風聲和雨聲。此時此刻，如此惡劣的天氣，他怎麼忍心要她們母子回去。萬一出了什麼意外，他的良心絕對會受到上天的譴責。這個女人已夠不幸了，難道不能給她一點小小的關懷，非要逼得她走頭無路才甘心？智亞想著、想著，緩緩地來到她身邊。

「我來準備晚餐。」智亞露出一絲淡淡的微笑。

「先生，我來。」葉菲音興奮地說：「我帶來的那些菜加熱就可以吃了，同時都是些下酒菜，先生如果有興緻的話我就陪你喝一杯。尤其是在這個風雨交加的颱風夜，小酌一番或許會更有情調。」

「今晚講情調，明天會受傷。」王智亞冷漠地，此話不知意味著什麼？

「先生，你的話太深奧了，我難以理解。」葉菲音一臉茫然。

王智亞沒回應她，只淡淡地笑笑。

晚餐時，智亞把小明抱在懷裡，讓他坐在自己的大腿上，並一口口地親自餵他吃飯。即使小明邊吃邊玩，他仍然低聲細語、耐心地哄他，直到小明吃飽獨自去玩耍為止。智亞喜悅地笑笑，葉菲音內心更有一股無名的興奮感。

「先生，你很喜歡孩子是不是？」

「人生最愜意的時光就是童年。看到小明那種天真無邪的可愛模樣，想不喜歡也難啊！」王智亞輕啜了一口酒，看看葉菲音，「可是喜歡有什麼用，他畢竟是別人家的孩子。」

「你希望有一個自己的孩子是不是？」葉菲音認真地問。

「此生或許已無望了，就寄望來生吧！」王智亞苦澀地一笑。

「你會不會後悔年輕時錯過許多結婚的好機會？」

「後悔倒不會，只有一點小小的遺憾而已。」王智亞搖搖頭，「唯一對不起的是母親，多年來失望兩字依然深深地銘刻在她蒼老的臉龐。」

「先生，過去的就讓它過去吧！但別忘了世態炎涼、人生短暫，當機會來臨時要把握住機會，才不會造成終生的遺憾。」葉菲音意有所指地，「儘管一個不完美的女人不值得你愛，但往後她絕對可以扮演一個相夫教子、勤儉持家的好角色，甚至可以替先生生下一男半女好傳宗接代。先生願意接納這個女人嗎？」

「人，生長在凡間，凡事講求的是實際，不能有過多的幻想。」王智亞不表贊同，「妳還年輕，而我已垂垂老矣，試想，一個即將回歸塵土的老年人能夠與妳相處多久？不要以自身的幸福做賭注，那會輸得很慘。倘若一意孤行，屆時，妳失望的心境絕不亞於我母親。何不讓我們做一對相知相惜、相互鼓勵和扶持的好朋友。」

「先生，你有你的堅持，而我亦有自己的固執處。我說到就會做到。」葉菲音說後斟滿兩杯酒，「來，先生，在這個風聲雨聲相互交織的颱風夜裡，我們不談文學，也不必為細微的瑣事爭辯，就讓我們盡興地喝它幾杯吧！」

兩人彷彿心靈相通似的，竟同時舉杯一口乾下，與王智亞平日標榜的品酒，似乎有很大的差異。而從他們的酒量看來，葉菲音因在餐廳服務，或多或少已練就了一點喝酒的小本事，若與智亞相比，她的酒量是略勝一籌的。儘管成人飲下少量的酒能促進血液的循環，但也別忘了酒是穿腸毒藥，飲多了不僅有礙健康，有時也會亂性，甚至藉酒裝瘋。

即使雨夜過得特別慢，然而小明吃飽了、玩累了、也睏了。智亞把他抱上床，輕輕地為他蓋上棉被，並斜躺在他的身旁，右手在他的胸前一次又一次地拍著拍著，好讓他快一點進入夢鄉。而飲了不少酒的智亞或許已不勝酒力，竟然閉上眼睛停下手，陪著小明一起夢周公，飯後的殘局由葉菲音獨自去收拾。

當牆上的壁鐘叮叮噹噹地響過十下後，葉菲音逕自進入智亞的臥室。在暗淡燈光的映照下，她看見小明睡熟時的可愛樣，而智亞那充滿著自信的臉龐，儘管有些微老人斑點，眼角亦有幾條深淺不一的魚尾紋，但整體看來不僅光澤，更有一份脫俗的書生氣質，讓她印象深刻。

「當機會來臨時要把握住機會，才不會造成終生的遺憾。」這句話是她對智亞說的。然而今晚該把握住機會的是誰呢？她不計毀譽留下的目的又是為何呢？智亞口口聲聲說他已年老，她是否該試探試探他生理上的自然反應呢？無數的疑問一一浮現在心頭，熾熱的臉龐也露出一絲喜悅的微笑。這個風雨交加的夜晚絕對是屬於她的，她沒有不珍惜的理由！

她悄悄地為智亞脫掉衣服，或許是酒喝多了、睡熟了，智亞只微微地翻動了一下身軀，並沒有任何的抗拒。當所有的衣服退盡時，一股熟男的體香隨即撲鼻而來。她情不自禁地俯下身，在他的臉上和胸前輕輕地吻著吻著，而當她的手觸摸到他結實的身軀時，更有一股想擁有他的強烈衝動。惟恐驚醒小明，她另行找了一條棉被單獨為小明蓋上，自己脫掉衣服後竟鑽進智亞的被窩裡，兩人赤裸裸地躺在一起。睡熟了的智亞，雖然微動了一下身，但似乎沒發覺身旁多了一個人。

「這個風雨交加的夜晚絕對是屬於她的，她沒有不珍惜的理由！」當葉菲音想起這句話時，似乎也給自己無比的膽量。於是她用女性那雙靈巧的手，用自己熾熱的舌尖，在智亞的身上一遍遍輕輕地撫著舔著，一遍遍輕輕地撫著舔著。而當她的手不經意間觸摸到智亞下身的敏感部位時，卻讓她感到相當的訝異。即使他口口聲聲說自己老、自己老，自己已是一個近六十歲的老年人。然而在葉菲音此時的感受中，智亞經過她短暫的愛撫，生理上依然有強烈的反應，一點也不老。常年的性壓抑難道他不需要解放嗎？還是要等到夢遺時才發洩？

智亞的酒意似乎尚未全消，意識尚處於一片朦朧中。當他微動身軀轉身斜對葉菲音時，右手不經意地竟放在她豐滿的胸脯上，熾熱的手心恰好覆蓋在她那顆敏感的乳頭，讓她感受到無比的歡悅。

長久未曾接觸過男性的葉菲音，此時躺在身邊的又是自己心儀的男人，今晚這個美好的機會更是她一手促成的。長久以來她不斷地思考，此生絕對不能沒有這個男人，也不能失去這個男人，而要如何才能和他長年廝守在一起呢？或許，在他性功能尚未隨著年齡完全退化、仍能展現男性雄風時，讓他真正體會到男女交媾時的甜蜜和歡怡方為上策。只因為他是一個正常的男人，有人性的七情六慾。尤其是成年男性，性的發洩更是自然的流露，而這種發洩並非只靠手淫和夢遺，真正能獲得滿足的，惟有夫妻間或是與自己相愛的人繾綣纏綿在一起，方能更深一層地感受那份甜蜜。

葉菲音不斷地想：今晚當兩人歡悅過後，智亞的精子與自己的卵子勢必會密切地結合在一起。依她的健康狀態，幫他生兒育女似乎是指日可待，亦可了卻他沒有子嗣的遺憾。於是，一份怡然自得的興奮感快速地湧上心頭，她緊緊地抱住智亞赤裸的身軀，而他並沒有排斥、也沒有抗拒。霎時，葉菲音已感受到智亞堅挺的陽具已停留在她下體的私密處，厚實的手同時在她飽滿的乳房上撫摸著；時而還在她極其敏感的乳頭上輕輕地揉揉捏捏。經過他如此的挑逗，葉菲音感受到體內彷彿有許許多多的小蟲在蠕動、在爬行。長久未曾燃燒過的慾火已被智亞火熱的身軀點燃，即使他們在文壇上各有自己的格調，未婚的智亞亦從未接觸過女性的肉體。然而，葉菲音已多次表明要和他生活在一起，儘管智亞有所顧慮，但人非草木，在長久的相處下兩顆心或許早已揉捏成一團。而此時此刻，他們的理智已完完全全被慾火焚燒殆盡。在這個浪漫漆黑的雨夜裡、在這張古老的眠床上，彼此之間並沒有遭受任何的脅迫。雖然年輕的葉菲音怕失去他而有些主動，而智亞酒意已消，在神智清醒下非但沒有拒絕，甚至還不停地撫摸她敏感的地帶、存心挑起她的性慾。既然已有如此的共識，卻也裸裎相見，難道在這張充滿著濃情蜜意的古老眠床上，還有什麼不能做的事？

即便王智亞自覺年老，但性功能並沒有完全退化，依然能展現出男性傲人的雄風，春露亦早已潤濕葉菲音那片毛茸茸的草原。只見智亞一翻身，葉菲音本能地雙腿一張，不必燈光的照明，不必旁人來扶助，一根充血而熾熱的海綿體肉棒子在剎那間已沉沒在葉菲音盈滿著春水的湖泊裡。儘管這是智亞平生的第一次，但不必經過學習就能充分地發揮男性與生俱來的原始本能。誠然他不懂得性愛技巧，卻能享受到男女魚水之歡的甜蜜和興奮。只見他充血的陽具輕輕地向下沉淪，又慢慢地往上提昇，一點也沒有猴急的粗魯動作。而葉菲音雖然有性的經驗，但她已失和分居的夫婿，以往幾乎都是以脅迫的方式向她求歡，用的也是讓她享受不到夫妻魚水之歡的粗暴動作，與智亞此時給她的感受可說有天壤之別。

葉菲音雙手緊緊地環抱著智亞的腰部，小嘴微微地張開著，除了有興奮時的喘氣聲外，並時而地閉著雙眼低哼著。是滿意此時的歡悅？還是體內的春水即將湧出？抑或是已達到男女交媾時的最高意境？而緊貼著她身軀的智亞能感受到她此時所享受到的快感嗎？或許，只有他們兩人的心裡最清楚。

經過一遍遍的繾綣纏綿、纏綿繾綣，經過一次次的沉淪又提昇、提昇復沉淪，當葉菲音的氣喘加速，當她的低哼化成滿足時的苦痛，智亞的動作則有興奮時的粗魯。當他猛力地一挺，一股暖流快速地從他充血的海綿體內洩出，準確地進入葉菲音蕩漾著春水的蓮池裡。過了短短的一會兒，智亞充血的海綿體已疲弱，多餘的白色液體則溢出葉菲音的體外，遺留在陰道裡的健康精子將與她的卵子密切地結合，而後形成胚，復經十月懷胎，他們絕對會以一顆虔誠之心，迎接一個小生命的來臨……。

清理完剛才廝殺過的戰場，他們滿足地相擁在一起。然而智亞心中的感受卻是：歡悅過後勢必是苦難的開始。當葉菲音疲憊地進入夢鄉時，他卻在床上翻來覆去、輾轉難眠。自己在社會與文壇遊戲了數十年，向來嚴守分際，也維持一個不與人同流合污的獨特個性。品德上雖不完美，卻也沒什麼差池，展現出文人傲人的風骨。這些雖是不足掛齒的小事，但卻是他最感自豪的地方。

人生在世，即便有許許多多未了的心願，但又能奈何？年近耳順的王智亞，從年輕到現在，可說未曾與女性繾綣纏綿過，今晚卻是他與異性交媾的初體驗。如果萬物之靈的人們以性功能來衡量一個人的年輕或老邁似乎有不妥之處。未老先衰的人有之，老當益壯者亦不在少數，智亞可能是常年沒有家累且過著逍遙自在的生活，故而在沒有任何壓力下，他的健康狀態始終良好。今晚雖然是他性生活的初體驗，但從葉菲音興奮的神情來看，她壓抑的性已徹底地抒解。即使他年已六十，沒有年輕人的衝勁，但在性方面還是能夠滿足她的需求的。要不，怎能讓她感受到高潮時的甜蜜滋味。當然，他亦可從兩人繾綣纏綿的交合中得到快感，尤其當他的精液射入她體內的那時，緊繃的神經彷彿就在剎那間得到解放，比起年輕時的夢遺要美上好幾倍。如以此時他們的身體狀況而言，將來想生個一男半女，似乎也是指日可待。

儘管年輕時不把結婚當一回事，讓多少親朋好友大失所望。原以為往後的人生歲月可以無牽無掛踽踽獨行在這片純樸的土地上，再慢慢地往西方的極樂世界前行。然而事與願違，任誰也想不到一個已在塋前徘徊的老年人，竟與一個有夫之婦繾綣纏綿在一起，甚至做出不該做的事。萬一不幸出了問題，或讓人抓到把柄，一生的清名勢必毀於一旦，自己又有什麼格調可言？即便今晚的交合全由葉菲音一手促成。然而他們都已成年，並在社會上歷經了數十個春夏和秋冬，並非是不懂事的小孩，因此，自己的行為必須自己負責。況且，酒不醉人人自醉也是常有的事，豈能一味地把責任往別人身上推。唯一不妥之處是當她尚未與前夫辦好離婚手續獲得自由身時，他理應曉以大義、盡情地給予安慰方為上策，怎能昏了頭，禁不起葉菲音豐滿胴體的誘惑，憑著一時的衝動而昧著良心做出那種不齒之事。他差池的行為不知該如何向社會解釋、向讀者們交代？王智亞的內心充滿著數十年未曾有過的矛盾和自責。

葉菲音翻動了一下身，彷彿深恐王智亞走離似的，竟緊緊地把他抱住，並不停地撫摸他結實的身軀。而智亞剛才的懊惱，似乎已在菲音柔情的撫慰下消失得無影無蹤。或許，兩人都有如此的感觸，今晚絕對是他們此生最值得稱頌的雨夜。儘管微弱的煤油燈已熄，但智亞的手依然能在漆黑的被窩裡，尋找到菲音高聳又帶有彈性的乳房。然而他明明已是一個老人，竟然還擁有一顆年輕之心。他時而撫撫她的乳房，時而舔舔她的乳頭，久未被男人碰觸過的菲音，的確是難以忍受智亞如此的挑逗。於是蓮池裡的春水再次地蕩漾著，熾熱的舌尖不停地在智亞的舌上舌下蠕動，不一會竟天地倒轉，整個身軀趴在智亞的身上，讓他承受著此生未曾歷經過的甜蜜負荷。

「先生，你承受得了嗎？」葉菲音伏在他的耳邊柔聲地問。

「只要妳高興，我沒有承受不了的。」智亞輕輕撫撫她的髮絲，深情地說。

「從今以後我是先生的人了。」葉菲音輕吻了他一下臉龐。

「別高興太早，或許苦難正要開始。」智亞淡淡地說。

「難道你不高興？」葉菲音不解地問。

「不，還有許多待克服的問題。」

「什麼問題？」

「妳必須先辦好離婚手續，我們才能夠名正言順地生活在一起。」智亞解釋著說。

「我會找機會和他談的，先生你儘管放心。」葉菲音安慰他說。

「要記住，事有緩急先後，有些事是不能拖的。」智亞提醒她說：「如果沒有今晚這種事，什麼也不用擔心。既然我們的理智控制不住情感，做出了不該在此時應做的事，往後無論橫生出什麼枝節，都必須由我們自己來承擔。」

「我明白先生的意思，也能體會出你的心情，能和先生在一起是我此生最大的希望。儘管我的心願已達成，相對地，我也會承擔所有的責任，不會讓先生的清名毀在我這個壞女人身上。」葉菲音懇切地說。

「事情既已發生，就讓我們共同期待一個美好的未來。」

「先生，難道你不怕人家笑說：年輕時好人家的小姐不娶，到了年老卻娶一個離婚的女人？」

「只要妳辦好離婚手續，其他的我都不會在意。因為在人生的旅途上，我已找到真愛。

倘若沒有把離婚手續辦好，一旦我們生活在一起，或有任何把柄落在有心人手裡，屆時我勢必要承受許多罪名。即使我們相愛，這些罪名卻是我難以承受的。」智亞說。

「我不會讓先生承受太大壓力的。」葉菲音嚴肅地說：「無論付出什麼代價，我會在最短的時間內把這件事做一個了斷。」

「如果楊家堅持要把小明帶走、妳怎麼辦？」

「什麼事都好解決，就是這件事最棘手。」

「世間最難切割的或許就是母子親情。」智亞感嘆著，「天下父母心啊！」

「先生，當我在茫茫的人海裡尋找到心靈的伴侶時，內心雖然感到無比的興奮，但卻也有些惶恐。因為我害怕失去這個與我相依為命的孩子。」

「我能理解妳的心情。雖然凡事沒有我們想像的那麼悲觀，但卻要有心理上的準備。如果心理沒有調適好，一些敏感的問題最好不要去碰觸。倘使我沒有猜錯，小明絕對是你們雙方爭論的焦點。」智亞善意地提醒她。

「萬一爭取不到小明的監護權，我所有的希望都將落空。」葉菲音說後，從智亞的身上翻了下來，兩人平躺著。

智亞不知該如何回應她，彼此沉默了一會。

「先生，萬一小明真回了楊家，你願意給我一個嗎？」葉菲音似乎有某種期待。

「如果最後的結局真是這樣，相信老天爺會補償妳的！」智亞輕捏她的手說。

「先生，你的說法沒錯。我突然間有所領悟，儘管你的歲數大我很多，但你不老、一點也不老。你今晚不僅僅只給我歡悅、興奮和滿足，也是我此生最甜蜜的回憶。如果我的算法沒錯，這幾天正是我的排卵期，而你射入我體內的那些精子，絕對都是充滿活力的精蟲。只要其中的一隻與我的卵子密切地結合在一起，一定會有很高的懷孕機率，屆時，必將有我們愛的結晶誕生在這塊純樸的土地上。但願我們未來的孩子，能有你一樣的文采。」

「雖然我認同妳的想法，但如果沒有先把離婚手續辦妥，一旦讓妳懷孕了，事情勢必更複雜、更難解決。」智亞有些憂慮。

「放心吧，先生，我會想辦法盡快地來解決這件事的。若依一般的情勢來判斷，無論我如何地力爭，小明絕對不會歸我所有。因此，我心中已有一個腹案，最壞的打算就是讓小明回楊家，其他的事他奈何不了我。」葉菲音雖然有滿懷的信心，卻也有一些感傷，「不過先生，當我失去一切時，則不能沒有你，更不能沒有你的愛和疼惜。但願你能明瞭我的心意！」說後竟緊緊地抱住他，失聲地痛哭著。

「我一生言出必行，從無失信於任何人，也沒有辜負過任何人。在我們尚未譜出這段戀曲時，相信妳已從側面上瞭解到我的為人。過多的承諾和誓言並沒有太大的意義。就讓歲月來考驗我們吧！」智亞感性地說。

「娘家對我來說已形同陌路，婆家亦早已斷絕。先生，往後我不能不依靠你了……。」葉菲音激動的情緒久久不能平復。

智亞幫她拭去淚水，復又把她摟進懷裡，而後輕輕地拍拍她的肩膀，並沒有說一些庸俗的安慰話。此時此刻，無聲勝有聲。只見葉菲音一翻身，豐滿的身軀又緊緊地伏貼在他身上，並激昂地在他臉上、唇上狂熱地吻著、舔著。即便智亞知道她內心所需，然而他熾熱的慾火已在方才燃盡，此時該用什麼方法來撫慰她的情緒呢？儘管他活了近六十，除了人性的本能外，其他攸關性方面的知識他是貧乏的，甚至也不想深入去瞭解。

葉菲音已看出了一些端倪，其實這是智亞的多慮，她想要的並非只是性而是愛。

「先生，我重重地壓在你身上、會感到不舒服嗎？」葉菲音深情地問。

「不，菲音，妳是我此生最甜蜜的負荷。」智亞緊緊地把她摟住，並且歉疚地說：「或許，不能滿足妳的地方還很多。」

「能夠躺在你身邊，能夠和你生活在一起，是我這輩子最大的福份。先生，我沒有什麼不滿足的。」葉菲音誠摯地說。

「我已近耳順之年，而妳才三十幾歲，往後在性生活方面，不知能不能滿足妳的需求？」智亞坦誠地說。

「先生，我要的是愛而不是性，我追求的是心靈的伴侶而非物慾的享受。有你的陪伴我永遠不會感到孤單和寂寞，其他的多說無益。」葉菲音激動地說。

「但願老天爺能賜福予我們……。」智亞柔情地拍拍她的背。

葉菲音既感動又激動，於是她又一次地把熾熱的舌尖伸入智亞的嘴裡，並在他的舌間輕輕地蠕動著、撥弄著。在這個無聲勝有聲的深夜裡，它意味著什麼？代表著什麼？是永恆不變的深情？還是期待著幸福時光提早降臨？抑或是苦難的日子即將來到？或許，任何人也不能做無謂的臆測，就讓無情的歲月來考驗他們的智慧、並給予一個明確的答案吧……。

# 第十三章

自從那晚與王智亞繾綣纏綿並取得共識後，葉菲音就急著找楊平章辦理離婚手續，但始終不得其門而入。因為身為船員的楊平章，即使在高雄碼頭附近租屋居住，但船公司所屬的貨輪並沒有固定的航線，必須隨著承載的貨物量適時調整。除了金馬、澎湖離島外，基隆、花蓮也是他們經常航運的港口，真正待在租處的時間並不多，更鮮少回到這個島嶼。儘管葉菲音已設法打聽到他的住址，但因受到種種限制不能親自赴台與他談判，只好寫信告訴他想離婚的強烈意願，無論他提出任何條件，她一定會斟酌情形悉數接受，希望他能成全。然而，一連寄出好幾封掛號信，都猶如石沉大海，得不到他的回音。

當葉菲音感到失望和懊惱時，一件讓她既驚又喜的事卻接踵而來。每月按時報到的「天癸」已過了五天還不見蹤影，這種問題也是她此生第二次碰到。倘若以她上次的經驗而言，毫無疑問地她懷孕了，於是一絲喜悅的微笑掠過嘴角，她多麼想高聲地告訴世人說：「我葉菲音終於懷了王智亞的孩子，未來的小作家即將誕生了！」然而，智亞「興奮過後必將是苦難的開始」那句話卻出其不意地盤旋在她的腦海裡。儘管智亞是她此生追求的至愛，他那顆常人難以瞭解的心亦已被她擄獲，甚至兩人也有了愛的結晶，生活在一起已是指日可待，但她在法律上卻仍是楊平章的配偶。對於這個尚待解決的棘手問題，她知道智亞是相當在意的。一旦她暫時離不了婚，肚子又一天天地大起來，無論他們多麼地相愛，外人絕對會以有色眼光來看待他們的。她自己倒無所謂，智亞則必須承受來自四面八方的指責，以及加諸於他身上的壓力。萬一沒把事情處理好而對他造成傷害，甚至讓他背負一個難以承受的罪名，那真是情何以堪啊！於是她開始擔憂起來了……。

然而，擔憂只會為自己製造更多的痛苦，並不能解決實際上的問題，一切還是要坦然面對現實，運用上天賦予的智慧，一一來化解那道阻礙自己前進的藩籬，向幸福深遠處漫溯，始能達成長久以來追尋的美夢，完成自己祈求的心願。倘若沒有堅強的毅力，到手的幸福依然會從自己的指隙間溜走，想重新找回它已是不能與不可能！

葉菲音不斷地思、不斷地想，始終想不出一個妥善的辦法來解決目前的困境。在不得已的情境下，她決定回一趟楊家，希望楊家二老能勸勸平章回來和她協議離婚。如果能順利談妥，往後男婚女嫁各不相干。倘若一味地拖著，只會耽誤各自的青春，對雙方都沒有好處。

自從與楊家交惡後，葉菲音已很久沒有踏入楊家門，但今天回來是有求於他們，因此她不敢怠慢。當然她自己相當清楚，受到婆婆的羞辱是不可避免的事。但為了能與智亞生活在一起，能快一點解決這件棘手的問題，她不得不承受所有對她的奚落和誣陷。首先見到的是楊平章的母親，她的婆婆。

「阿母……。」葉菲音剛開口。

「妳回來做什麼？」婆婆不屑地白了她一眼，「有臉回來為什麼不把我的孫子帶回來？妳自己一個人回來做什麼！」

「阿母，」葉菲音低調地，「我是回來求妳的……。」

「我這個老太婆有什麼值得妳來求的，妳有沒有搞錯？」

「我回來求您幫個忙，請您勸勸平章回來解決我們之間的問題。」

「那是你們之間的事，與我這個老太婆何干！」婆婆毫不客氣地說。

「我一連寄了好幾封掛號信，都得不到他的回音。」

「如果妳想他、思念他，就到台灣去找他！」婆婆高聲而不屑地說。

「阿母，您是知道的，我們兩人的個性可說是南轅北轍，實在是沒辦法生活在一起。請你們高抬貴手，放我一條生路。」葉菲音以哀求的口吻說。

「妳別在我這個老太婆面前裝可憐！」婆婆激動地，「我放妳一條生路，誰要給我兒子一條活路、一個公道！當年不讓妳走、妳既要上吊又要跳湖，妳可曾顧慮到我楊家的顏面？」

「我在你們楊家受盡折磨和屈辱難道妳忘了？如果我不以死相逼妳會讓我走嗎？」葉菲音不客氣地咆哮著。

「既然走了，就不要再踏入我楊家門！」婆婆高聲地說。

「我今天回來是希望跟你們楊家做一個了斷！不是來要飯的！」

「肚子大了，撐不住了是不是？」或許婆婆已聽到一些不利於她的風聲，以及看出了一些端倪，「這幾年妳在外面做了些什麼好事，大家心知肚明。坦白告訴妳，平章已來信交代過，楊家會讓妳這個不要臉的女人在這個小島上抬不起頭來，絕對不會輕易地放妳走！妳就等著讓人家看笑話吧！說不定你們這對狗男女還要吃上官司呢！」

「這點輪不到妳來操心，我葉菲音敢做敢當！」葉菲音不甘示弱地。

「先不要說大話，」婆婆極端不屑地，「別到時跪在地上向人磕頭求情，那就難為情囉！」

「妳先別得意，」葉菲音提出警告，「除非你們楊家不想要小明這個孫子！」

「那是我楊家的骨肉，諒妳也不敢對他怎樣！如果識相的話，就給我平平安安地送回來；萬一有什麼疏失和差錯的話，我楊家絕不會饒恕妳的！」婆婆毫不客氣地。

「請你轉告楊平章，如果想替妳楊家留後代的話，大家可以坐下來談談，也順便交換交換條件。倘若不簽字離婚放我走的話，我會把小明一起帶走，帶到一個很遠的地方去，讓你們楊家從此絕後！別以為他還年輕！」葉菲音氣憤地警告著。

「不要用這種話來恐嚇我，」婆婆狠狠地瞪了她一眼，「大災大難我哪一樣沒有歷經過？形形色色的人我哪一種沒有見過？共匪的大砲都奈何不了我，何況妳這個拋家棄夫、不知羞恥的女人！」婆婆高聲地譏諷她說。

「我知道妳見識廣、人緣好，但妳的惡名卻蓋過了它們！」葉菲音絲毫不為她留情面。

「坦白說我今天用這種態度對妳說話是有點過份，但不要忘了我們的人格是對等的，要數落別人、別忘了先檢討自己！」

「妳清高，島上所有的女人只有妳最清高！」婆婆冷笑地挖苦她說：「妳在外面幹了些什麼好事、以為沒人知道啊？」

「我找到生命中的真愛有錯嗎？我找到一個相知、相惜、相愛的心靈伴侶有錯嗎？老實告訴妳，這就是我想要的人生！」葉菲音不甘示弱。

「我活了一大把年紀，今天才讓我親眼見到一個既不知廉恥又不要臉的臭女人！」婆婆激憤地說。

「是臭是香大家心知肚明！」葉菲音以不屑的眼光看了她一眼，毫不客氣地揭開她的瘡疤，「一個惡名遠播的老人家，她年輕時又能香到哪裡去！誰不知道她是大著肚子進入楊家大門的！」

「妳這個不要臉的肖查某！妳這個欠人幹的嬈查某！我嫁入楊家已四十幾年了，我那死鬼都從未嫌棄過我。妳這個肖查某、嬈查某，憑什麼揭我的瘡疤？憑什麼這樣羞辱我？妳會得到報應！妳會被雷公打死！」婆婆歇斯底里地咒罵著，而後順手拿起一把掃把，猛力地朝葉菲音揮過去，「我用掃帚頭打死妳這個不知死活的肖查某、嬈查某！」

葉菲音眼見婆婆幾乎抓狂的情景，內心的確也有些愧疚。儘管她對這個家庭充滿著恨，想急速與他們做一個切割，冀望能獲得自由身，好與智亞終生廝守在一起，過一個幸福美滿的生活。然而，論情論理，她都不該以這種態度來對待一個近七十歲的老人家。況且，自己並非是一個沒有教養的文盲，在文壇亦有一點小名氣，此時的行為確實有檢討的必要。雖然她的態度有些軟化，但婆婆並沒有放過她。

「妳這個肖查某、嬈查某，」婆婆的掃帚頭再一次地打中她的肩膀，並尖聲地叫嚷著：「妳給我滾出去、死出去！我楊家造了什麼孽，竟娶妳這個肖查某做媳婦！」

經過婆婆高聲的叫囂和咒罵，村裡陸續有閒人過來圍觀，葉菲音也因剛才不當的言行感到有些內疚，就任由婆婆以最惡毒言辭來辱罵她。然而，即使婆婆咒罵她的不是，村人卻持以同情的目光來看待她。只因為婆婆是這個村莊有名的潑婦，動不動就與鄰人爭吵更是司空見慣的事。今天會以那麼惡毒的言辭來咒罵自己的媳婦，對他們來說似乎也見怪不怪，並沒有什麼好訝異的。

「不要和她計較，」隔壁的阿榮嫂走到她身旁，順手拉拉她的衣袖，低聲而懇切地說：「走，到我家喝茶。」

「謝謝妳，阿榮嫂。」葉菲音苦澀地一笑，兩顆豆大的淚珠情不自禁地滾落在腮上。

「妳很久沒有回來了，今天是……。」阿榮嫂關心地問。

「我來懇求他們給我一條活路，讓我恢復自由身。」葉菲音說著，又滾下一串淚珠。

「對，這種事早一點解決早一點好。畢竟，女人的青春有限，拖不得。」阿榮嫂再一次關心地問：「妳婆婆怎麼說？」

「他們是不會輕易地答應的。」葉菲音搖搖頭，寫在臉上的盡是些無奈。

「妳有沒有跟楊平章談過？」阿榮嫂問。

「我連續寄了好幾封掛號信，都得不到他的回音。」葉菲音據實說。

「這家人真是母怪子也怪，而更奇怪的是妳公公則過於忠厚老實，簡直被妳婆婆踩在腳底下過日子。只要她一瞪眼，嘴巴就好像被蕃薯塞住似的，什麼話也不敢說。甚至楊平章也不把他這個父親看在眼裡。近幾年來，只要船靠岸休假回家，總會無緣無故對他大吼大叫發牢騷。像這種活得一點尊嚴也沒有的老人家，說來可憐啊！」

「楊平章的個性確實和我婆婆很相似，兩人都同屬是外陰內奸、陰險恐怖的『笑面虎』。」

「楊平章看來更霸氣，跟鄰村那個麻臉副村長簡直一模一樣。以前參加民防隊出操如果動作稍為慢點或不整齊時，一開口就是『操你媽的屄』，簡直像禽獸一樣，不把我們當人看。」阿榮嫂氣憤地說。

「楊平章就是他生的！」葉菲音低聲地說。

「原來妳也知道啊！」阿榮嫂笑笑。

「除了楊平章外，只要年紀相當的村人，又有誰不知道這件事的。」

「聽說前幾年還暗中在來往呢！」阿榮嫂低聲又神祕地說。

「我剛進楊家門時，也曾聽人說過。」葉菲音據實說。

「村裡許多人迄今還是不明白，憑妳的美貌和文采怎麼會嫁給楊平章這種人？」阿榮嫂有些不平。

「除了跟父親賭氣外，一切都得歸咎於命運。」葉菲音搖搖頭，微嘆了一口氣，「或許，應該說是我瞎了眼。」

「如果楊家同意離婚，妳有什麼打算嗎？」

「阿榮嫂，不怕妳笑話，我已找到理想中的歸宿。只要辦好離婚手續，我們就可長年廝守在一起。」

「那真是太好了，相信村人一定會同聲祝福妳的，」阿榮嫂說後伸出手，緊握小拳頭，鏗鏘有力地說：「菲音，加油！」

「謝謝妳，阿榮嫂，我不會被命運擊倒的！」葉菲音露出一絲苦澀的微笑，而笑中則充滿著堅強與自信。

葉菲音即使得到一時的鼓勵和祝福，但如果想要擷取幸福的果實，仍需經過一番努力。今天儘管與婆婆吵了一場沒有結果的架，言行舉止亦有不妥之處，但畢竟為自己出了一口悶氣。而未來的路途又該如何走，始能抵達理想中的幸福世界，她的內心有喜悅過後的惶恐。對於自己懷孕一事是否該告訴智亞呢？不，那是不能告訴他的，他是一個心思相當細密的人，一旦讓他知道自己懷孕了，而離婚手續卻迄未辦妥，勢必會增加他心理上的負擔。況且，這道手續是不能假手他人的，必須由自己坦然來面對。如果楊平章堅不出面她似乎也無可奈何，只有眼睜睜地看著自己的肚子一天天的大起來，屆時，難堪的除了她自己外，智亞又豈能倖免。

若依智亞的個性而言，絕對無法承受外界加諸於他身上的任何罪名。然而，倘若楊平章向法院提起告訴，無論他們如何相愛，無論誰主動誰被動，無論他們如何地辯解，葉菲音懷著王智亞的骨肉證據確鑿，而葉菲音是楊平章合法的配偶也是不能否認的事實。他們能不認罪嗎?能不接受法律的制裁嗎?真到了那個時候,兩人又有何顏面在這個小島上居住下去,作家的聲名勢將蕩然無存,原本高尚的人格亦將遭受讀者們的唾棄。於是,一份淒涼的況味油然而生,葉菲音想著想著情不自禁地悲從心中來,淚水彷彿是斷線的珍珠,一顆顆滾落在她胸前貼身的衣服上……。

然而,生米既已煮成熟飯,面對的又是棘手的法律問題,倘若不盡快地解決的話,對王智亞的傷害勢必會更大,這點也是葉菲音內心最大的牽掛。即便葉菲音透過關係試圖取得楊家的寬諒,甚至願意無條件把小明交還給楊家撫養,並把她歷年的積蓄全數給予楊家做為小明的教育費用,來換取一張離婚協議書,但依然不被楊家接受。他們除了要讓王智亞難堪、甚至從此消失在文壇,也要用各種方式慢慢地來折磨葉菲音這個嬈查某,直到她「起肖」才甘心,往後看誰還敢要她。楊家母子其心之惡毒可見一斑。儘管他們有如此的盤算,但是能得逞嗎?人生的確有許許多多令人意想不到的事,他們兩人是否能度過這道難關?還是向現實屈服?端看他們如何來面對了……。

就在葉菲音為離婚的事絞盡腦汁、四處找人研商對策時,報上卻出現一則要葉菲音三天內回家履行夫妻義務的警告啟事,登報人當然是她的夫婿楊平章。儘管她不是名人,在文壇卻略具知名度，如今不想在這個島嶼成名也難啊！當她在報上看到這則警告啟事時簡直傻了眼。現在可好了，原本只知道作家葉菲音的讀者們，此時更知道她是一個不履行夫妻義務的逃妻。在這個現實的社會上，無論任何人，一旦人格有瑕疵、行為有差池，任你用再多的理由來為自己辯護，不屑的眼神總比同情的眼光來得多。而這件事該歸咎於誰呢？是王智亞先生？還是葉菲音本人？抑或是那個風雨交加的颱風夜？或許，什麼都不是，只因為他們是凡人，他們之所以會理智控制不住情感，全然是兩性衍生出感情後自然的交合，以及源自心靈深處愛的最高昇華。

葉菲音想：一旦她與智亞的事情曝光，復經有心人士誇大渲染，兩人的顏面勢將盡失，智亞更需背負一個與有夫之婦通姦的罪名。對一個名不見經傳的小作家、以及婚姻不美滿的女人來說，這點打擊算不了什麼。然而對一位一生清清白白、備受尊崇的老作家而言情何以堪啊！面對如此的情境，葉菲音內心的確有難以言喻的痛楚。而就在她的情緒陷入低潮時，卻又有另一個想法：即使與智亞生活在一起是她此生追求的目標，儘管她肚裡懷的是智亞的孩子，但如果幸福與智亞的聲名不能兼顧時，她理應運用上天賦予的智慧，做一個妥善的抉擇。因為智亞的聲名絕對比自己的幸福重要。倘若固執己見讓事情沒有轉圜的餘地，而讓他受到不能彌補的傷害，她便是整件事情的罪魁禍首，怎麼對得起智亞。

於是葉菲音不斷地反覆思考，她決定短時間內不與智亞見面，以免碰觸到那則尷尬的警告啟事。所有的責任以及該面對的問題，應當由她自己與楊家談個清楚，以便尋求解決之道。假若刻意地迴避，事情則依然存在，她逐漸隆起的肚子是不能等的。

誠然告訴智亞後或許能幫她出點主意，兩人亦可以共商因應之道，甚至他也會透過關係，尋求相識的政界或文化界友人協助處理。而相對地，一旦有如此的大動作，勢必也會在這個純樸的島嶼形成一則茶餘飯後的八卦新聞，除了造成他心理與精神上的雙重壓力外，雙方所受的傷害或許會更大。因此，她怎麼忍心讓智亞承受此生不該承受的苦痛。既然愛他就不能害他，所有的苦難和過錯寧願自己來承擔，也不能讓智亞的聲名和人格受到旁人的置疑。

翌日，當友人告訴她楊平章已隨船回到這個島嶼時，葉菲音的內心更是交織著喜悅與苦楚。這似乎是老天爺賜予她的最好機會，她必須好好把握住，無論如何也要與楊平章談出一個結果。為了增加自己談判的籌碼，她決定帶著小明同行。誠然小明是楊家的骨肉，但卻是她懷胎十月所生，母子親情是不能任意切割的。然而一旦離婚協議成功，楊家絕對會爭取小明的監護權，屆時母子必須忍痛分離，她不能接受也得承受這個痛苦的事實。

再一次地回到楊家，婆婆依舊沒有給她好臉色，但卻緊緊地摟著孫子不放。

「憨孫，你終於回來了、終於回來了。快叫阿嬤、快叫阿嬤！」

小明抬頭看看她，卻「哇」地一聲哭了起來。

「哭什麼哭？」楊平章從房裡緩緩地走出來，高聲地斥責他。

小明頓時一驚，雖然停止哭泣，但卻從阿嬤懷裡掙開，快速地投入葉菲音的懷抱。

葉菲音抬頭一看，突然被眼前這個頭髮散亂、臉上滿布鬍鬚卻充滿著恨意的男子怔住。

「妳今天還有臉回到這個家？」楊平章憤怒地指著她說。

「我今天不是來跟你吵架的。」葉菲音低調地，「希望彼此能心平氣和地把事情談清楚。」

「我知道妳想跟我談離婚的事、是嗎？」楊平章不屑而冷漠地問。

「拖著不是辦法。」葉菲音面無表情。「一個人的青春是有限的。」

「一個拋家棄夫的女人還會珍惜青春？」楊平章一陣冷笑，「依我來看，『拖』是對一個不知羞恥的女人最好的懲罰。她必須付出應有的代價。」

「我不計較你對我的羞辱，但求你簽字離婚放我走。」葉菲音依然低調地。

「妳想走？」楊平章不屑地看了她一眼，「想投入那個老頭子的懷抱？」

「我們彼此瞭解，亦有共同的嗜好，與他生活在一起是我這輩子最大的願望。」葉菲音說出真心話。

「除非我死，要不，妳的願望是不可能達成的！」楊平章咬牙切齒地。

「我求你！」葉菲音雙手抱拳。

「想不到向來高傲又不可一世的文壇大美女亦有求人的一天，真是天大的笑話！」楊平章挖苦地說。

「我接受你的譏諷，這是我應得的報應。但希望我們能冷靜地坐下來談談，大家好聚好散，也應該為小明著想。」葉菲音懇求著。

「不要拿小明來要脅我，」楊平章激動地，「我老實告訴妳，既然妳給我戴了綠帽子，讓我顏面盡失，這件事我絕對不會讓妳輕易地得逞的！」

「我並沒有做錯什麼！」葉菲音辯解著。

「若要人不知，除非己莫為！」楊平章激憤地，「妳經常去找那個老頭子，甚至還在人家那裡過夜，兩人幹了些什麼好事，別以為只有你們這對狗男女知道！不要把別人當傻瓜！」

葉菲音一時無言以對，過了一會始低調地說：

「如果你有什麼條件儘管提出來，只要我能辦到的我一概答應。」

「看在小明以及兩位老人家的份上，我姑且原諒妳。」楊平章瞪大眼睛指著她高聲地說：「不過妳得從此離開這個島嶼跟我到台灣去，如果被那個老頭子搞大肚子的話，要把肚子裡那個小雜種給我拿掉！」

「那是不可能的！」葉菲音明快地說。

「可能與不可能並非妳說了算數！」楊平章更加激動地，「這是我給妳最後一次機會，不要敬酒不吃吃罰酒！到時你們這對狗男女會後悔莫及的！」

「我願意把小明還給你們楊家……。」葉菲音痛苦地說。

「小明本來就是我楊家的骨肉！」沒等葉菲音說完，楊平章搶著說。

「只要你能讓我恢復自由身，我願意把歷年的儲蓄全數給你，作為你精神上的補償。」

「我楊平章再窮，也不會要妳那點骯髒錢！」

「不，那是我辛苦賺來的血汗錢！」

「呸！」楊平章不屑地朝地上吐了一口痰，「別滿口仁義道德，裝得像聖母瑪利亞似的。一個離家出走的有夫之婦，在外面跟人家胡搞，她所賺取的怎能說是辛苦的血汗錢呢？說它是出賣靈肉的錢或許並不為過吧！請問這種骯髒錢，我會把它看在眼裡嗎？我會要它嗎？」

「楊平章，你不要欺人太甚！」葉菲音憤怒地指著他說。

「我是實話實說。」楊平章得意地笑笑，「說到妳的痛處了是不是？」

「我今天低聲下氣地回到這個家，是來求你給我一條生路，不是來讓你羞辱的！」葉菲音雖然氣憤，但為了能把離婚的事談出一個結果，很快地又恢復初來時的低調，「楊平章，我求求你，既然夫妻已形同陌路難以生活在一起，你就行行好簽字離婚讓我走，我會感激你一輩子的。況且你年輕英俊又有固定的工作，在台灣不愁找不到好女人。我求求你、求求你，求你給我一條生路吧！」葉菲音說著說著，情緒一激動竟雙腳跪在地。

「妳葉菲音不要在我面前裝可憐，我是不吃這一套的！」楊平章扳著臉孔，再三地強調，甚至也提出警告，「我再重複一篇：離開這個島嶼跟我到台灣去，然後把肚子裡那個小雜種拿掉！我不僅會原諒妳，也會重新接納妳！對那個跟妳有一腿的老頭子也會考慮放他一馬。如果妳堅持己見的話，大家就到法院見。到時受到傷害不僅僅是妳和我，還有一個自恃清高卻禁不住女色誘惑的糟老頭。妳回去後好好地想一想，仔細地考慮考慮，這也是我給妳的最後一次機會和底線。妳明天必須給我一個明確的答覆，要不，大家就等著瞧！我楊平章說到做到！到時不要怪我心狠手辣！」說後轉身就走。

楊平章會提出如此嚴苛的條件，的確是葉菲音始料未及的。原以為小明歸他所有、又另給他一筆錢，就可以順利地解決彼此的爭端，讓她如願取得離婚協議書，好與智亞廝守終身。然而想不到看來粗枝大葉的楊平章，竟會提出這個讓她無所適從卻又難上加難的棘手問題。她確實是錯估形勢，也低估了楊平章的智慧。

離開這個島嶼跟他到台灣，也就是活生生地要把她和智亞拆散。而自己好不容易覓得智亞這個知音和至愛，雖然有年齡的差距，但兩人經過繾綣纏綿後並有愛的結晶，這是多麼令人感到興奮與愜意的一件事啊！可見智亞無論在哪一方面都能滿足她的需求並能給予她幸福。而此時，難道憑楊平章的一句話就把它化成雲煙？讓自己成為一個無情無義的負心人？果真如此的話，她怎麼對得起智亞！

同時，她腹中的孩子是無辜的，生命亦是無價的，拿掉孩子就如同謀殺一個無辜的小生命，她於心何忍。難道楊平章的良知已泯滅，竟提出這個喪盡天良的條件要她屈服。倘若答應他這個條件，自己不也變成殺人的劊子手？她的良心能不遭受上天的譴責嗎？這個條件她萬萬不能接受！

然而，一旦不接受他的條件，他勢必會向法院提起告訴。尤其是他們所犯的罪行證據更是確鑿，她和智亞勢將無所遁形，必須接受法律的制裁。難道這就是他們相愛的結果？還是被蒼天所戲弄？假若結局真是如此的話，老天爺待他們是否公平？想不到一生清清白白為文壇貢獻不少心力的王智亞，想不到近耳順之年才與女性碰撞出愛的火花的王智亞，想不到律己甚嚴、提攜後進不遺餘力的老作家王智亞，他一生的清名竟會毀在一個有夫之婦的女人手中。是英雄難過美人關？還是臨老入花叢遇到桃花劫？抑或是自己的行為有差池、受到上天的懲罰？許許多多的疑問毫不留情地盤纏在葉菲音的腦海裡，而她是否能思索出一個兩全其美的對策？還是要活生生地任由楊平章宰割？

那晚躺在床上，葉菲音翻來覆去、輾轉難眠。一想到楊平章提出的那些條件，心裡就感到一陣陣的痛楚。於是她不斷地反覆思考，冀望明日就能獲得一個雙方都能接受的結果。然而無論她左思右想，她與智亞都居於下風，尤其是墮胎拿掉孩子更是她難以接受的。一旦拒絕跟他到台灣，首先面對的是法律問題，受到嚴重傷害的絕對是智亞。而幸福時光尚未讓他享受到，卻要先受牢獄之災，毀掉他一生的清名。她於心何忍啊！

為了保全智亞的聲名，讓他免於傷害，葉菲音突然有如此的想法：先跟楊平章到台灣再說。如果他強迫她墮胎而她不從的話，依楊平章的個性，一定會以粗暴的動作來對付她。一旦讓她的皮肉受到任何傷害，她可以到醫院驗傷並取得證明，而後向法院提出離婚的訴求。這點雖然是她幼稚的想法，可行與否尚是未知數，但她卻也不能明確地告訴智亞。倘若他發覺她不告而別時，或許，傷心的程度將不亞於接受法律的制裁。尤其是一個老年人，當他投入畢生的感情尋找到生命中的真愛時，他一定會比別人更珍惜這份得來不易的情緣。萬一知道她懷著自己的孩子復又不告而別時，他內心將會有什麼樣的感受呢？絕對不是「傷心」兩字可以取代他對她的失望與心靈上的創傷。即使最堅強的人，有時也會經不起感情的打擊。

葉菲音經過左思右想以及利弊分析後，唯一較可行卻又不會在這個島嶼鬧得沸沸揚揚，以及讓智亞的傷害降到最低數，或許只有暫時離開這塊土地跟楊平章到台灣。自己心中亦有一個明確的盤算，那就是勇敢地活下去，先保住腹中的孩子，再想辦法和他離婚，繼而地達到與智亞生活在一起的最終目的。但惟恐智亞一時不能接受這個事實，於是她決定不當面告訴他，等到了台灣後再寫信向他解釋清楚，是環境所逼並非她無情，希望他能原諒並等待她和孩子的歸來。儘管這是她此生最痛苦的抉擇，然除此之外，又有什麼能比她現在這個想法更周延的呢？難道要把事情鬧大到不可收拾的地步，讓彼此顏面盡失後進入牢房才甘心？但願智亞能體會她的苦心，不要責怪她無情。

翌日，葉菲音終於將這個痛苦的決定告訴楊平章。

「這樣就對了，彼此夫妻一場嘛，也必須為小明著想。」楊平章露出一絲得意的微笑後，馬上又收起了笑容說：「不過妳也得給我記住，那個老頭子雖然能搞大妳的肚子，但我相信以他的年紀和體力來說絕對不可能把妳搞爽。而且也是你們兩相情願的，並非遭受他的強暴，這也是我不想與他計較的原因。同時他在這個島上有不錯的人脈關係，即使他有過錯，但如果想與他周旋到底則必須花費一些心力，我哪有時間跟他耗下去。況且，當年妳是處女讓我開苞的，而我卻經常和朋友到聲色場所去飲酒作樂、尋找刺激，對妳來說也有點不公平。今天妳雖然做出對不起我的事，但為了不讓這個家破碎，我還是選擇原諒妳。但是不要忘了，台灣是一個複雜的社會，有錢有閒的年輕男人多得是，千萬不要受到人家的誘騙而上當。往後如果有不軌的行為讓我發現的話，不把妳分屍丟入愛河餵魚就跟妳同姓！」

心情惡劣到極點的葉菲音並沒有理會他。楊平章則繼續地說：

「妳找時間趕快去辦理出境手續，順便把行李準備一下。我船回高雄後馬上向公司請假，如果沒有其他變化的話，這個航次就可以回來接你們。希望妳信守承諾，如果敢違背我的話，我一定會把這件事搞得天翻地覆。屆時，就讓所有的鄉親都知道你們這對狗男女所做的好事，讓你們永遠抬不起頭來！既然你們臉都不要了，我還在乎什麼？不信，妳試試看！」

「楊平章，算你偉大、算你神勇！我今天承認栽在你的手上，既然想跟你走，就會信守承諾。希望你從此之後，不要再用一些尖酸刻薄的語言來羞辱我！」葉菲音毫不客氣地警告他說。

「好說，但要端看妳的誠意了！」楊平章傲慢地回應著。

# 第十四章

儘管葉菲音做出隨楊平章到台灣的重大抉擇，但卻不是她心甘情願的，一切都是為了王智亞著想。然而被蒙在鼓裡的智亞，是否能體會出她的心意呢？還是無法面對這個殘酷的事實？

當楊平章服務的貨輪卸完貨駛離港灣時，已向餐廳辭職準備赴台的葉菲音，顧不了眾目睽睽的有色眼光，把小明託交朋友照顧，逕自來到智亞的住處。一見面，葉菲音就緊緊地摟著他，把頭斜靠在他的肩上，激動地說：

「先生，我想你！」

「難道我不想妳嗎？」智亞輕輕地拍拍她的背，反問她說：「最近忙些什麼，怎麼好久沒來了？」

「先生，我沒有新作品所以不敢來。」葉菲音隨口說，而內心則在滴血。

「傻瓜，那是激妳的。唯一的希望是要妳持之以恆，隨時隨地記住妳有一枝筆，但卻不能任由筆尖生鏽。」智亞安慰她說。

「以後可能不會寫了……。」葉菲音有些感傷。

「不，我對妳有信心！在人生這條道路上，妳歷經太多的苦難，一旦妳回顧過往，這些經歷都是妳創作的好題材。文學這條路最怕的是中途輟筆，倘若能堅持理想、努力不懈，總有成功的一天。」智亞鼓勵她說，似乎並沒有意會到她的語意。

「先生……。」葉菲音有些哽咽。

「怎麼啦？」智亞有些不解。兩人緩緩地進入大廳，並肩坐在老舊的靠背椅上。

「楊平章刊登的那則警告啟事，你看過了嗎？」葉菲音右手放在他的大腿上，低聲地問。

「我知道妳會妥善處理的。」智亞淡淡地說：「並非我逃避，這種事一旦旁人加入意見或亂出主意，非僅沒有幫助，只會讓事情更複雜。」

「我能理解先生的用心。」葉菲音深情地看看他，內心的苦楚則難以表明。「先生沒說錯，我會妥善處理的。你必須耐心地等待我的佳音。」

「雖然現在的社會已不同於往昔，但在妳與楊平章尚未正式辦理離婚之前，彼此之間的確有許許多多不便之處。並非我置身事外而不關心妳，我亦非是那種無情無義的無恥之徒，想不到在我生命的黃昏暮色中，竟會遇到妳這個知音。往後的人生歲月，我不能沒有妳的陪伴。」智亞誠心地說。

「楊平章刊登那則啟事，其目的就是要逼我快一點出面解決離婚的事。我心裡已有萬全的準備，只要他簽字離婚讓我走，我什麼都可以不要、什麼條件都可以接受。」葉菲音激動地暗示著，「不過先生，我有一個請求：我會為未來的幸福力爭到底，但不知何日始能獲得自由身，先生一定要好好保重身體等待我的佳音。」說後猶豫了一下，「現在我必須告訴先生一則喜訊……。」

「什麼喜訊？」智亞迫不及待地問。

「我已經有了與先生的愛情結晶……。」葉菲音羞澀地說。

「真的？」智亞既訝異又興奮，緊緊地把她摟進懷裡，「萬萬想不到我王智亞會有今天！」

「但願未來的孩子是一個男丁，好繼承王家的香火。」葉菲音喃喃地說。

「不，我不喜歡受到傳統的束縛。只要是我們愛情的結晶，無論是男是女都是我的心肝寶貝！」智亞的情緒有些亢奮。「妳腹中已懷了我們的孩子，關於與楊平章離婚的事，更應當積極而盡快地去跟他談。別忘了，這件事不能拖也不能等，要是肚子大起來又未談出結果，承受的壓力勢必會更大。」

「先生儘管放心，我會想盡辦法的。」葉菲音看看他哽咽著說：「不過我得再重複一遍：先生一定要好好保重身體等待我的佳音。」

「我會的。」智亞輕撫她的髮絲，卻突然說：「我陪妳跟他談去。」

「不、不！」葉菲音緊張地，「這個節骨眼先生千萬不能出面，我一定會跟他談出一個結果的，只求先生好好保重身體等待我的佳音。」

「如果他要的是錢的話，我來想辦法。」

「先探探他的口氣再說。」葉菲音輕瞄了他一眼。

「好久沒有一起吃飯了，我們一起去準備晚餐。」智亞說後站了起來。

「你看書去，晚餐我來打理。」葉菲音柔聲地。

「今晚我們應該小酌兩杯。」智亞笑笑。

「為什麼？」葉菲音強裝笑顏。

「為我王智亞老年得子，難道不該慶祝一番嗎？」智亞難掩內心的喜悅。

「我正有此意。」葉菲音苦澀地一笑，「今晚不醉不休，先生可有這個膽量？」

「有身孕的人飲酒可不能過量。我可以多喝，妳只能淺嚐。」智亞以一對深情的眼神看著她，「別忘了，健康比什麼都重要！」

「不，今晚例外。從此以後我將滴酒不沾。」葉菲音的表情有些嚴肅。

智亞笑笑，似乎並沒有發覺到她話中的含意。

雖然是現成的食料，但經過葉菲音的巧手，不一會就烹飪出好幾道可口的佳餚。智亞並非是一個大男人主義者，葉菲音忙著炒菜，他則擦桌椅準備碗筷，並把炒好的菜端上桌。她情不自禁地多看了他幾眼，一股窩心的暖流久久地停滯在她那五味雜陳的心坎裡……。

「菲音，辛苦妳了！」

葉菲音一怔，這也是智亞第一次喚她的名字，聽來竟是那麼地親切溫馨。

「先生……。」葉菲音眼眶微濕、一陣哽咽，只睜大眼睛看著他，並沒有說下去。

「怎麼啦？」智亞不解地問。

「先生，能跟你在一起，我感到快樂和幸福；能與你共進晚餐，我感受到家的溫馨……。」

「只要妳與楊平章辦好離婚手續，我們就可以順理成章地生活在一起，往後這棟老舊的古厝就是我們共同的家……。」

「先生，你要記住：為了追尋我們的幸福，我會與楊平章周旋到底，但可能會耗費一些時間。冀望先生要好好保重身體，等待我的佳音！」

「這些話妳已說過好幾遍了，」智亞微微地點點頭笑笑，「我會記住的。」

「只要先生記住就好……」葉菲音依然紅著眼眶。

儘管智亞在文學上有獨到的一面，對人生與社會的觀察亦有其縝密之處，但偏偏疏忽掉葉菲音話中的弦外之音。

「來，我們輕啜一口。」智亞舉起杯輕啜了一小口。

葉菲音豪爽地一口乾下。

雖然智亞知道她的酒量與飲法，並沒有刻意地阻止她，但卻深恐她有孕在身，一旦飲酒過量絕對是有損健康的。

「過了今晚，不知何日始能再陪先生共進晚餐。」葉菲音感傷地說。

「王家大門永遠為妳開著，」智亞雖然如此說，卻也有些顧慮，「不過在離婚手續尚未辦妥前要先懂得避嫌，別讓人閒言閒語的。」

「或許先生足不出戶，與外面的世界有些隔絕。即使我們並不常見面，但已有流言蜚語傳入楊家……。」葉菲音據實說。

「妳怎麼知道的？」智亞有點激動。

葉菲音突然一怔，此時此刻怎麼能跟他談這些敏感的問題。於是她機警地轉變話題說：

「只是一點小風聲，沒有什麼大不了的事。我們喝酒。」

智亞微微地點點頭，心中雖有點疑惑，但繼而地一想，這種捕風捉影的事是社會自然的現象。每一個村莊、每一個聚落，都少不了有一些三姑六婆或好管閒事之徒，何必與他們一般見識。況且，葉菲音早已和楊平章失和正協議離婚中，並非他橫刀奪愛或破壞人家的家庭。唯一必須檢討的，或許是不該在葉菲音尚未辦妥離婚手續前和她發生親密關係，如今又讓她懷了身孕。一旦葉菲音離婚手續未能即時辦好而讓事情提早曝光的話，楊家絕對會來興師問罪並追究責任，甚至對他採取法律行動。屆時，他這張老臉不知該往哪裡擺，好不容易得來的聲名勢將付諸水流，成為一隻人人喊打的過街老鼠。而葉菲音勢必也會受到他的拖累，賠掉女人一生的清譽。果真如此的話，怎麼對得起對他關懷有加的葉菲音？怎麼對得起身懷他的骨肉、讓他後繼有人的葉菲音？怎麼對得起要與他共同生活、願意服侍他終生的葉菲音？於是，他感到有些憂心和茫然。

「怎麼啦？」葉菲音看他望著酒杯出神，不解地問。

「我想，」智亞猶豫了一下，機警地轉變話題，「我們乾杯好不好？」

「乾杯就爽快地乾杯，怎麼想那麼久？」葉菲音或許已看出一些端倪，故意埋怨他說。

兩人同時舉杯，乾下一杯杯苦澀的美酒，然而不勝酒力的卻是智亞。

「先生，你喝多了，我先扶你回房休息好嗎？」葉菲音柔聲地說。

「不，妳不能走。」智亞答非所問，「我心裡彷彿有預感，今晚妳就要離開我是不是？菲音，妳不能走，妳不能丟下我不管，我需要妳！」

「我不走，我不會走，今晚我是專程來陪你的！」葉菲音輕撫他的臉龐激動地說。

「不，不只是今晚，我要妳永永遠遠陪著我！」智亞似乎有點醉意，竟伸手撫摸她的肚子，「原以為我王智亞這輩子會孤孤單單地度餘生。想不到，我作夢也想不到活到這把年紀，竟會與妳迸出愛的火花。年輕時可說一點也不在意，年老時卻非常珍惜這份情緣。無論妳身懷的是男是女，終究圓了我的美夢。菲音，謝謝妳！」

「先生，愛是不必言謝的。」葉菲音撫撫他熾熱的臉龐，「記得我們初次親密的那晚，當你的精液射入我體內時，我似乎有一種預感，我一定會替你生一個男丁，好傳承你王家的香火。雖然，我們邁向幸福的路途還有許多關卡待克服，但無論歷經多少生命中的風霜和雨雪，我一定會讓孩子平平安安地生下來，兩人攜手好好把他教育成人。但願孩子能有你的氣質和文采，這是我此生最大的冀望！」

「放心吧！菲音，」智亞緊緊地把他摟住，「我王智亞不是一個無情無義之徒。我會善盡為人夫、為人父的職責，給你們母子一個幸福美滿的家庭。妳與楊平章那層關係，希望妳能運用自己的智慧，快一點與他做一個切割。一旦成為事實，往後我們將是一對人人羨慕的夫妻。」

「會的，我會盡快地與他談個清楚，成為王智亞的妻子是我衷心的期盼。先生，好好保重身體等候我的佳音。」葉菲音忍下即將溢出的淚水。「回房休息，讓我們在床上重溫昔日的舊夢吧！別忘了春宵一刻值千金……。」

「謝謝妳的提醒，」智亞把手放在她的肩上，兩人緩緩地走著，「即便我們沒有夫妻之名，卻有夫妻之實。今天我們所作所為雖然違背了傳統，也難容於這個社會，更與自己堅持的原則背道而馳。我們之於會譜出這段讓人臆想不到的戀曲，純然是兩顆誠摯的心已融合在一起，早已不是石原慎太郎筆下的笨蛋。因此，我非常珍惜我們相處的每一個時光。」

「先生，我們的心境一樣同。我此生已不能沒有你。」葉菲音說後攙扶他上床，智亞一把拉住她，葉菲音順勢倒進他的懷裡。

於是，慾火自然地在他們體內燃燒，而酒精卻增長了火勢，簡直已到了一發不可收拾的地步。智亞快速地解開葉菲音的鈕釦，霎時，一對飽滿高挺的乳房已映入他的眼簾。智亞毫不猶豫地伸出手，輕輕地在她那雖然哺過乳、色澤則依然鮮紅的乳頭上撫摸著，輕輕地撫摸著、撫摸著……。是想讓她的慾火更旺盛？還是想滿足自己的慾望和快感？

葉菲音已難忍智亞在她最敏感的地帶上挑逗，當她輕輕地把他的手撥開時，想不到他竟俯下身，像嬰兒般地吮吸著她的乳房，時而還用舌尖不停地舔著、舔著、舔著……。不一會，葉菲音的臉上有喜悅與痛苦相交織的表情，渾圓的臀部亦微微地扭動著，全身彷彿有許許多多的小螞蟻在爬動，內心有一份難以言喻的興奮感。在難以忍受的同時，她已顧不了女性的矜持，除了快速地幫智亞脫掉衣服外，自己也裸身相迎。而就在今夜、就在此時，智亞雖然是此生的第二次，葉菲音亦非處女身，兩人卻能心連心緊緊地密合在一起。在翻雲覆雨的當下，他們天地輪番上陣，充分運用上天賦予人性的原始本能，沒有浪費掉一分一秒的光陰和歲月，盡情地享受這個浪漫的夜晚……。

終於，智亞下身充血的海綿體已承受不了葉菲音那池春水的激盪。而就在今夜、就在此刻，就在他們各自感受到性的快感中，葉菲音蕩漾的春水已被智亞洩出的那股暖流攪和。當智亞下身的海綿體疲弱時，當葉菲音一陣痙攣後，兩人肌膚緊密的接合也逐漸地鬆弛，白色的液體順勢溢出葉菲音的體外，她已不需要這些帶有異味的精子與她的卵子相結合。因為她的體內已有一個小生命即將在春暖花開的時節誕生。

「先生……。」葉菲音欲言又止。

智亞微閉著眼睛，沒有回應她的低喚，而兩人十指卻緊緊地相扣。此時是否有聲勝無聲？還是激情過後甜蜜依猶在？即使他們的表情被夜的情愫遮掩住，卻難掩內心的歡悅。但是過了今晚、過了今夜，當明日旭日東昇，他們還有多少時光可相聚？為了智亞的聲名，為了不能讓自己的摯愛造成傷害，葉菲音必須承受所有的苦難，暫時離開這個島嶼已是不能避免的事實。然而，何日始能重回這棟古厝與他相聚？何日始能與他在這張古老的床上繾綣纏綿、纏綿繾綣？一切仍是未知數……。

葉菲音自己清楚，原本過著逍遙自在、清淨生活的王智亞，今天無論是日常或感情生活都被攪亂，所有的事端純然是因她的介入而引起。一個婚姻不美滿的婦人，一個帶著孩子離家在外的有夫之婦，社會早已以異樣的眼光來看待她。誠然往後能服侍他終生，亦能替他生兒育女構建一個完美的家庭，但自己畢竟已是殘花敗柳，怎麼能配得上一生享有清名、備受文壇尊崇的智亞？此時想起這些似乎已晚了。從她的觀察和瞭解，智亞對這段感情是認真的，對她和腹中的孩子也關懷有加，更承諾要給她一個幸福美滿的家庭。因此，她對智亞充滿著信心，也相信所有的承諾必定實現。

然而，距離這個日子似乎尚遠，一旦離開這塊土地到了台灣，或許才是她苦難的開始。楊平章首先對付她的，一定是她腹中的孩子，而這個孩子卻是她與智亞的愛情結晶，她勢將以自己的生命來保護他。但願不久的將來，母子兩人就可重回這個島嶼，並以一顆怡悅之心，投入智亞溫馨的懷抱。

智亞微翻了一下身，以手肘讓葉菲音當枕，並時而拍拍她的背部，輕輕地捏捏她的肩膀，理理她散亂的髮絲，吻吻她熾熱火紅的香唇，葉菲音內心所感受的豈止是甜蜜兩個字可形容。即便智亞少了年輕人的熱情，但他的柔情卻是葉菲音此生未曾領受到的。因此，她雙眼微閉盈滿著笑意，幸福地躺在智亞溫柔體貼的臂彎裡，盡情地享受這個屬於他倆的美好時刻。

在人生旅程裡，智亞陪著文學度過近六十年的歲月。文學除了是他的興趣外，也同時豐盈了他的生命，沒有異性伴侶的日子，他照樣活得很充實。然而，當葉菲音在他生命中激起漣漪時，始讓他感受到男歡女愛的真實價值，以及性帶給他的快慰和歡悅。誠然，葉菲音結過婚亦生過孩子，但一個近六十歲的糟老頭，他憑什麼嫌棄一個既年輕又貌美，卻又和他有共同興趣的女人和他生活在一起？若依這個島嶼的社會形態而言，倘若她正式離婚的話，不怕找不到好伴侶。自己何其有幸，在茫茫人海裡能覓得如此的知音，只要真誠相愛，離婚的女人依然能成為賢妻良母，那些不實際的美名又算得了什麼！但願葉菲音能快一點與楊平章達成離婚協議的共識。只要她辦好離婚手續恢復自由身，他一定會展開雙手，以一顆誠摯之心迎接她的到來。兩人將攜手邁向幸福的人生旅途，迎接天邊那片燦爛的金光……。

# 第十五章

在不得已與心不甘情不願的情況下，葉菲音含淚帶著小明隨著楊平章到台灣了。而離開這塊土地則是她內心永遠的疼痛，但願經過時間的沉澱與遷徙到不同的地域，能化解楊平章的計謀，這是葉菲音最大的冀望，因為她始終沒有忘記對智亞的承諾。但是可能嗎？苦日子即將在這個人生地不熟的異鄉開始。

她居住的是高雄碼頭旁一間租來的木造房子，也是陋巷裡的一棟違章建築。除了空間窄小、陰暗潮濕外，每逢下雨屋頂還會漏水，空氣中亦帶有一股濃濃的鹹腥味，蒼蠅蚊蟲滿天飛，懷有身孕的葉菲音簡直難以忍受這種環境。而臥房亦無床鋪，僅用兩張舊榻榻米鋪在地上當床睡，更沒有什麼梳妝台或書桌椅之類的傢俱。廚房煮飯用的是煤球爐，一個大木箱當餐桌，竟連一個碗櫃也沒有，遑論是冰箱洗衣機。楊平章把他們母子安頓好後又隨船出海了，面對如此的情境，葉菲音的淚水只好往肚裡吞。然而，即使置身在這個惡劣的環境，她也必須把離開故鄉的原委寫信告訴智亞。除了把自己的想法和作法原原本本、詳詳細細地寫在信上向他解釋外，唯一祈望的是他能好好保重身體等待她和孩子的歸來。信封寄信人只寫了「高雄葉緘」，並沒有告訴他詳細的住址。

當智亞收到葉菲音的信後，面對這突如其來的變卦，簡直讓他難以置信。於是他透過朋友四處求證的結果是：葉菲音為了他離開這塊土地、遠赴台灣已是不爭的事實。而想不到年輕時感情生活一片空白的王智亞，在年老時卻尋覓到她這個知音，甚至兩人的感情已達到了巔峰的境界。經過一夜纏綿後，葉菲音腹中已有了他們的愛情結晶，這是一件多麼令人振奮的事啊！往後他在人生的旅途上將不會孤單。然而，這份喜悅亦只是曇花一現，葉菲音這麼一走，何日始能回到這個島嶼仍是未知數，智亞構築的美夢勢必將幻化成泡影，逐漸地消失在雲空中。

於是他不斷地反覆思考，自己到了這種年紀，為什麼竟會有這段感情的發生，而對方卻偏偏是一個有夫之婦。儘管他們男歡女愛，絲毫沒有受到年齡以及其他方面的影響，但畢竟難容於這個社會，亦與傳統的倫理道德背道而馳，這是身為知識份子不該有的行為。可是事情既已發生，即便能躲過一時，也逃不了永遠。葉菲音為了顧及他的聲名，為了不讓他成為階下囚，不得不與一個不相愛的男人遠赴異鄉。一旦她懷孕的情事被她有暴力傾向的丈夫發覺，勢必要吃盡苦頭，這是他最感憂心的地方。但願老天爺能保佑她和腹中的孩子平安無事……。

葉菲音為了顧及智亞的聲名而選擇離開這個島嶼，她的用意值得肯定。然而她的走除了讓智亞免予背負一個與有夫之婦通姦的罪名外，島上各角落已開始流傳他們的緋聞，多數矛頭針對的是在文壇頗具盛名的智亞。論情論理，他都不該趁著葉菲音與丈夫失和的當下，以花言巧語誘騙她和他發生不可告人的親密關係，甚至還把她的肚子搞大。為了掩飾這檔見不得人的醜事，迫使葉菲音不得不離開這個島嶼到台灣墮胎。如非王智亞的介入，葉菲音豈會淪落成這種下場。除了輿論嚴加撻伐外，甚至亦有部分有心人士作文透過媒體來影射他。短短的幾天內，他的聲名已跌入到一個深邃的谷底裡。想重新爬起來，或許，已是遍體鱗傷。

當一些負面的流言蜚語傳入智亞的耳裡時，當影射他的文章在報上刊登出來後，當部分有心人對他指指點點時，當少數朋友逐漸和他疏離後，鄉親記得的彷彿是行為有差池、人格有瑕疵的王智亞。在現實社會的使然下，又有誰會去肯定他數十年來對文壇的貢獻、對青年朋友的關懷和提攜，而站出來瞭解事情的始末與原委，替他說幾句安慰或公道的話？一生的清名就在短短的時光裡化為烏有。面對這種冷酷無情的打擊，他的胸口疼痛難忍，他的心在淌血，他已無顏在這個島嶼立足，他的精神幾乎已到了崩潰的地步！於是，在精神與生存意志極端疲弱時，他倒下了。但倒下並非為了休息，亦非想走更遠的路，而是想求取心靈與肉體的雙重解脫。

然而，人生在世的確有許許多多的無奈，求生不得或許是一種悲哀，求死不能卻是一種痛苦。在家人的堅持與陪同下，雖然多次就醫，但卻檢查不出病因，醫師也不能對症下藥，只好開些鎮定劑或胃藥之類的藥物來應付他。可是，他不僅不屑一顧，更隨手把它丟進垃圾桶裡。

長久的精神疲弱與內心的鬱積，整個人已消瘦得不成人形。加上鬍鬚沒刮、頭髮散亂、衣著不整，昔日溫文儒雅的書生氣質已不見，此時倒像是一個孤苦伶仃的拾荒老人。只見他時而喃喃自語，時而語無倫次，即使家人費盡心思百般苦勸，依然無動於衷，甚至開始拒食並緊閂門窗與外面的世界隔絕。屋內時而燈火通明，有時則一片漆黑，原本濃濃的書香氣息已不復見，迎面而來的是一股讓人掩鼻的異味。

極可能，折磨他的並非是可以對症下藥的病魔，而是無藥可治的心病，以及冷酷無情的社會和現實的人們施予的壓力。過了一段恍恍惚惚的日子後，智亞好像有什麼預感似的，連續好幾天，只見他拖著疲累的身軀，拿著紙筆伏在案上，不知寫些什麼或記錄著什麼？而每寫幾個字，就停筆嘆一口氣；累了，就趴在桌上假寐；不寫了，就把它鎖進抽屜裡或撕掉。因此，並沒人真正瞭解到他寫的是什麼？內心想抒發的又是什麼？是否能因此讓他的精神得到抒解、感到快慰而早日康復？還是無情的歲月正逐漸地折磨他的身軀、吞噬他的生命？

人一旦失意頹喪沒有求生意志時，距離天國似乎愈來愈近了，智亞終於走完他人生的第六十個春天。儘管臨終時不停地以微弱的聲音呼喚著葉菲音的名字，親友似乎也能理解他的心意，但葉菲音人在何方呢？而遺憾的是沒有等到葉菲音帶給他的佳音，亦未曾等到她們母子披麻帶孝送他一程就逕行地走向遙遠的天國。最傷心的莫過於他高齡的老母親，白髮人送黑髮人其情其景是多麼地悽慘可悲啊！但人死不能復生，悲傷又能奈何？

儘管老母親知道兒子是為情所困而難容於這個社會，她老人家亦想看看葉菲音這個女人到底是何方神聖，怎麼會讓兒子如此的著迷？然而葉菲音早已離開這個島嶼，並不能如老人家所願。在她的想法裡，若依兒子的才華，年輕時找一個門當戶對的好女孩並不困難。想不到年輕時不為情所動，年老時則被情所困，這又何苦呢？況且，葉菲音並非是什麼名門閨秀，而是一個婚姻不美滿的有夫之婦。以智亞在文學上的成就與自我的要求而言，怎麼會看上這種女人？老母親再怎麼思、怎麼想，也想不出一個能說服自己的理由。

然而老作家的死，卻也在文壇造成一股騷動，悼念的文章從四面八方湧入報社。除了悲痛惋惜外，多數亦從他的作品到感情世界做客觀的分析。並以徐志摩與陸小曼的感情世界做比喻，冀望社會多一點包容、少一點指責。況且，葉菲音早已和先生感情不睦，正在協議離婚中，並非他從中破壞或橫刀奪愛。但是，這些遲來的正義並不能讓他重生，讀者們再也讀不到老作家膾炙人口的作品了。

島上重要的藝文團體共同具名準備為老作家籌組治喪委員會，要讓他風風光光地上山頭。但是，當他的兄長打開抽屜尋找他的遺照準備放大懸掛於靈堂時，卻無意間發現一張小紙條，上面清楚地寫著：

我對不起養育我的母親。我死後喪事從簡，如果還有值得大家紀念的地方，請在我的墓碑上立下：生於一九二七年，歿於一九八六年，作家王智亞之墓即可。

因此，家屬為了尊重他的遺言而婉謝各界的好意，況且，智亞高齡的母親尚健在，依習俗他的喪禮是不能過於鋪張的。即使如此，出殯的那天主動前來向老作家致哀、送終的親朋好友與讀者們不計其數。誠然，智亞自認為行為有差池，但男女感情的事倘若不是雙方所願，焉能譜出那種纏綿悱惻、刻骨銘心的戀曲？儘管他的死與這段感情有密切的關聯，而遠在異鄉的葉菲音是否已知道他的噩耗？還是要他繼續保重身體等待她的佳音？如今，佳音尚在虛無縹渺間，智亞的身軀即將化成白骨一堆，這個感人的故事就留待後人來傳誦吧！

送終的親友們綿延了好長好長的一段路程，雖然沒有自己的子嗣為他披麻帶孝，但智亞並不孤單。人間有他的親友懷念，天堂有他的作品陪伴，倘若尚有遺憾，那便是等不到葉菲音給他的佳音。而就在那時，原本好端端的天氣，當他的棺木即將放進墓穴時，雲空突然烏雲密布，不一會，豆大的雨點傾盆而下，這是否意味著天人同悲？還是另有別的象徵意義？在茫茫的驟雨中，彷彿有一雙瘦弱無力的手，微微地向人群中揮動著，是要親友們多保重？還是說聲：來生見……。

人的一生無論受到肯定或爭議終究要回歸塵土，而當他的肉身化成白骨時，正是親友們逐漸把他淡忘的時候。然而王智亞則異於一般常人，因為有一個以身相許的女人對他的承諾尚未兌現，對他的想念更是難免。可悲的是這個在異鄉孤軍奮鬥的女子，對於他的死訊卻一無所知，因此，所有的思念勢必是多餘的。

葉菲音在異鄉所受的苦難與王智亞求取的解脫，雖然是兩種不同的宿命。但顯然地，智亞是較幸運的，即便他有憾，然在紛紛擾擾的人間，卻能夠隨心所欲，早日求得心靈與肉體的雙重解脫，而後回歸自然、回歸塵土，回歸到西方的極樂世界，享受寧靜安祥的陰間生活。反觀葉菲音，昔日光彩亮麗的容顏，已在異鄉的烈日下儼然失色。楊平章要她拿掉腹中的孩子更是她揮不掉的夢魘。

「我已跟林婦產科的醫師講好了，趁著船卸貨的空檔，我明天就陪妳去做人工流產術。不把妳肚裡這個小雜種拿掉，我的心裡永遠不會痛快！」楊平章剛踏入家門，就迫不及待地說。

「平章，我求求你，讓我把這個孩子生下來好不好？」葉菲音低聲地懇求他說。

「希望妳遵守信用，不要再激怒我！」楊平章不屑地，「我警告妳，這種事是拖不得的，如果現在不盡快把他拿掉，留待以後再處理的話，不僅危險也會要妳的命！」

「我求求你，只要讓我把孩子平安地生下，我會做牛做馬來報答你的。」葉菲音又一次地懇求著。

「辦不到！」楊平章怒氣沖沖地。

「我知道你有一顆善良的心，你會答應我的請求的……。」葉菲音試著以柔性的口吻來改變他。

「我不是三歲小孩，少跟我來這一套！」楊平章狠狠地瞪了她一眼。

「平章，我求妳行行好，智亞先生對我的提攜和照顧可說無微不至。而他已近耳順之年，卻依然無子無嗣。我求你答應讓這個孩子生下，好替他傳宗接代。」葉菲音又一次地懇求著。

「我認同他對妳的照顧。但是，照顧能照顧到床上去嗎？為了幫他傳宗接代就能夠讓我戴綠帽子嗎？」楊平章激憤地，「你們這對狗男女，簡直無恥到了極點！」

「這件事從始至終都是我主動的……。」葉菲音正想解釋。

「妳既年輕又漂亮，怎麼會主動去找一個要死不活的糟老頭？他有什麼魅力讓妳著迷又著魔？一個上了年紀的老頭子，他有力氣把妳搞爽嗎？老實告訴妳，我是不會相信這些的。一定是他用花言巧語誘騙妳，玩弄妳，以達到自己洩慾的目的！」楊平章搶著說。

「請你相信我，事情並非如你說的那樣。」

「妳葉菲音是一個聰明的女人，怎麼一下子變笨了？」楊平章一陣冷笑，「我勸妳現在及時回頭還來得及，剛快把肚子裡那個小雜種拿掉，以免將來成為這個家庭的絆腳石和累贅！」

「一旦讓我把孩子生下，我會盡快把他送回王家，絕對不會替你製造困擾。」葉菲音依然擺低姿態，試圖想博取他的同情。

「我楊平章可以忍受自己的老婆跟人家上床、替人家生孩子嗎？」楊平章又是一陣哈哈的冷笑，「妳葉菲音把我當烏龜王八是不是？」

「不要說得那麼難聽……。」

「難聽？」楊平章極端不屑地，「今天發生這種事是我楊家的不幸，我楊家的顏面也被妳這個臭女人敗盡，這輩子我還有臉回到那個生我育我的島嶼嗎？我今天之所以會忍下這口氣，選擇原諒你們這對狗男女，純粹是為了我年邁的父母和小明著想，讓他們有一個完整的家。因此我再一次地警告妳，不要得寸進尺，要不，你們兩個都會死得很難看！」

「難道……。」

「我知道妳想說什麼，」楊平章打斷她的話，高聲而憤怒地說：「別想跟我討價還價！」

「我求你讓我把孩子生下，不要輕易扼殺一個小生命，那會遭受到上天懲罰的！」葉菲音提醒他說。

「妳背著丈夫跟一個可以當妳爸爸的糟老頭在外面胡搞，難道做出這種有違傳統倫理道德的人不該受到老天爺的懲罰？」楊平章毫不客氣地反問她。

「我錯了。」葉菲音竟雙腳跪地求饒，「我求你放過這個無辜的孩子，生下後我會盡快把他送回王家。以後要打、要殺、要刮，隨你便！」

「不要臉！」楊平章拍地一巴掌，重重地打了她一記耳光。「我楊平章見過的女人無數，就數妳葉菲音最無恥！最不要臉！」

「你打我……。」葉菲音撫著頭，搖搖晃晃地站起。

「打妳又怎樣？」楊平章怒指她說：「打妳這種臭女人，我的手還嫌髒呢！」

「楊平章，你不要欺人太甚！」葉菲音再也忍不住。

「我欺負妳什麼？我欺負妳什麼？」楊平章一時氣憤難忍，竟揪著她胸前的衣服猛力地往後推，「妳這個臭女人。妳、妳、妳給我講清楚！我欺負妳什麼？我欺負妳什麼？」

在楊平章失去理性的猛推下，葉菲音的腳步除了無法站穩外，身軀亦已失去平衡，隨時都有跌倒的可能。然而，楊平章簡直猶如血海深仇似地紅了眼，不僅不罷手，反而猛力地把她的身體向前揪，復又用力地往後推，如此地重複幾遍後竟把手鬆開。只聽葉菲音「哎唷」的一聲交織著被推倒在地的碰撞聲，整個人已昏迷不省人事……。

醒來時，葉菲音已躺在市立醫院的病床上。她的頭部和右手臂纏著白色的紗布，右眼角明顯地淤青，嘴唇紅腫淤血，全身痠痛，已非是一般的輕傷，但意識卻是清醒的。她強忍所有的疼痛和即將溢出的淚水，首先掠過腦際的是腹中的孩子。於是她伸出左手，輕輕地摸摸自己的肚皮，只要腹中的孩子平安無事，所有的苦難她都可以忍受。但是，忍受並非可以接受楊平章以暴力相向。

「楊太太，」值班的護士小姐告訴她，「楊先生交代說：他隨船載貨到澎湖去了，小明暫時住在他朋友家，請妳安心在這裡靜養。過幾天他就會回來的。」說後又關心地問：「妳是怎麼跌倒的？看妳傷勢還不輕，幸好沒有腦震盪，腹中的孩子也保住了，真是不幸中的大幸！」

「不是我自己跌倒的。」葉菲音有氣無力地為自己辯白。即便家醜不外揚，但她卻不能不據實說。

「不是妳自己跌倒的？」護士小姐疑惑地，「楊先生說是妳自己不小心跌倒的啊！」

「不，」葉菲音微微地搖搖頭，「是他用力把我推倒的。」

「妳沒有說錯吧？」護士小姐依然疑惑地。

「我記得很清楚，」葉菲音眼睛一眨，一滴悲傷的淚水順勢而下，「他要置我於死地。」

「怎麼會這樣？」護士小姐訝異地，「你們的感情不睦？」

葉菲音微微地點點頭。

「感情不好也不能用這種粗暴的手段啊！」護士小姐不但同情她的遭遇，卻也有些憤慨。「萬一讓妳腦震盪或流產的話，那不是開玩笑的。對於他要我轉告妳的話，當時我就感到有些奇怪，怎麼妳受那麼重的傷，他不僅不請假在醫院陪伴妳，反而把小孩託人照顧又跟著船出海去了，這是有違常理的。並非我多嘴，既然個性不合無法生活在一起，還不如跟他離婚算了，免得將來受罪又受苦。」

「他不肯簽字。」葉菲音無奈地說：「我跪在地上求他也沒用。」

「如果妳堅決要離婚的話，像他這種暴力行為已構成了『傷害罪』，只要醫院出具診斷證明書，法院絕對會准許的。」護士小姐提醒她說。

「真的？」葉菲音有些激動。

「俗語說：清官難斷家務事。雖然我不瞭解你們夫妻失和的原委，但不過為了孩子、為了家的和諧，如果還有轉圜的餘地，還是以和為貴。一旦上了法院就變成冤家了。」護士小姐開導她說。

「儘管我內心有許多苦楚不便對妳說，但我已受夠他的折磨，甚至已到了忍無可忍的地步，離婚是勢在必行。」葉菲音據實說。

「妳是在地人嗎？」

「不，剛從離島搬來。」

「台灣可有親戚？」

葉菲音沉思了一會，突然想起林文光。

「有一位朋友住在台北，他在大學教書。」

「坦白說，在這個人生地不熟的地方，碰到這種暴力事件，妳應該告訴朋友。除了多一層關懷外，萬一發生重大事故，也有一個照應。總不能在這裡自生自滅吧！」護士小姐善意地提醒她說。

「謝謝妳的提醒，我倒沒有想過這個問題。一旦傷勢好轉，我會寫信告訴他的。」

「現在長途電話方便得很，花幾塊錢就可以把重要的事情講完。」

「可是我家裡並沒有電話。」

「公共電話照樣可以打到台北。」

葉菲音點點頭，想不到向來思維縝密又靈巧的她，來到這個陌生的地方，卻彷彿像換了腦袋似的，竟成了沒有見過世面的井底蛙。如果不是護士小姐的提醒，她似乎忘了台灣還有一個交情不錯的好朋友林文光。即使台灣是一個現實的社會，一旦有困難而求助於他時，相信林文光絕對會幫助她度過難關的。況且，他的老師又是智亞的朋友，在雙重關係的使然下，沒有見死不救的道理。於是在她情緒最低迷的時候，無形中又燃起一股新的希望。然而，除非有不得已的苦衷，要不，她是不會輕易地去求助別人的。

在醫師與護士小姐細心的照顧下，葉菲音的傷勢已逐漸地好轉。而想不到楊平章趁著她尚在醫院治療期間，竟要求婦產科醫師幫她做人工流產術。

「人工流產術雖然很簡單，但除了你同意外也必須經過你太太的同意。」醫師告訴他說。

「不，我太太肚子裡懷的是一個小雜種，我不要這個孩子！」楊平章絲毫不為她顧顏面。「醫師，就請你幫幫忙，把她肚子裡那個小雜種拿掉。我願意多付一點錢。」

「對不起，我不能做這種違背職業道德的事，醫院也不允許任何醫師做這種違法的事。」醫師說後轉身就走。

「幹你娘，有錢你不賺，假清高！」楊平章在背後罵著，而後轉向葉菲音，「明天就幫妳辦出院手續，我們到私人婦產科去，絕對會把那個小雜種刮得乾乾淨淨。如果妳還想生的話，我閉著眼睛隨便打一砲也會讓妳大肚子，我保證一定又是一個男孩！」

「希望你檢點一點，不要在這裡獻醜！」葉菲音聽不下去，糾正他說。

「我楊平章雖然搞過不少女人，但除了自己的老婆外，從來沒有把人家的肚子搞大。而一個自認為檢點的女人，卻被一個老頭子搞大肚子。到底是我不檢點呢？還是讓人搞大肚子的女人不檢點？」楊平章挖苦她說。

「我現在沒有精神跟你講這些，等我出院後我們到法院講個清楚！」葉菲音警告他說。

「怎麼，妳想告我？」楊平章不屑地，「有種！」

「試試看！」葉菲音不甘示弱。

「只要妳敢踏進警察所或法院一步，我就把妳的腳剁掉！」楊平章厲聲地警告她。

「現在是一個法治社會，輪不到你在這裡大放厥詞、唱高調，」葉菲音諷刺他說：「男子漢大丈夫敢做敢當。你不僅威脅我，又想置我於死地。像你這種狼心狗肺的東西，理應接受法律的制裁！」

「我選擇原諒你們這對狗男女，想不到妳竟倒咬我一口，還有天理嗎？」楊平章似乎已發覺到事態有些嚴重。

「有沒有天理並不是我們說了算數，法官自會給我們一個公道！」

「算妳厲害！」楊平章臉一沉，「要告大家一起告，誰怕誰！」

「老實告訴你，我已打聽清楚了，只要醫院一張診斷證明書，馬上就可到法院訴請離婚，同時我也可以告你傷害罪。屆時，你不僅要讓我走，還要去坐牢，可說是雙輸。如果你現在同意簽字離婚讓我走的話，大家好聚好散，也省卻對簿公堂。」葉菲音勸說著。

「妳走、妳走、妳走，妳現在就走！」楊平章情緒激動地，「妳這個給臉不要臉的臭女人，妳現在就給我走！」

「楊先生，這裡是醫院，請你小聲點。」護士小姐走過來制止。

楊平章狠狠地瞪了葉菲音一眼，轉身就走。

葉菲音微微地閉上眼，儘管傷口仍舊疼痛，但嘴角卻湧現出一絲淡淡的微笑。雖然必須承受肉體的苦痛，但醫院這張傷單卻是她與楊平章協議離婚的最大籌碼。她無論如何也要堅持下去，絕不輕率地做任何的妥協。或許不久，她就可以把這個佳音告訴在島上等候的智亞，屬於他們的幸福時光即將到來，她將無怨無悔地守候在他的身旁，善盡為人妻、為人母之職責。除了為他生兒育女傳宗接代外，並伺候他終生……。想著、想著，葉菲音情不自禁地露出一絲甜蜜的微笑。

楊平章在無法與葉菲音取得共識時，即使能留住她的人，卻不能留住她的心，只能過著同床異夢、毫無情趣，甚至怒目相向的夫妻生活。尤其是經過那次暴力事件後，更讓他屈居下風。於是在友人的勸說與徵求父母的同意下竟也想開了，並決定簽字離婚讓這個臭女人走。除了小明的監護權歸他外，並要求她給予他十萬元的精神撫慰金，他將用這筆錢在台灣另找一個比她更年輕、更漂亮的老婆。葉菲音這個不知好歹的騷貨，再怎麼神氣出名，畢竟讓他搞過無數次。唯一讓他印象特別深刻的就是新婚的那天晚上，當他勃起的性器在瞬間插入她的下體時，簡直讓她痛得哇哇叫，處女的落紅隨即沾染了床單。雖然他嫖過不少娼妓，但真正以處女身讓他開苞的卻是葉菲音這個騷貨。這是他人生的第一次，也是他此生最感興奮的地方，因為在這個性氾濫的開放社會，想找一個處女還真不容易。然而，如論性交的技巧，葉菲音比起市政府後面那些妓女差得太多了。島上那個糟老頭，不是瞎了眼就是一輩子沒見過女人，要不，怎麼會要她這種讓他開過苞又搞過無數次的二手貨！想到此，楊平章不自禁地搖搖頭感到好笑。甚至打從心底發出如此的呼聲：這種臭女人不要也罷！同時也要看看她到哪裡去籌措十萬元的精神撫慰金。

葉菲音竟被解開婚姻枷鎖的喜悅沖昏了頭，她二話不說同意楊平章所有的要求。但是，當她打開存款簿時，歷年來所有的儲蓄也只不過七萬餘元，還有兩萬餘元的差額要到哪裡去張羅。即便她想到智亞，因為爾後的幸福是屬於他們兩個人的，但卻開不了口。智亞靠的是退休俸的利息過活，哪有多餘的錢可供她運用。一旦貿然提出要求，勢必會造成他的困擾。於是她毫不猶豫地打電話求助於台北的林文光。

「妳什麼時候來台灣的？怎麼不到台北而選擇住高雄？」電話一打通，林文光訝異地問。

葉菲音一時無言以對，卻有些哽咽。

「發生什麼事啦？」林文光急促而關懷地問。

「你高雄有沒有熟人？」葉菲音竟率直地說。

「有啊，」林文光毫不遲疑地，「我表哥叫張中強，是市立醫院外科主任。」

葉菲音猶豫了半晌，始終不好意思開口。

「我們是多年的老朋友，有事妳儘管說，千萬不要客氣。」林文光誠懇地。

「我急著用錢。」葉菲音有點不好意思。

「需要多少？」林文光急促地問。

「三萬元。」葉菲音脫口而出。

「沒問題！」林文光爽快地，「我表哥是外科名醫，在高雄人脈關係不錯，妳儘管去找他。我馬上給他打電話，絕對不會有問題的。」

「謝謝你！文光哥。事情辦好後，我會設法把這筆錢還給你。」葉菲音由衷地說。

「先別說這些。」林文光不在意地，「我知道妳的為人，如果不是十分火急的話，絕對不會輕易地向別人開口。我先打電話給表哥，我們保持聯絡。再見！」

林文光的承諾，等於給了葉菲音十足的信心。然而，人生的確有許許多多讓人料想不到的事，當她抵達市立醫院外科主任辦公室時，想不到林文光的表哥張中強竟是細心為她療傷的大夫。在她尚未表明身分時，張主任竟關心地問：

「楊太太，妳還有什麼地方不舒服嗎？」

「對不起張大夫，」葉菲音禮貌地向他點點頭笑笑，「我是林文光教授的朋友葉菲音。」

「喔，對不起、對不起，」張主任趕緊站起相迎，「如果我沒記錯的話，妳前陣子曾經在我們醫院療過傷，對不對？我一時還誤以為妳是來複診的。」

「謝謝主任細心的醫治，雖然留下一些疤痕，但所有的傷痛全好了。」

「妳請坐。」張主任順手為她拉出一張椅子，並端來一杯茶，「請喝茶。」

「謝謝。」

「文光已來過電話，妳在這裡稍待一會，銀行就在我們醫院隔壁，我馬上去提領。」張主任說後打開抽屜，取出存款簿，「文光再三交代，如果三萬元不夠用的話請隨時說。」

「謝謝你！主任，三萬元夠用了。過一段時間我會還給文光哥的。」

「只要夠用就好，其他的不重要。」張主任客氣地，「這樣好了，我們一起到銀行提款，順便請妳喝杯咖啡。」

「這怎麼好意思。」葉菲音客氣地說。

「不必客氣。」張主任看看她，笑著說：「文光的母親是我姨媽，自小我們的感情就猶如親兄弟般，既然妳是文光的朋友，當然也是我的朋友。請妳喝杯咖啡算不了什麼啦！」

於是他們邊走邊聊。

「文光哥曾經在我們島上服預官役，他是我寫作上的啟蒙老師。」葉菲音惟恐張主任有所誤解，故而向他說明。

「文光剛才在電話中也曾經提起過，他說在島上服役時讓妳照顧很多，對妳的文學天份也相當地肯定。」

「不，如果沒有他的鼓勵，我不會走上文學這條路，也不會追尋到往後的幸福。」

「聽我們護士小姐說，妳上次受那麼重的傷，是被妳先生以暴力推倒的？」張主任突然關心地問。

葉菲音點點頭。

「請恕我冒昧，你們夫妻間……。」張主任欲言又止。

「我們已到了不能和睦相處的地步，經過那次暴力事件後他自知理虧，不得不點頭同意離婚。」葉菲音據實說。

「他給妳贍養費了沒有？」張主任關心地問。

「為了早日脫離這樁婚姻的苦海，我不僅什麼都不要，還答應付他十萬元的精神撫慰金。今天就是為了籌措這筆錢，不得不請文光哥設法幫忙。」

「這樣對妳太不公平了。」張主任替她抱不平，「我幫妳找律師跟他談去。」

「謝謝你！主任。十萬元對我來說雖然是一筆大數目，但為了能盡快地脫離這個婚姻的枷鎖，我決定不與他計較。」

「那妳腹中的孩子怎麼辦？」

「他是我唯一的希望，我會好好把他撫養長大的。等離婚手續辦妥後，我就會離開這裡回到我的母島待產。因為有一個人在島上等待我的佳音。」

「妳另有歸屬？」

葉菲音點點頭，內心湧起一股無名的幸福感。

「妳來台灣後有沒有跟文光見過面？」

「還沒有。」葉菲音搖搖頭，「不過我心裡已有一個構想，等我辦好離婚手續後會到台北走一趟。除了看看文光哥外，也必須親自向伯母請安致意。」

「妳見過我姨媽？」

「那是多年前來台灣參加救國團舉辦的國家建設參觀訪問隊時，除了與伯母有一面之緣外，並蒙受她老人家的款待。迄今仍然記憶猶新，也感激在心。」

「我姨媽近年來身體狀況並非很好，理應去探望探望她。」張主任提醒著。

「會的，我一定會去探望她。」葉菲音怡悅地笑笑。而此時，她的情緒是興奮的，精神是愉快的，走在路上的腳步也格外地輕盈。因為她既獲得楊平章同意離婚的承諾，又籌措到十萬元的精神撫慰金，只要辦好手續，即可恢復自由身，甚至很快就可投入智亞的懷抱，過著他們幸福美滿的生活，因此，她沒有不高興的理由。唯一讓她感到痛苦與不捨的是必須與自己懷胎十月所生，以及一手拉拔長大的孩子小明分離。但是迫於現實環境與種種因素使然，她不得不忍痛做如此的選擇，冀望孩子長大後，能體諒母親的苦衷。並願老天爺能大發慈悲，保佑小明平平安安地長大成人……。

# 第十六章

辦好離婚手續，葉菲音整理好簡單的行李，趁著小明午睡時刻，她悄悄地離開這個讓她此生最感傷心的地方。但在臨走時，她依然低聲下氣地懇求楊平章要好好照顧小明，而卻換來一陣臭罵。

「幹妳娘！妳這個沒有良心的臭查某，妳儘管走，不要假慈悲！我楊家的孩子不要妳這個臭查某來管！幹妳娘，幹妳娘，幹妳祖宗十八代！妳這個欠人幹的肖查某、嬈查某，妳會不得好死！」

聽到楊平章歇斯底里的咒罵聲，葉菲音只好加快腳步往外跑。即便人是感情的動物，但面對如此的咒罵和羞辱，她感到痛心疾首。不錯，從今以後，這個家已不屬於她了，楊平章已不是她的夫婿，她與小明亦不具母子關係。此刻，她已一無所有，更是一個無家可歸的流浪者，台北林文光的家將是她暫時的居所。想著、想著，她情不自禁地流下一滴滴悲傷的淚水……。

自從夫妻感情決裂而認識智亞後，離婚一直是她追尋的目標。如今心願已達成、目的亦已達到，她理應高興才對。一旦回到母島，一旦回到智亞的身邊，將是她幸福人生的開始，相信智亞會展開雙手來迎接她的。因此，她決定不先把這則喜訊告訴智亞，要出其不意地給他一個驚喜！想到此，葉菲音快速地擦乾眼淚，抿著嘴偷偷地笑著，笑得很燦爛、很愜意……。

儘管台北的繁榮與進步有目共睹，但葉菲音此時的心情卻與十幾年前參加國建隊時不能同日而語。那時她是一個二十剛出頭的年輕少女，對寶島台灣充滿著嚮往和好奇。而今天她卻是一個滿布滄桑的離婚婦人，步履蹣跚地走在這個人擠人的台北街頭。她婉拒文光兄嫂請人代課來接她，逕自搭乘計程車來到林家。當女傭開門讓她進去時，伯母正坐在沙發上假寐。

「伯母。」葉菲音走到她身旁，輕聲地喚著。

老人家睜開眼，仔細地打量她好一會，一時竟認不出來。

「伯母，我是葉菲音。」葉菲音微蹲在她面前，拉起她的手興奮地說。

「孩子，妳終於來了。」伯母緊緊地握住她的手，「文光說妳人在高雄，我知道妳一定會到台北來看我的。」

「到台北拜見伯母是我最大的心願。」葉菲音誠摯地說。「伯母，您可好？」

「老了，不中用啦！」伯母搖搖頭感嘆地說：「時間過得真快啊，我們也足足十幾年沒見過面了。聽文光說，妳結婚後並不太如意，是真的嗎？」

葉菲音眼睛一眨，竟紅了眼眶。

「孩子，不要難過，與其活在痛苦中，不如求取自由路。」伯母拍拍她的手背，安慰她說：「人生有許許多多的事並非我們能料想得到的，別忘了，得與捨是兩個不同的極端，既然不能得就必須捨，那才是智者。」

「謝謝伯母的開導。」葉菲音露出一絲苦澀的微笑。

「這裡房子那麼大，妳就安心地住下來，其他的事以後再說。」伯母說後，瞄了一下她的腹部，關懷地問：「有喜了？」

葉菲音不好意思地點點頭笑笑。

那晚，林家伯父以及文光兄嫂都相繼地下班回來了。儘管葉菲音十餘年才來一次，與伯父和文光嫂又是首次見面，但在林文光與伯母熱情親切的招呼下，就彷若家人般地自在，一點也不會感到拘束，讓剛失去家的葉菲音備感溫馨。

然而，當他們飯後在客廳閒話家常時，林文光問葉菲音說：

「妳到台灣之前有沒有見過智亞先生？」

「有啊！」葉菲音睜大眼睛。

「先生的身體可有什麼異狀嗎？」林文光神情嚴肅地問。

「沒有啊！」葉菲音有點緊張，「他好好的。」

「人生無常啊！」林文光感嘆地。

「先生他怎麼啦？」葉菲音快速地從椅上站起，急促地問。

「聽袁明老師說，先生已去世了……。」

「什麼？」葉菲音霎時臉色蒼白、嘴角不停地顫抖，肌肉牽動痙攣，竟暈倒在地上。

「菲音、菲音，妳怎麼啦？怎麼啦？」林家老少幾乎異口同聲地驚叫著。林文光夫婦趕緊把她扶起，伯母幫她按摩，伯父則打電話向一一九求救，簡直讓林家老少嚇呆了。而林文光目睹如此的情景，更是滿臉充滿著疑惑，內心也不自禁地冒出一個問號：怎麼會這樣？怎麼會這樣？

救護車很快就抵達，林文光夫婦陪她上醫院，經過醫師急救後，吊上點滴、服藥，身體似乎並無大礙。當她醒來時除了不停地抽噎外，淚水更爬滿著她蒼白的臉龐。時而緊握拳頭，時而雙腿微曲，其痛苦的表情全寫在她糾結著悲傷、失望的臉上，讓人有些不捨。唯一的是沒有以歇斯底里的悲啼，來抒發內心的苦痛。或許她知道自己置身的是異鄉異地，面對的是非親非戚的友人，豈能讓他們來感染自己內心的苦痛和悲傷。

然而對於智亞的噩耗，她似乎有加以求證的必要。因為，向來身體無恙的先生，不是要等待她的佳音、建構他們幸福美滿的家園嗎，為什麼會突然辭世？難道是文光聽錯了？還是老師給他的是一個錯誤的訊息？她必須問一個清楚。

「文光哥，」葉菲音雙眼微閉，聲音微弱，「先生去世的消息正確嗎？袁明老師可曾告訴過你先生是怎麼死的？」

「老師親口對我說的，不會有錯。但詳細的死因並沒有說。當時看到老師難過非常，我也不敢多問。」林文光語氣堅定，而後安慰她說：「我知道妳在文學上蒙受先生的指導很多，先生對後輩的提攜也有目共睹。失去先生這位良師益友，不僅是是文壇的損失，也是我們的不幸……。」林文光尚未說完。

「文光哥，我不能沒有先生，我不能失去先生……。」葉菲音竟掩面嚎啕大哭。

林文光目睹如此的情景，更加深他內心的疑惑。他不斷地反覆思考，葉菲音與先生的情誼，絕對不止於在文學上的互動。難道他們之間已衍生出一份讓人意想不到的男女之情？要不，葉菲音怎麼會如此般地傷心欲絕？果真如此的話，的確是出乎他的意料之外。

「如果真是這樣的話，妳就痛痛快快地哭一場吧！惟有把悲傷的淚水流乾、流盡，妳的情緒始能平復，妳的心情才能好轉！」

「沒有先生，我還有什麼指望；失去先生，我所有的希望都將落空。他答應要好好保重身體在島上等待我的佳音！老天爺怎麼忍心在我尚未把佳音傳遞給他時就把他召回天國！」葉菲音說著說著又嚎啕大哭起來，「天哪，怎麼會這樣！」

文光嫂不停地用手帕拭去她如斷線珍珠滾落下來般的悲傷淚水，但卻不知道要如何安慰她才好。或許，只有和她情如兄妹的林文光始能體會出她此時的心境。

「悲傷只會增加自己的痛苦，其他的於事無補。」林文光試探著問：「妳是否對先生有所承諾？」

「我們要攜手共創未來……。」葉菲音依然淚眼婆娑，「我要盡快地回去看他……。」

「不能激動，」林文光神情肅穆地搖搖頭，而後忍不住地問：「妳愛上了先生是不是？」

「文光哥，在我的感受中，只有先生才能給我幸福！」葉菲音的情緒似乎平復了不少。「既然你已瞭解到我的心境，我亦不能再相瞞，甚至也不怕兄嫂見笑和輕視，我身懷的是先生的骨肉。」

林文光一時怔住，「怎麼會這樣？」的問號仍然在他心靈深處激盪著。倘若以現實人生的觀點而言，即便兩人有共同的興趣和真摯的愛情，但畢竟年齡相差太懸殊。況且，葉菲音已是一個結過婚的女人，以先生的個性和格調，難道不會嫌棄她的過往？如今，葉菲音身懷先生的骨肉已是不爭的事實，而先生又不幸亡故，往後的人生路途她將如何走？身為她的友人，想不替她擔憂也難啊！

「從妳的談話中，我能理解妳對先生的深情。而整個事情的變化，確實是讓人難以想像的。有先生這種知音，可說是妳的福份，但願他的音容能長存妳心中，這段感情更是妳永恆的回憶。菲音，站在朋友的立場，我不得不提醒妳：為了妳與先生的愛情結晶，妳必須擦乾淚水堅強地活下去！而妳此時此刻並不適合回到妳的母島，那只會徒增妳的傷感，對先生的形象亦有影響。妳就安心地在台北待產，等待適當的時機再帶著孩子回去認祖歸宗。」林文光善意地提醒與開導她說。

「文光哥，不管世人會以什麼樣的眼光來看待我，不管島民會用什麼語言來羞辱我，此時此刻，我迫切地想見先生，倘若真見不到他的人，也要親赴他的塋前祭拜和憑弔！」葉菲音含淚地說，卻也有些憂慮，「何況，台北這個繁華的都市，並非是我一個弱女子可以安身立命的地方。」

「我能理解妳此時對先生的思念，但別忘了，人死不能復生。況且，妳現在有孕在身，卻婆家路已斷，娘家不能回，王家則進不去，難道妳要在島上餐風宿露嗎？果真如此的話，先生捨得妳這麼做嗎？先生在天國能安心嗎？不錯，台北是一個令人失望的現實社會，但我林家上至父母、下至我們夫妻，絕對會以誠心真意來善待妳。我林家大小有飯吃，少不掉妳葉菲音一份，更不會讓妳浪跡街頭！請妳相信我們的誠心真意。」林文光誠摯地說。

「說真的，文光無論在國外留學或學成回國，他一直念念不忘妳這位異鄉友人。今天大家能夠相處在一起，可說是一種緣分。菲音，只要妳願意留下來，從今以後妳將是我們林家永遠的賓客。尤其是我的公婆已年老，我們夫妻又必須早出晚歸，有時竟連陪陪老人家閒話家常都不能如願，這也是為人子女深感內疚的地方。家裡的房子那麼大不愁沒有地方住，多一個人吃飯卻能增添家的歡樂和溫馨，年邁的公婆也有了一個可以聊天的對象，彼此間更可以相互照顧。菲音，如果不嫌棄的話就留下來吧！希望妳好好保重身體，生一個健康可愛的小寶寶，讓他平平安安地成長，以慰先生在天之靈！」文光嫂也展現出最大的誠意。

「謝謝你們的隆情盛意。我葉菲音此生最大的遺憾是選擇一段錯誤的婚姻，而當我尋找到生命中的真愛時，他卻狠心地離我遠去。今天當我面臨生命中最大的轉磨時，兄嫂的誠心真意則讓我感受到友情的馨香。只要不增加你們經濟上的負擔和精神上的困擾，我願意留下來。待孩子生下後，再帶他回島上祭拜先生，或是長大後，再回王家認祖歸宗。倘若此時貿然回去，除了於事無補外，只有徒增傷悲，只會對先生的清名造成更大的負面影響。而且，我還向文光哥暫借三萬元尚未歸還，希望能找機會出去工作，以便償還這筆錢。上述雖然是我留下的最大原因，但是，兄嫂施予我的恩惠，今生今世或許無以為報，請容我來生來世再來報答你們的大恩大德吧……。」

「不、不，妳千萬不能這麼說！」林文光搖搖頭，似乎亦有滿懷的感慨，「想當年在島上第一次見面時，我就發覺妳有一顆純樸善良的心。事隔多年後，即使妳歷經無數的滄桑和波折，但那顆純樸善良的島嶼之心卻依然存在著，這是多麼的難能可貴啊！尤其是數年後當我重回那個島嶼時，竟然能再次地和妳見面，這就是俗稱的緣分。儘管往後少有聯繫，然相互關懷之心並沒有改變。而想不到此次見面，卻是妳人生歲月最大的轉捩點。尤其是用那區區的三萬元，就能幫助妳解開婚姻的枷鎖，確實是值得的。說一句不客氣的話，我並非在凸顯我們林家的富有，既然有能力協助妳度過難關，就不會要妳來歸還這筆錢，希望妳不要把它記在心上。誠然，置身在這個社會，我們可以感受到世道的蒼茫和人情的冷暖。但是，真正的友情它不僅不講利害關係，也不相互利用，而是超乎一切的！倘若要求妳任何的回報，那就毫無意義了……。」

「菲音，文光這番話，但願妳能牢牢記住……。」文光嫂囑咐著說。

葉菲音點點頭，點出一串串感動的淚水，點出盈滿著友誼的馨香……。

# 尾聲

葉菲音在林家伯父母與文光兄嫂的熱誠相迎下住了下來，但畢竟與他們只是一般的朋友關係。林家為了顧及到她的自尊和展現最大的誠意，在家人的慫恿下，林伯母竟收她為契女。如此一來，她便正正式式、大大方方地成為林家的一員。儘管多了這層關係，葉菲音依然嚴守分際，凡事不敢怠慢。除了對兩老晨昏定省、孝順有加外，對文光兄嫂亦是百般的尊重。並建議辭退佣人，家務瑣事由她來料理，以免蹲在家裡吃閒飯，但並未被林家老少接受。

「妳不要想太多，好好在家裡待產，沒事時看看書或寫寫稿。早晚如果有興緻的話，我們母女倆就到公園散散步、談談天。假若真想找事做，妳不妨跟著妳阿爸到公司學習學習。將來等妳分娩過後，我們兩個老人家來帶孫子，妳就到公司去接班。」

「阿母，阿爸經營的是貿易公司，並非是一般的小店鋪，我那有本事去接班啊！」葉菲音認真地說。

「俗語說：事在人為。」老人家似乎對她有滿懷信心，「你們年輕人頭腦好，只要認真學習沒有接不了的班。況且，公司有好幾位服務多年的老員工，進出口業務幾乎都是他們在處理，只要去關照關照就可以了。尤其是妳阿爸年紀已一大把了，身體狀況並不是很好，文光對經商又沒有興趣，原本想把公司結束掉，但妳阿爸又割捨不了與公司數十年的感情。一旦結束營業，幾十個員工就要面臨失業的困境，教他們情何以堪啊！真是有人在江湖身不由己的無奈。」

儘管在林家過著安逸的生活，然而並沒有減少葉菲音對王智亞的想念。她把智亞生前送給她的一張照片，裝進一個精緻的相框裡，擺放在書桌上。雖然見不到他的人，但看看照片亦可一解相思之愁。她已立下一個心願，無論歷經多少艱辛苦楚，她一定會帶孩子回到那個傷心的島嶼去認祖歸宗、去延續他的香火，絕對不會讓智亞後繼無人的。

翌年春天，葉菲音終於平安地產下一名男嬰，最興奮的莫過於林家二老。因為林文光夫妻結婚多年，迄今尚未生下一男半女，讓抱孫心切的父母頗感失望。即使剛誕生的孩子不是他們林家的骨肉，但葉菲音已是他們家中的一員，全家老少莫不以歡悅之心，迎接這個小生命的來臨。彌月之日，更在豪華酒店席開數十桌，宴請林家親友和商界朋友以及林文光夫學校的師長與友人。而其中有一位特別的來賓，他是林文光大學老師、智亞的朋友——袁明教授。

儘管袁教授已七十開外，身體亦略顯瘦弱，但卻耳聰目明。或許，林文光早已把葉菲音與王智亞的關係向老師稟告過。當老師第一眼見到她時，即對葉菲音端莊婉約的高雅氣質留下深刻的印象。他老人家不自禁地搖搖頭、感嘆著：智亞眼光雖好，但卻無福消受！如果外面所言不虛，他們的故事絕對不遜於徐志摩與陸小曼。然而智亞死得太不值得了，即使故事再怎麼纏綿、悱惻、感人，亦只能留下一個美麗的回憶而已。又有誰能體會他當時所背負的傳統道德包袱，以及社會輿論施予的壓力？林文光已提醒老師，今天是孩子的彌月之慶，倘若葉菲音問起，盡量不提傷心的往事。

「老師，謝謝您的光臨！」宴會結束時，林文光夫婦特別陪著葉菲音，抱著孩子來向袁明教授致意。

「恭喜妳，菲音……。」袁教授看看孩子，無論輪廓或五官，簡直是老友王智亞的翻版，竟一時紅了眼眶說不出話來。

於是，原本歡樂的氣氛在霎時凝結成一片薄霜。

「別忘了，智亞遺留在人間的、除了幾百萬字的作品外，唯一的就是這個孩子了。他此生最得意的或許是找到生命中的真愛，但卻賠上一生的清名。社會的輿論，傳統的包袱，活生生地把他折磨死。如今再來惋惜雖已太遲，但親友和讀者們對他的懷念卻是永恆的。」袁明教授取出手帕輕拭了一下眼角，語重心長地說。

葉菲音雙眼已紅，不一會，淚水竟奪眶而出。她哽咽地說：

「是我害了智亞！」

「不，你們都付出了痛苦的代價，只是智亞承受的壓力較重，也是所謂的盛名之累啊！」袁教授感傷地說：「既然一切都已成為事實，但願妳能好好地把孩子撫養長大，以慰智亞在天之靈！同時，妳必須聽從文光的建議，現在不是妳重回母島的適當時機，因為尚有部分不明就裡的人，把智亞的死歸咎在妳身上。等事情冷卻後沉澱一段時間，當島民瞭解到妳不惜付出痛苦的代價去追求幸福的真相時，或許，就能認同妳當初離開這個島嶼純粹是為了顧及到智亞的聲名。倘若妳當初不選擇離開這個島嶼去遷就現實的話，妳的丈夫絕對會訴諸法律，在證據確鑿下，智亞與有夫之婦通姦的罪行勢將無所遁形。果真如此，視聲名為第二性命的智亞，在承受不了種種打擊和壓力時，依他的個性而言，絕對會走上極端。假若成真，勢必雙輸。而此次即使他清楚自己的病源是因何而起，但他卻始終悲觀以對，對美麗的人間樂土一點也不留戀，雖然令人惋惜則能全身而退，甚至求仁得仁有尊嚴地走向西方的極樂世界。唯一對不起的是他高齡的母親，以及沒有等待妳的佳音、實踐對妳的承諾！」

「謝謝老師告訴我整件事情的原委，我能理解智亞當時的心境……。」葉菲音紅著眼眶，哽咽地說不下去。

為了種種因素使然，以及聽從袁教授和文光兄嫂的建議，葉菲音並沒有即時帶著孩子回到她傷心的母島祭拜智亞。然而並非她無情，與其悲悽地在他的塋前痛哭失聲，還不如拭乾淚水好好地把孩子撫養長大。相信遠在天國的智亞，必能體會出她的苦心。孩子長得白白胖胖很討人喜愛，葉菲音希望他長大後能有智亞一般的文采，因而取了他本名王南星的中間字，替孩子命名為「若南」。但因為葉菲音並未與王智亞正式結婚，故而只能暫時讓他從母姓，冀望有一天能帶他回去認祖歸宗，把葉若南改為王若南，好繼承智亞的香火。

林家兩老對這個異姓的小孫子疼愛有加，文光夫婦也樂得當舅舅和舅媽，葉菲音母子的加入，讓這個富有的家庭，滿布著前所未有的歡樂氣氛。若南四個月後，老太太為了小孫子的健康，特別請教小兒科醫師和營養師，並接受他們的建議，購買進口的S26高級奶粉來補充他的營養，冀望他能快快成長。然而，當孩子逐漸地長大的同時，林家也賦予葉菲音一個任務，那便是到公司學習，隨時準備接替林老先生的工作。

林氏貿易公司的規模雖然不大，但卻能適時掌握商機，光是進口高級皮件，就為公司賺取不少利潤；其信用亦不在話下。林老先生的為人更有其獨到的一面，因此，備受同業的尊崇。儘管公司已建立一套完善的制度，但從事國際貿易談何容易，首先必須具備專業知識和實際經驗，最起碼的英文程度更是不可缺少。而當葉菲音看到那些密密麻麻的英文字母時簡直傻了眼。

即使公司聘有專人擔任翻譯，但自己最低程度也要懂一點吧！倘若讓她在公司打打雜倒難不了她，她哪有本事扛起這個重責大任，然而又不能讓林家兩老失望。於是她不得不厚著臉皮，求教於文光兄嫂。當然，事在人為，俗話也常說：有志者事竟成。在林文光夫婦日以繼夜、不厭其煩的惡補下，她終於能看懂一些簡單的英文字彙。復經自己不斷地努力苦讀，又到補習班參加英文補習，回家時文光夫婦又強迫她以英語交談。如此一來，卻也讓她奠定了最基本的英文基礎，對往後的工作助益不少。

起初，林老先生幾乎天天陪她到公司，除了輔導她進入業務狀況外，也讓她認識商場上一些同業朋友。經過一段時間的歷練，葉菲音對工作的投入和業務的嫻熟，的確沒有讓老人家失望。除非是重大的決策，林老先生已不再過問公司的一般瑣事，由她全權處理。即使葉菲音已屆中年，但她端莊婉約、談吐嫻雅、穿著樸素，對人更是彬彬有禮。無論是公司同仁或客戶，都對她留下深刻的好印象，業務也因此而蒸蒸日上，林家老少對她更是讚揚有加。不多久，她已是活躍於台北商圈的代表性人物，即使如此，並沒有減低她對智亞的懷念。帶若南回去認祖歸宗，更是她長年企盼與銘記在心頭的一件事。

若南三歲那年的清明節前夕，葉菲音向林家透露要帶他回島上為智亞掃墓的心願，馬上就得到他們的認同。

「是的，若南已三歲了，的確是該帶他回去向他爸爸致祭的時候啦！」林文光肯定地說。

「我現在的心情很矛盾。想回去，又怕回去！」葉菲音內心似乎有無限的感傷。

「所謂：近鄉情怯啊！這是自然的現象。」林文光安慰她說。

「先生不知葬在哪一個山頭？」葉菲音有些憂慮，「同時，我害怕碰到王家的人。」

「不用擔心啦！先生的墳塋，絕對離不開他們村落週遭的小山頭，只要稍微打聽，並不難找到。」林文光開導她說：「妳辛辛苦苦為王家添了一個小壯丁，讓先生後繼有人，依常理，他們感激都來不及了，怎麼會無緣無故刁難妳？況且，妳純粹是帶著孩子回去掃墓，又不是去瓜分王家的產業。怕什麼！」

葉菲音微微地點點頭，內心依然有些矛盾和憂慮，但她能不行動嗎？先生死時不能見他最後一面或送他一程已是她終身的遺憾，難道事隔多年回去幫他掃墓也不該？果真如此的話，她勢將是一個無情無義的女人，枉費先生生前對她的提攜和疼愛。

儘管島上還有她的親人，但父女感情早已決裂，親友亦已疏離，甚至，葉菲音這三個字已被島民和讀者們淡忘掉。因此，她已沒有任何包袱可背負，唯一的就是帶著孩子悄悄地上山頭，跪在先生的塋前叩首。她將問問先生：為什麼不等待她的佳音就逕行遠去？為什麼忍心留她在人間承受心靈的苦難？而何日方能讓孩子回到王家認祖歸宗？何時始能重回人間攜帶她一起西歸？但願塋中人能不辜負她所盼，盡快完成她的心願……。

一年、二年、三年……。

年年清明，葉菲音總會帶著孩子遠從台北回到這個令她既傷心又懷念的島嶼，為她心中永恆的先生拈上一炷清香，燒些冥幣紙錢，流下一滴滴悲傷思念的淚水。而今年清明，卻有不一樣的際遇，是老天爺刻意地安排？還是先生在天顯靈？冥冥之中自有許多令人臆想不到的巧事……。

當故事進入尾聲，已是日薄西山的暮色時分。即使天氣晴朗、微風徐徐，但天邊五彩的金光已逐漸地被夜的情愫吞噬，僅留下些兒殘霞在西天的雲空遨遊，讓人有無限的遐想。然而，它象徵著什麼？意味著什麼？或許，無情的歲月會給葉菲音一個明確的答案……。

（全文完）

原載二〇〇八年九月一日至二〇〇九年元月廿九日《金門日報・浯江副刊》

# 後記

寫完《西天殘霞》，我非但沒有脫稿後的喜悅，反而有一份難以言喻的挫折感。因為我必須遷就現實，在序幕將啟時，先做無謂的聲明。即使每位筆耕者都有自由思想和創作的權利，但偏偏就有一些喜歡任意臆測或代人對號入座的無聊人士。對於那些假裝清高的「仁人君子」，以及少數不學無術的「知識份子」，我是相當不認同的。雖然不想與他們計較或一般見識，但實在是難掩內心的憤懣。套用石原慎太郎的名言：「你們都不瞭解我，這些笨蛋！」

大凡有點文學概念或熱愛文學作品的朋友都知道，小說除了寫實外也可以虛構。作者往往會從其週遭的生活環境，或人、事、物，去尋找創作的題材，復透過縝密的思維和想像，呈現出悲天憫人的襟懷。米蘭．昆德拉在《小說的藝術》裡曾經說過：「小說家之所以創作，乃源於描述人類存在狀況的那份熱情。」而隱藏在我心中的這份「熱情」，雖不是與生俱來，但卻是我長久以來親身的感受和領悟。

儘管小說有不同的敘述觀點，各家對它亦有不同的詮釋和書寫方式，然而，文學既然反映人生，相對地也必須取材於人生，一旦背離人生，非但會減弱它的可讀性，勢必也難以引起讀者的共鳴。假若光憑文字與文字的堆疊和組合，不僅不能感動自己，又豈能感動別人？故而，我的作品除了貼近人生，亦與這塊土地有密不可分的關聯，它似乎也是多數讀者、能耐心地把它讀完的主因。因為裡面融入我太多太多的鄉土情懷。倘若沒有這個歷經砲火蹂躪過的島嶼，以及這片生我育我的土地，焉能有我文學生命的延續？因此，對這個孕育我成長和茁壯的島嶼，我不僅時時刻刻懷抱著一顆感恩的心，更與它衍生出一份血濃於水的深情，以及不可分割的臍帶關係。甚至我蒼老的面龐，亦烙印著與這片土地親密接觸過的痕跡……。

誠然我並非是悲情的塑造者，但是，當故事的情節需要做某種敘述與鋪陳時，我絕對不會輕易地放棄文中的一字一句。或許，那些躍動的文字，就是源自我心靈深處誠摯的呼聲，我沒有割捨它們的理由。劉鶚在《老殘遊記》開宗明義地說：「吾人生今之時，有身世之感情、有家國之感情、有社會之感情、有宗教之感情。其感情愈深者，其哭泣愈痛。」而今即使我們身處在一個文明的社會、不一樣的年代，然若想免於遭受感情的牽絆卻不易。尤其、男女之情，更是撲朔迷離、錯綜複雜，讓人有難以捉摸和想像的感慨。

基於此，我自信文中的某些情節，雖然有繾綣纏綿的情景，但卻是萬物之靈的人類內心自然的反映。如此的描述，或許與傳統的保守觀念扞格不入，但並沒有悖離當今這個開放的社會，因而，我的內心感到坦蕩。往後的創作中，如果文中的情節需要我做某種詮說和描述時，我依然會以類此的筆觸來書寫，絕不會受到那些「假道學家」的影響。當《西天殘霞》在「浯江副刊」連載期間，我內心的確有太多太多的感觸，倘使天邊那絲微弱的光線，是引導我邁向文學這條不歸路的光芒，然它又能在這個紛紛擾擾的人間停留多久？或許，只要短短的一剎那，就會被無情的黑夜吞噬。而此時我心中的霞光已殘，吾亦已年老，願西天那些兒殘霞能激發我更多的創作靈感，不是我文學生命的終結。

置身在這個多元化的社會，以及學歷掛帥、文學獎充斥的文壇，似乎要擁有高學歷或得個什麼獎，其作品方能受到肯定，寫出來的文章才稱得上是主流文學。儘管復出數年來我努力不懈、創作不輟，甚至付出異於常人的代價，但仍侷限於自身學識的不足，依然停滯在舊有的窠臼，距離完美尚遠。可是繼而地一想：雖然沒有任何獎項加身和傲人學歷可炫耀，但是我卻擁有許許多多的朋友和讀者，他們的鼓勵和指正，才是我持續不斷創作的原動力，因此，除了感謝他們外，自己也備感窩心。

如今，無情的歲月已輾過我金色燦爛的青春年華，接踵而來是生命中的黃昏暮色，讓人有無限的感傷！即便此時此刻我眼已花、筆已鈍，原本熾熱的心湖早已成為一泓冰冷的死水，不久勢將隨著年華的老去，讓靈身化成白骨，復經風霜雨雪的腐蝕而回歸塵土。然則，無論還能在人間遊戲多久，文學仍然是我此生的最愛，趁著腦未昏、手未顫的此時，我會把握當下的每一個時光，一步一腳印，義無反顧地走到它的盡頭……。

感謝您，親愛的讀者，以及同在這塊土地相互關懷鼓勵的朋友們！

二〇〇九年新春於金門新市里

# 作者年表

一九四六年　八月生於金門碧山。

一九六一年　六月讀完金門中學初中一年級因家貧輟學。

一九六三年　一月任金防部福利單位雇員，暇時在「明德圖書館」苦學自修。

一九六六年　三月首篇散文作品〈另外一個頭〉載於《金門正氣中華報・正氣副刊》。

一九六八年　二月參加救國團舉辦「金門冬令文藝研習營」。

一九七二年　五月由金防部福利單位會計晉升經理，並在政五組兼辦防區福利業務。六月由臺北林白出版社出版文集《寄給異鄉的女孩》，八月再版。

一九七三年

二月長篇小說《螢》載於《金門正氣中華報・正氣副刊》。五月由台北林白出版社出版發行。七月與友人創辦《金門文藝》季刊，擔任發行人兼社長，撰寫發刊詞，主編創刊號。九月行政院新聞局以局版臺誌字第〇〇四九號核發金門地區第一張雜誌登記證，時局長為錢復先生。

一九七四年

六月自金防部福利單位離職，輟筆，經營「長春書店」。

一九七九年

一月《金門文藝》革新一期由旅臺大專青年黃克全等接辦，仍擔任發行人。

一九九五年

創作空白期（一九七四年至一九九五年），長達二十餘年。

一九九六年

七月復出。新詩〈走過天安門廣場〉載於《金門日報・浯江副刊》。八月散文〈江水悠悠江水長〉載於《青年日報副刊》。九月短篇小說〈再見海南島・海南島再見〉載於《金門日報・浯江副刊》。

一九九七年

一月由臺北大展出版社出版發行三書：《寄給異鄉的女孩》增訂三版。《螢》再版。《再見海南島 海南島再見》初版。三月長篇小說《失去的春天》載於《金門日報・浯江副刊》，七月由臺北大展出版社出版發行。

一九九八年

一月中篇小說《秋蓮》上卷〈再會吧，安平〉，五月下卷〈迢遙浯鄉路〉均[illegible]《金門日報・浯江副刊》。八月由臺北大展出版社出版發行三書：《秋蓮》中篇小說，《同賞窗外風和雨》散文集，《陳長慶作品評論集》艾翎編。

一九九九年

十月散文集《何日再見西湖水》由臺北大展出版社出版發行。

二〇〇〇年

五月金門縣寫作協會「讀書會」假縣立文化中心舉辦《失去的春天》研讀討論會，作者以〈燦爛五月天〉親自導讀。十月長篇小說《午夜吹笛人》載於《金門日報・浯江副刊》，十二月由臺北大展出版社出版發行。

二〇〇一年

四月〈今年的春天哪會這呢寒——咱的故鄉咱的詩〉，十二月中篇小說《春花》均載於《金門日報・浯江副刊》。

二〇〇二年

三月中篇小說《春花》由臺北大展出版社出版發行。五月中篇小說《冬嬌姨》載於《金門日報・浯江副刊》，八月由臺北大展出版社出版發行。十二月由國立高雄應用科技大學金門分部觀光系主辦，行政院文建會及金門縣政府協辦之【碧山的呼喚】系列活動，作者親自朗誦閩南語詩作：〈阮的家鄉是碧山〉為活動揭開序幕。散文集《木棉花落花又開》由臺北大展出版社出版發行。

二〇〇三年

五月中篇小說《夏明珠》載於《金門日報・浯江副刊》，十月由臺北大展出版社出版發行。同月長篇小說《烽火兒女情》脫稿，廿六日起載於《金門日報・浯江副刊》。十一月長篇小說《失去的春天》由金門縣政府列入《金門文學叢刊》第一輯，並由臺北聯經出版公司出版發行。十二月〈咱的故鄉　咱的詩〉七帖，由金門縣文化中心編入《金門新詩選集》出版發行。其詩誠如國立台灣藝術大學副教授詩人張國治所言：「他植根於對時局的感受，對家鄉政治環境的變遷，世風流俗的易變，人心不古，戰火悲傷命運的淡化等子題觀注，…選擇這種分行，類對句……、俗諺，類老者口述，叮嚀，類台語老歌，類台語詩的文類……鋪陳一股濃濃的鄉土情懷。」

二〇〇四年

三月長篇小說《烽火兒女情》由臺北大展出版社出版發行。八月長篇小說《日落馬山》脫稿，九月五日起載於《金門日報・浯江副刊》。

二〇〇五年

元月〈歷史不容扭曲，史實不容誤導——「走過烽火歲月的金門特約茶室」〉脫稿，廿三日起載於《金門日報・浯江副刊》。二月長篇小說《日落馬山》由台北大展出版社出版發行。三月散文集《時光已走遠》由金門縣文化局贊助，台北大展出版社出版發行。四月短篇小說〈將軍與蓬萊米〉脫稿，廿七日起載於《金門日報・浯江副刊》。七月中篇小說〈老毛〉脫稿，十日起載於《金門日報・浯江副刊》

《走過烽火歲月的金門特約茶室》獲行政院文建會、福建省政府、金酒實業公司贊助，十一月由台北大展出版社出版發行。金門縣鄉土文化建設促進會並於同月二十六日為作者舉辦新書發表會。二十九日《聯合報》以半版之篇幅詳加報導，撰文者為資深記者李木隆先生。

## 二〇〇六年

一月〈關於軍中樂園〉載於《中國時報・人間副刊》。三月五日當選金門縣采風文化發展協會第三屆理事長。二十日長篇小說《小美人》載於《金門日報・浯江副刊》。六月《陳長慶作品集》（一九九六年至二〇〇五年）全套十冊（散文卷二冊，小說卷七冊，別卷一冊）由台北秀威資訊科技公司出版發行。八月長篇小說《小美人》亦由台北秀威資訊科技公司出版發行。十一月長篇小說《李家秀秀》脫稿，十二月一日起載於《金門日報・浯江副刊》。同月《金門特約茶室》由金門縣文化局出版發行。該書出版後，除「東森」、「三立」、「中天」、「名城」……等多家電子媒體，針對「金門軍中特約茶室」之議題，專訪作者詳予報導外，亦有部分平面媒體深入報導。計有：二〇〇七年一月十八日，《金門日報》記者陳麗好專訪報導（刊於地方新聞版）。一月二十日，廈門《海峽導報》記者林連金報導（刊於金門新聞版）。二月十一日，台北《蘋果日報》記者洪哲政報導（刊於A2要聞版）。三月十二日，台北《第一手報導雜誌社》記者蕭銘國專題報導（刊於五二七期社會新聞五六—五八頁）。

二〇〇七年

六月長篇小說《李家秀秀》由台北秀威資訊科技公司出版發行。《金門特約茶室》再版二刷。八月散文〈風雨飄搖寄詩人〉載於《金門日報・浯江副刊》。十月長篇小說《歹命人生》脫稿，廿一日起載於《金門日報・浯江副刊》。同年並相繼完成：〈風格與品味——試論林怡種的《天公疼戇人》〉、〈永不矯揉造作的筆耕者——試論寒玉的《女人話題》〉、〈省悟與感恩——試論陳順德《永恆的生命》〉等三篇評論，分別刊載於《金門日報・浯江副刊》。

二〇〇八年

六月長篇小說《歹命人生》由台北秀威資訊科技公司出版發行。八月長篇小說《西天殘霞》脫稿，九月一日起載於《金門日報・浯江副刊》。並相繼完成：〈藝術心・文學情——試論洪明燦《藝海騰波》〉、〈走過青澀的時光歲月——試論寒玉《輾過歲月的痕跡》〉、〈以自然為師——試論洪明標《金門寫生行旅》〉、〈本是同根生　花果兩相似——張再勇《金廈風姿》〉跋等四篇評論，均分別刊載於《金門日報・浯江副刊》。

國家圖書館出版品預行編目

西天殘霞 / 陳長慶著. -- 一版. -- 臺北市 :
秀威資訊科技, 2009.04
面； 公分. --(語言文學類；PG0244)

BOD版
ISBN 978-986-221-205-9(平裝)

857.7 98004967

語言文學類 PG0244

# 西天殘霞

作　　者 / 陳長慶
發 行 人 / 宋政坤
執行編輯 / 黃姣潔
圖文排版 / 陳湘陵
封面設計 / 莊芯媚
數位轉譯 / 徐真玉　沈裕閔
圖書銷售 / 林怡君
法律顧問 / 毛國樑　律師
出版印製 / 秀威資訊科技股份有限公司
台北市內湖區瑞光路583巷25號1樓
電話：02-2657-9211　傳真：02-2657-9106
E-mail：service@showwe.com.tw
經 銷 商 / 紅螞蟻圖書有限公司
台北市內湖區舊宗路二段121巷28、32號4樓
電話：02-2795-3656　傳真：02-2795-4100
http://www.e-redant.com

2009 年 4 月　BOD 一版
定價：390 元

# 讀　者　回　函　卡

感謝您購買本書，為提升服務品質，煩請填寫以下問卷，收到您的寶貴意見後，我們會仔細收藏記錄並回贈紀念品，謝謝！

1.您購買的書名：＿＿＿＿＿＿＿＿＿＿＿＿＿＿＿＿

2.您從何得知本書的消息？

☐網路書店　☐部落格　☐資料庫搜尋　☐書訊　☐電子報　☐書店

☐平面媒體　☐ 朋友推薦　☐網站推薦　☐其他＿＿＿＿＿＿

3.您對本書的評價：(請填代號　1.非常滿意 2.滿意 3.尚可 4.再改進)

封面設計＿＿＿　版面編排＿＿＿　內容＿＿＿　文/譯筆＿＿＿　價格＿＿＿

4.讀完書後您覺得：

☐很有收獲　☐有收獲　☐收獲不多　☐沒收獲

5.您會推薦本書給朋友嗎？

☐會　☐不會，為什麼？＿＿＿＿＿＿＿＿＿＿＿＿＿＿＿＿＿＿＿＿

6.其他寶貴的意見：＿＿＿＿＿＿＿＿＿＿＿＿＿＿＿＿＿＿＿＿＿＿＿

＿＿＿＿＿＿＿＿＿＿＿＿＿＿＿＿＿＿＿＿＿＿＿＿＿＿＿＿＿＿＿

＿＿＿＿＿＿＿＿＿＿＿＿＿＿＿＿＿＿＿＿＿＿＿＿＿＿＿＿＿＿＿

＿＿＿＿＿＿＿＿＿＿＿＿＿＿＿＿＿＿＿＿＿＿＿＿＿＿＿＿＿＿＿

## 讀者基本資料

姓名：＿＿＿＿＿＿＿＿＿＿＿　年齡：＿＿＿　性別：☐女 ☐男

聯絡電話：＿＿＿＿＿＿＿＿　E-mail：＿＿＿＿＿＿＿＿＿＿＿

地址：＿＿＿＿＿＿＿＿＿＿＿＿＿＿＿＿＿＿＿＿＿＿＿＿＿＿

學歷：☐高中(含)以下　☐高中　☐專科學校　☐大學

☐研究所(含)以上　☐其他＿＿＿＿＿＿＿＿

職業：☐製造業 ☐金融業 ☐資訊業 ☐軍警 ☐傳播業 ☐自由業

☐服務業 ☐公務員 ☐教職　☐學生 ☐其他＿＿＿＿＿＿

請貼郵票

To：114

台北市內湖區瑞光路583巷25號1樓

秀威資訊科技股份有限公司　收

寄件人姓名：

寄件人地址：□□□

(請沿線對摺寄回,謝謝!)

秀威與BOD

BOD（Books On Demand）是數位出版的大趨勢，秀威資訊率先運用POD數位印刷設備來生產書籍，並提供作者全程數位出版服務，致使書籍產銷零庫存，知識傳承不絕版，目前已開闢以下書系：

一、BOD 學術著作—專業論述的閱讀延伸
二、BOD 個人著作—分享生命的心路歷程
三、BOD 旅遊著作—個人深度旅遊文學創作
四、BOD 大陸學者—大陸專業學者學術出版
五、POD 獨家經銷—數位產製的代發行書籍

BOD秀威網路書店：www.showwe.com.tw
政府出版品網路書店：www.govbooks.com.tw

永不絕版的故事・自己寫・永不休止的音符・自己唱